诗人并非公众人物。
他们应该被阅读,而不是被看见。

A poet is not a public figure.
A poet should be read and not seen.

桂冠诗人诗选

尼古拉斯·布莱克 **桂冠推理全集**

Head of a Traveller

亡者归来

尼古拉斯·布莱克——著
陈斐——译

上海文艺出版社
上海故事会文化传媒有限公司

尼古拉斯·布莱克桂冠推理全集（全16册）
编委会

总策划：夏一鸣

主　编：黄禄善

副主编：陶云韫

编辑成员

（按姓氏笔画为序排列）

丁娴瑶　王　琦　田　芳　吕　佳　朱　虹　孟文玉

赵媛佳　夏一鸣　陶云韫　黄禄善　曹晴雯　彭元凯

名家导读

提起英国黄金时代侦探小说的代表性作家，很多人马上就会想到阿加莎·克里斯蒂（Agatha Christie, 1890-1976）。确实，这位昔时光顾伦敦侦探俱乐部的"常客"，自出道以来，累计创作悬疑探案小说81部，总销售量近20亿册，是地地道道的"侦探小说女王"。不过，在当时的英国，还有一位男性侦探小说家，其创作才能一点也不亚于阿加莎·克里斯蒂，只不过他的身份比较显赫，甚至有点令人生畏。尼古拉斯·布莱克（Nicholas Blake, 1904-1972），这个生于爱尔兰、长于伦敦、后来活跃在诗坛的"怪才"，不但拥有牛津大学和哈佛大学教授、英国桂冠诗人、大不列颠功勋骑士、战时宣传口掌门、左翼社会活动家等多种显赫身份，还在出版大量彪炳史册的诗歌集、论文集、译著的同时，客串侦探小说创作，成就十分突出。说来让人难以置信，他创作侦探小说的原因竟然是囊中羞涩，无法支付居住已久的房屋的维修费。在给自己的诗友、同为桂冠诗人的斯蒂芬·斯潘德（Stephen Spender, 1909-

1995)的信中,他坦言,因为担心失业,一直想写些可以盈利的书。于是,一套以"奈杰尔·斯特雷奇威"(Nigel Strangeways)为业余侦探主角的悬疑探案小说诞生了。

该套小说共计16部,始于1935年的《罪证疑云》(*A Question of Proof*),终于1966年的《死后黎明》(*The Morning after Death*),陆续问世后,均引起轰动,一版再版,畅销不衰,并被译成多种文字,风靡欧美多地。直至今天,这套作品依然作为西方犯罪小说的经典被顶礼膜拜。《纽约时报》《泰晤士报文学增刊》《每日电讯》等数十家报刊连篇累牍地发表评论,称赞这套小说是西方侦探小说的"杰作","值得倾力推荐"。知名小说家伊丽莎白·鲍恩(Elizabeth Bowen)说,尼古拉斯·布莱克"拥有构筑谜案小说的非凡能力","在英国侦探小说史上独树一帜"。当代著名评论家尼尔·奈伦(Neil Nyren)也说,尼古拉斯·布莱克不愧为"神秘小说大师","在西方侦探小说从通俗到主流的文学转型中起着重要作用"。[①]

人们之所以热捧尼古拉斯·布莱克,首先在于这套悬疑探案小说构筑了16个扑朔迷离的故事情节。尼古拉斯·布莱克熟谙黄金时代侦探小说的各种创作模式,在他的笔下,既有引导读者亦步亦趋的"谜踪",又有适时向读者交代的"公平游戏原则";既有转移读者注意力的"红鲱鱼",又有展示不可能犯罪的"封闭场所谋杀"。而且,一切结合得十分自然,不留任何痕迹。譬如,该系列的第二部小说《死亡之壳》(*Thou*

[①] Neil Nyren. "Nicholas Blake: A Crime Reader's Guide to the Classics", https://crimereads.com, January 18, 2019.

Shell of Death），功勋飞行员费格斯不断收到匿名威胁信，断言他将在节日当天毙命。以防万一，费格斯请来了破案高手奈杰尔·斯特雷奇威。然而，劫数难逃，在节日家宴后，费格斯还是神秘死亡。凶手究竟是谁？为何要选择节日当天谋杀他？谋杀动机又是什么？种种线索指向参加节日家宴的、有可能从谋杀中获益的一些嘉宾，其中包括富有传奇色彩的女探险家乔治娅·卡文迪什，她与费格斯来往甚密。与此同时，奈杰尔·斯特雷奇威也开始调查死者费格斯鲜为人知的过去。又如该系列的第四部小说《禽兽该死》（The Beast Must Die），故事以侦探小说家弗兰克的日记开头，讲述他6岁的儿子突遇车祸，肇事司机逃逸，由此他悲愤交加，展开了追查禽兽的历程。故事最后，复仇者锁定嫌疑人，并潜入嫌疑人家中，准备实施谋杀。然而，当东窗事发，弗兰克却坚称自己无罪。事情真相究竟如何？弗兰克是有罪，还是无罪？奈杰尔·斯特雷奇威依据严密的推理，做出了出乎众人意料的判断。再如该系列的第14部小说《夺命蠕虫》（The Worm of Death），开篇即以死者之口预告了自身的死亡，设置了"自杀还是谋杀"的悬念。死者名为皮尔斯·劳登，是一个医学博士，他的尸体突然出现在泰晤士河中，全身只穿有一件粗花呢大衣，手腕处还有数道相同的刀伤。奈杰尔·斯特雷奇威奉命介入调查，似乎所有家庭成员都对死者抱有敌意，所有人都有强烈的作案动机，包括深受博士喜爱的养子格雷厄姆，次子哈罗德，还有小女儿瑞贝卡——死者曾坚决反对她与艺术家男友的婚恋。随着调查深入，家中发生的又一起死亡事件陡然加剧了紧张局势。恶意谋杀仍在继续，奈杰尔·斯特雷奇威不得不加快脚步。与此同时，他也在一艘腐烂的驳船上发现了令人毛骨悚然的事实真相。

不过,尼古拉斯·布莱克毕竟是驰骋在诗坛多年的"桂冠诗人",他在构筑上述扑朔迷离的故事情节的同时,还有意无意地融入了许多纯文学技巧。故事行文优美,引语典故不断,清新、优雅的风韵中又不乏幽默,尤其是在刻画人物的心理和展示作品的主题方面狠下功夫。一方面,《酿造厄运》(There's Trouble Brewing)通过一家酿酒厂里的奇异命案,展现了资本家的贪婪、人性的扭曲和底层劳动者的苦苦挣扎;另一方面,《深谷谜云》(The Dreadful Hollow)又通过偏僻山村一系列匪夷所思的恐怖事件,展示了一幅幅极其丑陋的贪婪、嫉恨、复仇的图画;与此同时,《雪藏祸心》(The Corpse in the Snowman)还通过侦破豪华庄园一起诡异的"闹鬼"事件,反映了二战期间英国毒品的泛滥和上流社会的骄奢淫逸、人性丑陋。最值得一提的是《游轮魅影》(The Widow's Cruise),该书的故事场景设置在希腊半岛东部的爱琴海上,与阿加莎·克里斯蒂的《尼罗河上的惨案》有异曲同工之妙,两者均通过游轮上一起离奇古怪的命案,揭示了人性的弱点与步入歧途的道德激情。

一般认为,尼古拉斯·布莱克对英国黄金时代侦探小说的最大贡献是塑造了栩栩如生的学者型业余侦探奈杰尔·斯特雷奇威这个人物形象。在他的身上,几乎汇集了之前所有业余侦探的人物特征。他既像吉·基·切斯特顿(G. K. Chesterton, 1874-1936)笔下的"布朗神父",善于同邪恶打交道,洞悉罪犯的犯罪心理;又像阿加莎·克里斯蒂笔下的"前比利时警官波洛",在与人的交往中十分随和,富有人情味;还像多萝西·塞耶斯(Dorothy Sayers, 1893-1957)笔下的"彼得·温西勋爵",风度翩翩,敏感、睿智、耿直的外表下蕴藏着几丝柔情。然而,比这些更重要的是,他还像尼古拉斯·布莱克及其几个诗友,温文尔雅,具有牛津大学教育背景,是个学者,以中古时期英格兰和苏格兰诗歌为研究对象,出版有多部相关专著,断案时喜欢"引经据典"。每每,他卷入这样那样的复杂疑案调查,或受朋友之嘱、亲属之托,如《罪证疑云》《雪藏祸心》;或直接听命于警官,如《饰盒之谜》(*The Smiler with the Knife*)、《谋杀笔记》(*Minute for Murder*);或路见不平,拔刀相助,如《暗夜无声》(*The Whisper in the Gloom*)、《游轮魅影》。

如此种种不凡的作者自身形象和人生轨迹,还屡见于小说的场景设置和其他人物塑造。譬如《亡者归来》(*Head of a Traveler*)和《诡异篇章》(*End of Chapter*),两部小说均设置了文学领域的疑案场景,而且案情也以"诗歌"为重头戏。前者描述奈杰尔·斯特雷奇威敬仰的大诗人罗伯特·西顿的美丽庄园发生的无头尸案,其人物原型正是尼古拉斯·布莱克昔时崇拜的偶像威·休·奥登(W. H. Auden, 1907-1973);而后者聚焦某出版公司编辑的一部书稿,许多细节描写来自尼古拉斯·布莱克二战期间担任国家宣传口负责人的经历。又如《罪证疑云》和《死后黎明》,两部小说也都以尼古拉斯·布莱克熟悉的校园生活为场景,案情分别涉及英国的一所预备学校和一所以哈佛大学为原型的卡伯特大学,其中,前者的嫌疑人迈克尔·埃文斯的不幸遭遇,与尼古拉斯·布莱克早年在中学从教的经历不无相似。他被指控谋杀了校长的侄子,还与校长的年轻妻子有染。正是这些原汁原味、源于生活又高于生活的描写,使它们被誉为"校园谜案小说的经典"。

自20世纪30年代起,尼古拉斯·布莱克的这套悬疑探案小说被陆续改编成电影、电视和广播剧,有的还被改编多次,如《禽兽该死》,其中包括1952年阿根廷版同名电影和1969年法国版同名电影,后者由克劳德·夏布洛尔(Claude Chabrol, 1930-2010)任导演。出演奈杰尔·斯特雷奇威一角的则分别有格林·休斯顿(Glyn Houston, 1925-2019)、伯纳德·霍斯法(Bernard Horsfall, 1930-2013)和菲利普·弗兰克(Philip Franks, 1956-)。2018年,迪士尼公司宣布将依据《暗夜无声》改编的电影《知道太多的孩子》列为常年保留剧目。2004年,BBC公司又再次宣布将《罪证疑云》和《禽兽该死》改编成广播剧,导演为迈克尔·贝克威尔(Michael Bakewell)。甚至到了2021年,英国的新流媒体BriBox和美国的AMC还宣布再次将《禽兽该死》改编成电视连续剧,由知名演员比利·霍尔(Billy Howle, 1989-)出演奈杰尔·斯特雷奇威。

在我国,由于种种原因,尼古拉斯·布莱克的这套悬疑探案小说一直未能译成中文,同广大读者见面,但学界、翻译界、出版界呼声不断。2021年5月,尼古拉斯·布莱克逝世50周年纪念之际,上海故事会文化传媒有限公司的夏一鸣先生慧眼识珠,开始组织精干人马,翻译、出版这套小说。经过一年多的准备和努力,这套图书终于面世。尽管是名家名篇、精编精译,缺点仍在所难免,敬请广大读者不吝指正。

黄禄善

奈杰尔侦探小传

奈杰尔·斯特雷奇威，是推理大师尼古拉斯·布莱克小说中虚构的一位私人侦探。在1935年至1966年间，作为重要角色出现在16部尼古拉斯的小说中。

奈杰尔年轻俊朗，不拘小节，常以苍白凌乱的形象示人。他是智商超群的学霸，却因性格过于叛逆被牛津大学开除。他性格幽默，行动力超强，气质温文尔雅。稚气面容与老道头脑形成戏剧化的反差。奈杰尔周身散发出儒雅的学者气息，在调查过程中，他喜欢借角色之口，引经据典，让人不知不觉靠近他，信任他，将案子交到他的手中。

在系列小说中，奈杰尔的情感故事同样精彩，他的妻子乔治娅是一名探险家，不幸死于闪电战。之后，奈杰尔又邂逅了雕塑家克莱尔。在奈杰尔生命中出现的两位女性，都是具备智慧、勇气、思想的"独立女性"，在古典推理小说中难得一见。

在侦探小说的王国中，奈杰尔这样的侦探形象，可谓独一无二。

人物关系

奈杰尔·斯特雷奇威： 本书主人公，学者型业余侦探。

罗伯特·西顿： 这个时代最杰出的英国诗人之一，普拉什·梅朵之家的男主人。

珍妮特·西顿： 罗伯特的第二任妻子，普拉什·梅朵之家的女主人。

莱诺·西顿： 罗伯特与第一任妻子的儿子，参加过二战，是一名优秀的退伍士兵。

瓦妮莎·西顿： 罗伯特与第一任妻子的女儿，莱诺的妹妹。

雷内尔·托伦斯： 一名失败的艺术家，租住在普拉什·梅朵之家的旧谷仓里。

玛拉·托伦斯： 雷内尔的女儿，有一些艺术天赋，租住在普拉什·梅朵之家的旧谷仓里。

芬尼·布莱克： 普拉什·梅朵之家的仆人,是个小矮人。
保罗·威林厄姆： 奈杰尔的朋友,一位农民,住在离普拉什·梅朵之家两英里外的辛顿·莱西。
布朗特警司： 新苏格兰场的警司,奈杰尔的老朋友。
盖茨警官： 当地负责调查"无头尸体"一案的探长。
鲍尔警佐： 布朗特警司的得力手下。

目 录

第一部分

第 1 章　奈杰尔·斯特雷奇威的日记 ········3

第 2 章　无头尸 ···································· 23

第 3 章　死胡同 ···································· 39

第 4 章　旧日阴霾 ································ 57

第 5 章　黏土塑造的头像 ····················· 79

第 6 章　从天而降的头颅 ····················· 95

第二部分

第 7 章　珍妮特·西顿坦白真相 ············111

第 8 章　雷内尔·托伦斯透露内情 ……… 128

第 9 章　芬尼·布莱克终于出现 ………… 147

第 10 章　玛拉·托伦斯回忆过往 ……… 165

第 11 章　莱诺·西顿偷听审讯 ………… 185

第 12 章　奈杰尔·斯特雷奇威继续调查

　　　　　……………………………… 204

第 13 章　罗伯特·西顿作出解释 ……… 219

第三部分

第 14 章　永别了，玫瑰 ……………… 237

第 15 章　摘自奈杰尔·斯特雷奇威的探案簿

　　　　　……………………………… 265

第一部分

第1章 奈杰尔·斯特雷奇威的日记

1948年6月6日,保罗带我去西顿家过了一天。他坚定地说:"你肯定会对鲍勃[①]·西顿感兴趣的,他写诗,你知道的。"我确实知道。我告诉保罗,罗伯特·西顿是我们这个时代最杰出的英国诗人之一。

"很高兴听到你这样说,"他淡定地回答说,"他养了一群很好的根西牛,房子也很迷人,但你一定要等着看他的奶厂。"我说,对我来说,朝圣之旅的高潮是诗人西顿,而不是一群奶牛,不管它们有多好。

我又问,他是什么样的人。"谁?老鲍勃?"保罗正在填写农民必须填写的那种表格,无法全神贯注地听我说,"哦,他是个好人。安静的家伙,你知道。"

事实上,这趟朝圣之旅去的只是隔壁的村庄。保罗的农场就在辛顿·莱西外面。西顿家的房子——普拉什·梅朵之家,在两英里外的

[①] 鲍勃为罗伯特的昵称。

费里·莱西。费里·莱西,则是牛津郡那些混乱的村庄之一——古雅的乡村小屋与粗犷的红砖平房和别墅混杂在一起。

第一眼看到村子远处的普拉什·梅朵之家,我就屏住了呼吸,真是一座完美的安妮女王风格的房子——长而低矮,柔和的灰粉玫瑰色的砖,不规则但巧妙的窗户位置。在房子和一堵将它与公路隔开的低矮的墙之间,有一片长50码[1]的草坪,像绿色玻璃一样平滑而有光泽。在这堵墙上,在房子上,在房子左边的花坛里,在后面的农场建筑的墙上,到处都是玫瑰花。它们飘浮着,旋转着,低垂着。白色和黄色的玫瑰花让人看得恍惚入迷。在房子的两头,草坪上两棵高高耸立的巨杉上,没有看到这些玫瑰花跃动的身影,反而使人惊讶。"本德米尔的小河边有一个玫瑰花的花圃。"其实那是泰晤士河,在树木的掩映下流过,离房子几百码远,房子就在河上头的一个悬崖上。

"到头了!"我惊呼。

"是的,"保罗说,"路到头了。不过下面有一座人行桥,就是以前的渡口,你可以过河,走过田野到雷德科特。"

他把车在门外稍停了一下。我听到了远处的轰鸣声,就像你把贝壳放在耳边时听到的声音,但更低沉,像一种永不消逝的坠落、一声不朽的叹息。是来自无限远的地方吗?还是因为这个地方和那些令人着迷的玫瑰花而在我脑海中产生的一种错觉?

保罗一定是看到我在听。"是堰塞湖,"他说,"在上游半英里处。"

---

[1] 长度单位,1码为3英尺,约91.4厘米。下同。

好吧，也可能有更糟的答案，他可能会说这是机械挤奶器在工作，我想。

"你不会在下午12点半给奶牛挤奶。"保罗回答说，然后从大门开进去。

我们下了车。这就像进入了一个梦境。从房子的前面走过，从客厅的窗户往里看，你可能期望看到一群身着华服的人以朝臣的姿态围着一位睡美人，玫瑰花茎在他们彬彬有礼的手指中缠绕。

当门打开时，这种印象得到了延续。一个矮人站在那里——一个穿着绿色围裙的狰狞生物，满脸堆笑。保罗可能真的应该给我事先提个醒。

他对这个怪物说："嗨，芬尼，你好吗？"怪物用一连串的带鼻音的咕噜声和呼哧声来回答，然后蹒跚着带我们走到大厅左边的一扇门前。

我们到了客厅里。眼前的景象依然魔幻。一个形状完美的房间，两边都有窗户，绿色镶板，亚当式壁炉，玫瑰木和胡桃木家具，窗帘和地毯都是圣诞玫瑰的那种淡淡的洋红色，到处都是玫瑰花碗，壁炉架上方挂着一幅精美的雷诺阿的作品——

"我看你在欣赏我收藏的雷诺阿的画。"我身后有个低沉的声音说。我转过身，保罗把我介绍给女主人。西顿夫人盛装打扮：她亲切地和我打招呼，带着公爵夫人接受花束的轻松而熟练的姿态。她身材高大，皮肤黝黑，很有威严，大骨架，鹰钩鼻，脸色蜡黄，浓眉下的眼睛很小——颇善社交，但没有魅力。我想她应该在40岁左右，20年后她就会变成一个普通的老悍妇。

我低语着对这所房子进行礼貌和真诚的赞美。她的眼睛亮了起来，在一瞬间看起来年轻了十岁。

"我对这房子相当自豪。当然，我们已经在这里生活了几个世纪——我是说，远在这所房子建成之前。"

"你看起来可不像有几百岁了，珍妮特。"保罗说。西顿夫人不合时宜地脸红了，但她没有不高兴——她是一个乐于被风度翩翩的男士温和地调侃的人。

"别瞎说，保罗。我正准备告诉斯特雷奇威先生，这两个村庄的名字来自我的家族，莱西家族。我们的祖先弗朗西斯·德·莱西从威廉一世国王那里得到了这个庄园。"

"然后你和你的房子结婚，从此过上了幸福的生活。"保罗说。这句话对我来说相当隐晦难懂，但对珍妮特·西顿来说却并不那么顺耳。她转身离开了。

"诗人先生将和我们一起吃午饭，早上他总是要工作。"她用一种不同的、颤抖的声音对我说，着重强调了"诗人"和"工作"。这可能只是搞笑，也可能是一种温馨的说法——但不知为何，我发现这句话令人毛骨悚然，以至于我粗暴地把谈话倒回了之前的话题。

"所以这房子是属于你的？"我问。

"它属于我们俩。罗伯特的父亲从我父亲那里买下了它，然后罗伯特继承了它。老西顿先生把它改名为普拉什·梅朵之家，但这里的人都还叫它莱西。你对巴特西的搪瓷艺术品感兴趣吗，斯特雷奇威先生？这里的柜子里有一些不错的作品。"

我说感兴趣，尽管我对西顿和莱西之间的交易更感兴趣。西顿夫人打开柜子的锁，拿出一个精致的粉盒。她用她那双关节粗大的大手拿了一会儿，然后把它放在我手里。当我仔细看它时，我感觉到她的眼睛盯着我，就像一种物理压力或来自火炉的热浪。我抬头一看，在她的脸上看到了一种相当奇特的表情。我能解释一下吗？就像一个年轻的母亲看着自己的第一个孩子躺在一个朋友的臂弯里，那种自以为是的满足感，加上某种可控的恐慌（他会不会把我的孩子摔了？），再加上其他一些东西，一些无法确定的东西，极其可怜，几乎到了可悲的地步。当我把艺术品交还给她时，她叹了口气，几乎气喘吁吁，好像她一直在憋气。

"啊哈，又是你最执着的爱好！炫耀你的宝贝！"一个悦耳、文静的声音从门口传来。一个年轻人站在那里，和一个迷人的黄头发女孩手拉手，向我们微笑。

"斯特雷奇威先生，这是我最好的两件展品，莱诺和瓦妮莎，现在正是瓦妮莎的期中假期。孩子们，快来让我炫耀一下吧。"西顿夫人说。

大家互相握手。莱诺·西顿近看有些显老，比他的年龄要大。保罗后来告诉我，他参加过二战，是阿纳姆战役的幸存者之一，得到过相当多的勋章。但我在想，他们的长相到底是继承了谁呢？显然不是珍妮特·西顿。

"我们刚才在河上，"女孩对我说，"莱诺绝对是个疯子。我们试图抓一只黑水鸡，就用了气枪，在他的橡皮艇上。当然，结果就是，那只黑水鸡完好无损，而我们的屁股都差点冻僵。"

"瓦妮莎！"西顿夫人叹道，随后对我说，"请你一定原谅这些孩子的出言不逊，斯特雷奇威先生，他们被教养得很糟糕。"

她说得很轻巧，但瓦妮莎的脸上出现了一丝不悦，使她一时间看起来面色相当平淡，仿佛太阳都消失了。

"我们没有享受到珍妮特的抚养。她是我们的继母，你知道的。"

这是一个尴尬的时刻。幸亏莱诺·西顿用一番恰如其分的解释缓解了这种尴尬，他说橡皮艇上的人必须坐在橡皮艇的地板上，而橡皮艇的地板低于水线，水又很冷，不可避免地会冻到橡皮艇上的人的屁股，等等。他还说他很幸运，没有成为皇家空军中的一员，因为那些人在战争中，在大洋上划橡皮艇划了相当长的时间。

他是个好孩子。他有一种自我控制的、有点像扑克脸的气质，那些天才父母或性格"强势"的父母的孩子身上经常出现这种气质。

瓦妮莎看上去只有 14 岁。实际上更小吗？她对她的哥哥有一种全心全意的英雄崇拜，而她哥哥觉得她无与伦比的有趣，且对她保护有加、感情深厚。在她的陪伴下，他仿佛年轻了 10 岁。这个可爱的孩子完全没有意识到她正在治愈她哥哥的战争创伤。

这时，西顿夫人举起了一根手指，那种颤动的音调——一个完美的管家谨慎地敲打着铜锣的音调——再次出现在她的嗓音里。

"我想我听到诗人先生下楼了。是的，他来了。"

然后——我的天，这简直就像是在那些重大仪典中，街上挂满彩旗，乐队准备演奏，仪仗队手执武器，人群翘首以待，而这时转角处走来的不是王室成员，而是一只流浪狗，或者可能是骑着自行车的跑腿小弟，沿着典礼大道匆匆而去。

罗伯特·西顿小跑着进入房间，对谁都含糊不清地笑着，这个相貌平庸的小个子男人身穿一件皱巴巴的蓝色西装，看起来好像是穿着这件西装睡觉的。

他似乎要与自己的儿子和女儿握手，但珍妮特·西顿把他引向了我。当我们握手时，他眼中的茫然表情消失了，他的特质开始显现。这种特质——我想我现在终于能看出来了——是一种几乎超自然的专注。我紧张地开始描绘我的幻想，灵感来自他的玫瑰、以睡美人为主题的幻想。他听我说话时，我感觉到他似乎不是只用耳朵听，而是在用他的神经、他的整个瘦小的身体，以及他内心的耳朵（他的眼睛向下看，好像他在努力捕捉我的声音在他自己灵魂中的回声）。当我说完后，他抬起头来，直视了一会儿我的眼睛，那是一种灼人的目光。

"睡美人，是的。"他若有所思地说，"还有那片荆棘丛，是的。但是你有没有想过——"他像一只鼹鼠一样钻到了看不见的地方，钻向他自己的一些更深的意义，"你有没有想过到底是什么把她困在了那里？不是荆棘，而是玫瑰花。她是她自己的美貌的囚徒，她父母认为她不能受到伤害，有着绝不允许她直面命运的决心，她是这一决心的囚徒。王后拿走了所有的纺车，你记得吗？是的，这都是王后的错。我不相信有什么邪恶的仙女。这个可怜的女孩无事可做，只能闲散度日,在玫瑰花丛中欣赏自己的倒影。因此她纯粹是因为无聊才睡着的。我不相信她在纺锤上刺破手指的那段情节。还有……"他悄悄地补充说,"我不相信那个王子。他不可能穿过这些荆棘,只有野兽才能做到,'某只粗暴的野兽'。"

"你把童话故事都弄混了,罗伯特,"他的妻子说,她现在站到了我们旁边,"我们进去吃午饭吧,好吗?"

到了餐厅,暗色、光亮、华丽,但不阴暗。表面都闪着光泽——桌子、餐具柜,历经两个世纪的擦拭和爱护。帝国风格的椅子、烛台。在壁炉架上,有一幅莱西先生的画像,他在原先的伊丽莎白风格庄园被大火烧毁后建造了这所房子,而原先的庄园本身也取代了更早期的建筑。窗外白玫瑰在摇曳。食物十分美味。矮人芬尼·布莱克在餐桌旁服侍:他动作灵巧而迅速,但仆人在递上蔬菜时得抬头看你,这让人感到有些不适。当他离开房间一会儿后,西顿夫人对我说:"芬尼是一个很棒的人,一个货真价实的傻瓜。"

"你是说莎士比亚式的傻瓜吗?"幸运的是,我听出了她的言外之意。

"是的,他总能说出非常有智慧的话,不是吗,罗伯特?不过来客人的时候,他一开始会很害羞。"

"那么,他一直坚持他的愚蠢吗?"我大胆地说。西顿夫人面无表情地看着我,但她的丈夫来救场了。

"斯特雷奇威先生引用的是布莱克的话——'如果愚人坚持其愚蠢,那他就会变聪明。'"

"我觉得这话太蠢了,"瓦妮莎说,"他只会成为一个更大的傻瓜,而芬尼正是这样。"

"哦,瓦妮莎,你知道你那柠檬水里的可怕化学物质会把桌子的光面弄坏的!快把它擦干净!"西顿夫人说话的声音里带着一种克制的恼怒。瓦妮莎用她的餐巾擦掉了她洒在桌子上的一点柠檬水,喃喃地说:"滚,该死的污渍!"她看起来很叛逆。

我问罗伯特·西顿他刚才在做什么。在他回答之前,他的妻子插话说:"罗伯特正在写一部巨作,"她的声音又开始颤抖了,"一首关于伟大战争的史诗——我是说1914年的战争,类似《王朝》那样的作品。"

罗伯特的脸上顿时露出相当苦闷的表情。作家们当然讨厌别人谈论他们手头正在写的作品,至少优秀的作家是这样。我客套地表达兴趣,说我们等他的新书已经等了很久了(事实上,肯定有近十年了)。我告诉他,他的早期作品,特别是我在上学时期读过的《抒情间奏》,是第一本让我对诗歌有感觉的作品。罗伯特先前一直专注于食物,这时他抬起头来,出人意料地说道:

"确实,但我写过最好的作品是《亡妻挽歌》。"他向我投来狡黠的一瞥,那个眼神说明了一切,然后他继续用最质朴的语言对这首诗歌表达了一些极其理智又感性的看法,"真的,奈杰尔,即使是前皇家空军之类的人也能读。"

对这首诗发表了一些极为明智和敏感的意见后,罗伯特·西顿明显一下子容光焕发了。他那张相当平凡的、朴素的、忧虑的小脸上弥漫着一种仿佛来自内心深处的美丽的柔情。真是惊人的转变。

"这是一首非常痛苦的诗，"珍妮特·西顿说，她抿了一下嘴唇，好像这些话是胡乱从她的嘴唇里挤出来的，接着补充说，"至少对我来说。"

一阵极其令人尴尬的沉默。看来《挽歌》中的"亡妻"，即莱诺和瓦妮莎的母亲，影响力犹存。我一下子充满了好奇，非常想知道有关她的一切。这时莱诺打破了沉默。

"我说，你还记得那个在战前来过的爱尔兰诗人吗？你知道的，爸爸——皮达尔·梅奥。'我可以告诉你你的诗有什么问题吗，西顿？它们并不烂，注意。但你没有像我写诗一样——你没有把你的心，把你鲜活的血淋淋的心挖出来，放在你面前的书页上。我说，你所有的这些尽在不言中，都见鬼去吧。'"

罗伯特·西顿笑着说："啊，是的，那是个狂人。他说完后接着向我朗诵我的《挽歌》，一边朗诵，一边泪流满面。"

午餐后，他带我参观了花园等。房子是L形的，L的横排是厨房和仆人的住处，房子后面有一个大大的铺着草坪的院子，中间有一棵大栗子树。院子外有一排农场建筑——马棚、牛棚、车棚、奶厂，都在一个长长的、长满苔藓的瓦片屋顶下，风吹雨淋已经使屋顶褪成了多尼戈尔粗花呢的纹理。在院子的左边，有一个宏伟的什一税谷仓面对着另一边的仆人宿舍，但没有和房子连在一起。西顿告诉我，他把它变成了一间小屋，租给了一个叫托伦斯的画家朋友和他的女儿——他们一会儿要来喝茶。

我们走过院子，绕过农场建筑的尽头，进入一个有围墙的果园。在果园的近角，有十几码的范围是围起来养鸡的。诗人站在那里仔细地凝视了一会儿他的母鸡。我恭敬地等待着。最后他好奇地斜眼瞥了我一下，半戏谑半心不在焉地说：

"母鸡看起来总是那么无精打采，对吧？"他好听而低沉的声音如此严肃地说出这样的话，我不禁笑了。毫无疑问，这简直就好像济慈写麻雀在瓦砾中啄食一样。

我问他是否自己照看鸡和奶牛。他说以前是这样，但现在他对它们失去了兴趣。他现在又雇了一个放牛人和一个园丁，有时他还是会给牛挤奶——觉得那很"抚慰人心"。

越过果园，穿过砖墙上的一扇精致的铁门，来到了外面的草场。著名的根西牛在那里吃草，它们看起来就像诺亚方舟上的牛。在我们的左边，是一片茂密的树林；在我们的右边，牧场的下面，是泰晤士河。所有的一切都无比宁静，而且精心排布，令人赏心悦目。

"我回到这里之后，曾想过写一本英国的《乔治书》。但我不是真正的农民，而且大自然本身让我感到厌烦。"

"你回到这里之后？"

"是的，我父亲和哥哥去世后，我来这里继承了房子，还有钱。非常方便，诗人和其他人一样也要吃饱饭，只是这一切都太晚了。那是我们洗澡的地方，就在那下面，我带你去看看。"

他最后说的那些话在我脑海中激起疑问，但我忍住没问，他这话并不是真的说给我听的。我们漫步到河边，看到河岸逐渐倾斜形成的一个天然浴池；往悬崖上更高的地方爬去，西顿指给我看悬崖顶上的伊丽莎白风格庄园的梯台花园的遗迹；然后我们又回到了大院子里，栗树的枝丫被拽得剧烈晃动，在开满花的花枝之间露出一张傻瓜脸朝我们挤眉弄眼。

"芬尼常常爬那棵树，"罗伯特·西顿说，"像个猴子一样爬来爬去。他的前臂特别有力，我敢说，他在餐桌边侍奉时你已经注意到了。"

我想不出什么合适的评论，便要求去看看奶厂。奶厂在那一整排农场建筑的末端，离原来的谷仓最近，显然是不惜花费重金建造的：分离器、巴氏灭菌器、冰箱、奶酪模具、黄油烘干机和其他设备应有尽有，一切看起来明亮又卫生；窗户很高，地板和墙壁都铺上了瓷砖，排水很好，所以整个地方可以用水管冲洗。罗伯特·西顿兴致勃勃地指出了所有的优点，然后又回到了他那友好却心不在焉的状态。我想，他的思绪没办法长时间远离那部有关大战的史诗——尽管我必须说，对罗伯特·西顿来说，这是个奇怪的写作对象。

我们又聊了一会儿。他给我看了一个设备齐全的车间和一些他正在制作的未完工的家具，我注意到上面的灰尘很厚。这里给我留下的印象也是，有钱父母的独生子拥有了金钱可以买到的所有玩具，但他对这些玩具都感到厌烦。

我看到一个非常精美的木雕作品放在长椅上，问他这是不是他的作品。

"不，是玛拉·托伦斯做的。她很有这方面的天赋，对吧？"

走近一看,我吓了一跳:木头上刻着的叶子和果实中间,与它们的图案相互交织并流畅过渡的,是一个赤裸裸的淫秽场景。而最让我震惊的是,那张好似萨提尔①的大胡子脸,虽然很小,但不知怎么的,却与诗人罗伯特·西顿本人有着惊人的相似。我不由自主地抬头看了他一眼。他坚定地与我对视,脸上又出现了深切忧伤的表情,那种忧伤似乎总是潜伏在他的五官后面,随时准备跳出来占有它们。他说:"这是一种自我疗愈的方式,你懂的。"

当然我并不懂。但我发现,西顿有一种微妙的尊严,甚至使我无度的好奇心也不敢探查他的风流韵事。

现在,他留下我一个人走了。我决定在与其余的人会合之前去花园看看,便走过谷仓,沿着爱尔兰紫杉和长茎玫瑰交替排列的草径,走向远处的一座凉亭。那是一座旋转式凉亭,它的背面被转到了面对小路的方向。我听到里面传来声音——我压抑自己的好奇心太久了,忍不住要听——是莱诺·西顿的声音,还有一个我不认识的声音:一位女士的声音,冷静、沙哑,而且——没有别的词可以形容——幸灾乐祸。他们所说如下。

未知女性:"所以你愿意为我做任何事,是吗,亲爱的莱诺?任何事情?我想知道你真的是这个意思吗?"

莱诺·西顿:"你知道我想做什么。"

未知女性:"哦,是的。我将会被感化,就像我是一片沼泽地,

---

① 古希腊神话中半人半羊的森林之神,象征好色之徒。

或者其他什么似的。但假如我不想被感化呢？"

莱诺·西顿："像你现在这样开开心心的，嗯？"

未知女性："我也有过好时候。谁还能指望什么呢？"

莱诺·西顿："还有很多，我亲爱的女孩。你也知道的，爱情、婚姻、孩子，正常的普通生活。"

未知女性："哦，你说得真无趣！"

莱诺·西顿："过去的五年里我已经受够了各种折腾。现在我只想要戴着日常的圆顶礼帽、8点半吃早饭、火炉旁放着拖鞋的安定日子。"

未知女性："你可以拥有它们，但我不感兴趣。你和你那枯燥乏味的家庭生活！不，我要在我死之前激起一点水花，我要——"

莱诺·西顿："水花！瓶子里怎么激得起水花？这就是你……不，你不需要这样，我的女孩！我相当擅长徒手格斗，所以你那些红色的长指甲可以收起来了。"

未知女性："不，你现在不那么无聊了。好了，继续吧，开始感化我吧……来吧，我的阿纳姆小英雄，不要害怕！"

我觉得是时候离开了。好吧，好吧。这位女士真是个十足的捣蛋鬼，套用我亲爱的布朗特警司的话说。但我认为她已经遇到了她的对手。

一小时后的下午茶时，我见到了她。她走过草坪，来到大树树荫下我们坐着的地方，一个庞大笨拙、看起来脏兮兮的男人陪着她。我被引见给了雷内尔·托伦斯和他的女儿玛拉。她一开口我就认出了她是凉亭里的那个声音，乌黑的长直发（为什么所有与艺术有关的女性看起来都像在头上浇了一桶清漆,却忘了用梳子?),玉兰白的厚皮肤,不安分的手指。烟瘾重?有酒瘾?

她用她那略微凸起的眼睛盯着我看了很久,在我移开目光后,仍能感觉到它们的注视。在喝茶的时候,她和莱诺刻意地避免相互对视。我注意到,西顿夫人一直对他们保持留意。全场弥漫着隐隐不安的气氛。雷内尔·托伦斯滔滔不绝地抨击着这阵子"流行的"英国画家——马修·史密斯、萨瑟兰、希琴斯、克里斯托弗·伍德、弗朗西斯·霍奇金,都在被拍卖,无论年龄和性别——我们得摆脱法国的影响,回到塞缪尔·帕尔默时期。这个托伦斯是个心怀不满的人,估计他自己是个失败的画家,但他说话时有那么一点派头。在长篇大论了十分钟左右后,他注意到了我的存在,问我对什么感兴趣。

"犯罪。"我说。

那人的眼睛朝他的女儿闪了闪,然后又看向我。他的脸上出现了不同的表情——警惕?愚蠢?

"什么,你是说你读侦探小说?"

"不,他活在侦探小说里,"保罗说,"他和苏格兰场合作密切。所以,你们所有人都注意着点,谨言慎行。"

瓦妮莎·西顿高兴地拍起手来:"我说,那真是太棒了!要是托伦斯杀了他那些画家对手,斯特雷奇威先生会去抓他的。"

"他们都死了,大多数都已经死了,还留着臭名。"托伦斯说。

玛拉又紧紧地盯着我,问我是否专攻犯罪的某一分支。西顿夫人非常迅速地说,她确信我不想聊工作上的事情。

"但我很感兴趣。"玛拉用一种抱怨的、小女孩的声音说。

"嗯,我在一些谋杀案的调查中提供过帮助。"

玛拉·托伦斯刚刚说的最后一句话似乎令空气中出现了非同寻常的紧张气氛,而这时紧张的氛围稍稍放松了。罗伯特·西顿现在变得非常清醒,兴致高昂到几近颤抖,就像一只在老鼠洞里的梗犬,他说:

"这一定很令人着迷。我是说引爆点,一个特定的男人或女人被点着爆发的点。我想这个点在人与人之间是非常不同的。"

"我想看到莱诺被点着爆发,"瓦妮莎咯咯笑着说,"他会燃烧出美丽的橙色光辉。"

"纯白色的光芒。"托伦斯小姐低声说,她对"纯"的强调中带着一丝厌恶。

莱诺把一个垫子扔向他妹妹:"但大多数谋杀案都是有预谋的,而不是因为突然的激情爆发,不是吗?"

"这是一个非常病态的话题,孩子们。"西顿夫人说。

她的丈夫并没有领会她的暗示。

"我不是这个意思,莱诺,"他继续说,"每一起谋杀案都是暴力的行为,都是激情的行为,不管它预谋了多久。不,我说的是每个人的导火索。你看——你可能希望摆脱某人,或摆脱一些无法忍受的情境:你在幻想中制订你的计划;你不是认真的,或者你认为你不是;你想象你的武器、你的机会、你的不在场证明等等;但你在现实中一直在铺引线。然后在某个时刻,你发现引线已经被点燃了,火星正在朝上爬,你已经无法阻止爆炸了。你注定要为你所梦想的东西而行动。"

"天哪,"瓦妮莎惊叫出来,"你真令人毛骨悚然,爸爸!"

我说了一些话,大意是导火索取决于你在想象中计划的谋杀与你自己的个性是否一致。如果你从错误的动机出发来计划谋杀,也就是说,与你个性中最强劲的因素、与你最强烈的情感无关的动机,导火索就永远不会被点燃。

"但除非牵涉到你所说的某人最强烈的情感,否则没有人会考虑到谋杀。"保罗非常理智地说。

"开始变得有趣了。"玛拉·托伦斯拉长声调说,"跟我们说说,你认为我们每个人都会有什么强烈到足以使我们铤而走险的动机?"

我说我对他们中的任何一个都不够了解。女孩用她的香烟做了一套"点兵点将"的动作,最后指向了西顿太太。

"来吧,珍妮特。斯特雷奇威先生对我们还不够了解,所以我们要告诉他。你先说。"

"我亲爱的玛拉,我不喜欢这些真心话游戏。它们总是以眼泪收场。"

"好吧,那我就替你说吧,这很简单。珍妮特最强烈的情感所在就是普拉什·梅朵之家和其中的一切。为了保护它,她会杀死任何一个人。下一个你来,保罗。"

"我是纯粹的利他主义类型,我愿意为人类的利益而杀人。我想把大国的领导人叫到一个房间里,用一把冲锋枪指着他们,告诉他们,如果他们不在三小时内达成废除原子弹的协议,他们就得死。"

"行。你呢,父亲?"

雷内尔·托伦斯擦了擦他那张泛着油光的脸："我是一个画家。我应该只对无偿的谋杀感兴趣，我……"

"哎哟，或者如果有人妨碍到你的物质享受了。"他的女儿打断了他，话里带着幽默的蔑视，"你会因为恐慌而杀人，或者为了利益，如果看起来相当安全，而且真的有足够的利益可言。所以，罗伯特会为了他的艺术而杀人，对吗，罗伯特？"

"你可能说对了，我亲爱的，"这位诗人温和地说，"只是我实在难以面对我的受害者，所以必须是那种远距离的谋杀——你知道的，比如在阿司匹林片的瓶子里塞入氰化物药丸。"

一头乱蓬蓬的褐色头发的瓦妮莎一直在冥思苦想，这时她若有所思地说道："我想毒死格拉布小姐，我们的化学课老师，用一种起效非常缓慢的毒药。我想看到她在我脚下挣扎——"

"瓦妮莎——！"

"——就在她即将死去的时候，我会给她注射解毒剂，或者用胃泵。胃泵到底是怎么用的，斯特雷奇威先生？"

"你可以在你自己的肚子上装一个胃泵帮忙。"莱诺戳了戳他妹妹的肚子，说道，"你吃完每餐饭之后膨胀起来的样子，真的很讨厌。"

"哦，闭嘴吧，莱诺，你太可怕了！我可不贪吃。"

"所以现在就剩下莱诺了，"玛拉说，"这位无所畏惧、无可指摘的骑士到底会为了什么杀人呢？"

"好吧，有一天我可能会拧断你的脖子，当你特别让人恼火的时候。"

"啊，是的，激情犯罪。终于把你的底细摸清了。"她回答说，毫不羞愧地深深看着他。

草地上一片寂静。斑尾鸽在上空咕咕叫着，我可以听到堰塞湖的低音。

"没有人问我为什么要杀人。"玛拉·托伦斯说。

现在还是没有人提问。

"复仇。"她说。

"哦，好啊，"瓦妮莎说，"就像我对格拉布小姐一样。"

芬尼·布莱克快步上前把茶具拿走。

"那我们的芬尼呢？"玛拉说。

西顿夫人表情可怕地冲着她说："玛拉，我绝对不允许你——你知道芬尼不是——"

"好吧，好吧。芬尼是普拉什·梅朵之家的一部分，绝不能被打扰。我知道。对吧，芬尼？"

那个小矮子咯咯地对玛拉·托伦斯笑。当他回到屋里后，罗伯特·西顿转身对我说："这是很有趣的一点。芬尼会模仿他所见过的任何动作，我妻子就是这么训练他的。"

"你的意思是，"我说，"如果他真的看到了一起谋杀案，他可能会去对另一个人实施同样的谋杀？"

罗伯特·西顿点了点头。他的妻子牢牢控制住了话题，并把它转到了另一个方向。后面谈话的内容变得非常亲切友好，无忧无虑，平和融洽。一小时后，保罗和我离开了。他们站在车道上，向我们挥手告别:这位优秀的诗人,被他的玫瑰花包围着,被他可爱的家人包围着。一个真正的创造者能在如此美丽、如此平静的环境中工作,是多么合适,多么难得。当我们从车道转到公路上时,那些玫瑰花似乎带着一种温和、友善的亲切感向他靠拢,将他包裹起来,如此的雅致,如此的平和……

第 2 章　无头尸

在拜访西顿家两个月后，奈杰尔·斯特雷奇威收到了一份电报——

斯特雷奇威：韦尔贝克俱乐部，伦敦，W1。辛顿·莱西站上游方向 1.5 英里处泰晤士河里发现尸体，你是否有兴趣？保罗。

奈杰尔回复——

威林厄姆：罗伯特的农场，辛顿·莱西，牛津郡。不，我何来兴趣？如为此忧虑就把它打捞上来。很忙。奈杰尔。

两天后，当他正在撰写手头上那部涉及某些 20 世纪诗人的手稿、以笔迹学为主题的专著时，第二封电报到了——

斯特雷奇威：韦尔贝克俱乐部，伦敦，W1。警察蜂拥而至，普拉什·梅朵之家。珍妮特·西顿作为辩方表现出色，已揍了探长。现在感兴趣否？你这老狐狸，保罗。

奈杰尔没有回复。保罗·威林厄姆从不写信，也拒绝在家里装电话，理由是他在战争期间用对讲机说话说够了——所以没有办法，只能过去请他解释一下他的废话。但奈杰尔首先打电话给他的老朋友，新苏格兰场的布朗特警司——他无意仅仅因为保罗的一封轻率的电报而打断自己的工作。同时，不能忽视的是，在辛顿·莱西上游方向一英里半的泰晤士河中发现了尸体，就相当于在费里·莱西下游方向半英里的泰晤士河中发现了尸体，而且警察到访普拉什·梅朵之家，也不可能是为了欣赏玫瑰花。

"布朗特吗？我是斯特雷奇威。很抱歉打扰你，两三天前在泰晤士河中发现了一具尸体，你知道这事吗——在牛津郡，一个叫费里·莱西的地方附近？"

"呃，呵，好家伙，助理局长今天下午刚和我谈起过这个案子，这可真是一个非常奇怪的巧合。牛津郡的人要求我们提供帮助。"

"什么情况？是自杀？还是谋杀？"

"哎呀，当然是谋杀。你难道没有看报纸吗？"

"我只看《世界新闻报》，而且星期天还没到。死者是谁？"

"这正是需要我们调查的事情，"布朗特警司冷笑着说，"但是既然你还没看过报纸，你怎么会知道呢？"

"呃，我见过西顿夫妇，他们住在——"

"你竟然！你今天晚上有空吗？我想在见过盖茨探长后和你谈谈，他是当地负责调查这个案子的人。"

"是西顿夫人揍过的那位？"

"呃，你说什么？哦，是的，这位女士好像凶悍得很。那，你晚上10点左右有空吗？"

奈杰尔决定不去翻看最近几天的报纸，而是等着布朗特来把故事一五一十地讲给他听。

那天晚上10点过后不久，两人坐在奈杰尔的房间里，中间放着一瓶威士忌。

"好酒，"布朗特咂了咂嘴说，"你从哪里买到的？在黑市上吗？好吧，祝你好运。那么，关于你说的这具尸体……"

根据布朗特的描述，事实如下：

在上周日，晚上9点20分，一对度假的年轻夫妇把他们的小船推到泰晤士河南岸的芦苇丛中，打算在那里停泊一晚。当男孩把鱼竿插入泥中时，他感觉到有障碍物，就用船钩去钩，结果拉出了一具被卷入水下芦苇丛的男性尸体。女孩下了船，去最近的农场寻求帮助，而那个男孩则留在尸体旁。警察及时赶到，尸体被送去太平间。尸检没有发现任何迹象表明是窒息而死，因此（"除了有其他证据。"布朗特表情严峻地说。）死亡不是由溺水造成的。尸僵已经消失，手掌和脚底泛白，身体表面的静脉已变褐色，但腹部尚未呈现绿斑，而这一般出现在泡水尸体腐败的第二阶段。这些迹象表明，死亡时间大约在发现尸体前的36小时至3-5天内。

由于人体在死亡后，不到8-10天不会浮出水面，因此死者一定是在他被发现的地方或附近被放入河中的。由于上游不远处有一个堰塞湖，水流较急，因此可以想象尸体沿着河床被河水冲了一小段距离——警方可能会用假人做实验来验证。但是，综上所述，一切都表明如果尸体不是直接被放入芦苇丛中的，那么它就是在费里·莱西和发现尸体的芦苇丛之间的某个地方被放入河中，放入的时间不晚于周五至周六的夜间，不早于前一个周二。凶手并未试图让尸体沉入水底，这在此类案件中不太寻常。由于伦敦垂钓俱乐部的成员整个星期天都在这一带钓鱼，他们踩踏的足迹和散落的垃圾使得在河岸上寻找凶手抛尸时留下的痕迹变得几乎毫无可能，但是当地警察在离芦苇丛最近的那段河岸上没有发现任何可疑的痕迹。尸体被人用船运到这里，然后抛入水中，这种可能性是很高的，这方面的调查也正在进行。

警司把这些细节说了一遍，然后停了下来，继续喝他的威士忌，并有些狐疑地看着奈杰尔。

"那么他是如何被谋杀的？"奈杰尔问。

"尸体上没有暴力的痕迹。"

"毒药？"

"身体器官里没有毒药的痕迹。"布朗特回答说，显然很享受奈杰尔困惑不解的表情。

"他不是被淹死的，他不是被毒死的，他没有被枪击、被刀刺，或被殴打。这到底是什么样的一具尸体？"

"他穿着一件雨衣，没有别的衣服。尽管尸体被浸泡过，但还是发现了少许血迹。"布朗特淡漠地继续描述。

"但是到底怎么——"

"主要在雨衣的外面。据判断，死者身高约为5英尺8英寸。"

"你说'据判断'是什么意思？牛津郡的警察没带尺子吗？"

布朗特期待的高潮终于到了，他已经为之铺垫了许久——

他说："哎呀，没法准确判断身高，因为他的头不见了。"

警司坐在那里，尽情欣赏着奈杰尔的震惊。

"就是这样，"他停顿了一下，继续说，"头被从脖子上砍下来了，非常笨拙，手法非常业余——"

"啧啧啧。"

"——而且，他们怎么都找不到那个头。盖茨探长已经把河道往上往下一英里都搜了个遍——"

"但如果尸体是用船运来的，这家伙可能在几百英里外的地方已经被谋杀和砍头了。"

"是的，就是这样。但是雨衣上有一道裂痕，上面撕下的一小块布料是在狐狸洞森林边缘的铁丝网篱笆上发现的，离费里·莱西的人行桥大约一英里。"

"好吧，那你有什么困难吗？这家伙一定是个本地人。邻近地区有谁失踪了？"

"没有人失踪。"布朗特回答说，"更重要的是，我们已经派人查了整个大不列颠的男性失踪者名单，到目前为止，这具尸体与任何现有失踪者的描述都不吻合。"

"那为什么他的头被砍掉了？"

"没错，斯特雷奇威！你可算是问对问题了！"布朗特喊道，这是奈杰尔所见过他最近似兴奋的语气，"砍掉一个人的头，或毁掉他的五官，是为了死者不被认出来。把他的衣服脱掉，这样衣服上的裁缝店标签和洗衣店标记就不会被辨认出来——顺便说一下，那件雨衣很便宜，是通用裁缝店的，可能是在几百家分店中的任何一家买的。我们正试图追踪，但是——"警司耸了耸肩，"所以，如果死者根本就是个无名氏，凶手为什么要费这么大力气做这些事情呢？当然，现在下结论还为时过早，但这具尸体似乎就是凭空出现的，它和任何一个失踪人员的描述都不相符。我说这真是不可思议。好了，那你怎么看呢？"

"说不定。我是说，他确实是凭空出现，"奈杰尔沉思着说，"从一个遥远的国家来的。他穿着皮靴吗？"

"皮靴？我刚才已经告诉过你了，除了一件雨衣——"

"是的，当然。"奈杰尔喃喃道，"但是——"

他开始引述：

"脚踩皮靴，穿着得体。

旅行者之首，为何，为谁，

从何，如何，缘何，

来此暗藏凶险之地？"

"你说的都是些什么东西？"

"豪斯曼的希腊悲剧仿作的前几句，非常贴切，问出了我们必须回答的所有问题。费里·莱西是一个安静、祥和的地方，是个死胡同，你去其他任何地方都不可能途经那里；人口很少——也许只有两三百人。如果一个陌生人出现在那里，他会像雪地上的黑羊一样显眼，全村人都会议论他。"

"我们没有收到任何报告说上周在那个村里看到过陌生人。"

"这意味着他不希望被人看到，他也许是在晚上到达的。那他为什么要穿过那片他缠到铁丝网的树林呢？也许因为他在那里与人幽会，也许因为他想避开道路。这两种解释都涉及保密。你知道吗，布朗特，有一类失踪人员是你的名单没法完全涵盖的——英国军队的逃兵，再加上返还的战俘、难民，战争中流离失所的那些人。"

"就这些吗？"布朗特干巴巴地说道。

"在邻里间有分寸地找找闲话，应该就可以发现哪家人有什么可疑的亲戚——不可外扬的家丑、不肖之子、浪荡子弟之类的。那具尸体什么年龄？"

"医生估计是55到60岁。"

"那就不是逃兵。不过——"

"营养不良，但对他的年龄来说，算是肌肉发达，很强壮。近期在做艰苦的体力活，还在东部生活过一段时间，皮肤有色素沉着。"布朗特继续面无表情地说。

奈杰尔举起了手："既然你什么都知道了，为什么还要来找我？"

"我只是想欣赏训练有素的理论思维在归纳推理上的发挥。哎呀，'旅行者之首'，非常好，斯特雷奇威，非常好，"布朗特说着，兴奋地拍了拍自己的光头，"那就让我们再来归纳推理一下。"

"好吧，那么，尸体的衣服。把雨衣留在尸体身上，因为英国制造的服装的标签不会透露任何信息。其余的衣服都被拿走了，因为它们在剪裁、材料或标签上都会留有痕迹，表明这位游客来自国外哪个地方，并可能导致他的身份被发现。"

"就是这样。当然，我们正在跟港口、航运和航空公司打听，但这会是一件漫长而枯燥得可怕的事情。还有别的吗？"

"我觉得这件雨衣相当奇怪，不是吗？"奈杰尔慢慢地说，"为什么非要在脱掉他的其他衣服后再穿上它？雨衣上沾的是死者的血吗？"

"反正是相同血型的。"

"但血迹主要是在外面。你知道，如果他被殴打致死，或者被割喉，大量的血会滴落在雨衣的内侧。"

"嗯哼。"

"这表明这可能根本不是他的雨衣，而是属于凶手的。凶手穿着雨衣是为了防止死者的血迹沾到自己的衣服上。"

"对，这有可能。但这仍然不能解释他为什么事后要给尸体穿上雨衣。对他来说，把它烧掉，或者把它和死者的衣服一起藏起来，要安全得多。当然也不是说把衣服藏起来或者烧掉就一定安全。还记得新西兰的莱基案吗？"

奈杰尔已经打开了他办公室的一个抽屉。他拿出一张大号军用地图，在他们面前的桌子上展开。

"这里是费里·莱西，我们来看看，在离村子大约五英里的范围内有三个火车站。雷德科特和奇林厄姆枢纽站在大西部铁路线的主线上，辛顿·莱西在一条小支线上。但是雷德科特在河的另一边——与你说的这片树林相反的一边，那就只剩下奇林厄姆和辛顿·莱西了。这家伙不希望被人发现，所以绝不会在一个小支线车站下车，所以我打赌是奇林厄姆枢纽站。这是一个相当繁忙的地方，车站在郊区。他可以走这条路，走四英里，然后走岔路，进到狐狸洞森林，这样就能抄近道去费里·莱西。他一定对这一带非常熟悉，所以知道这条近道。"

"有道理。"布朗特说，"然而，到目前为止，我们唯一能证明他曾穿过树林的证据就是带刺铁丝网上的那一小块雨衣布料。但你刚才又说，那雨衣可能根本不是他的。"

"哦，见鬼！用我自己的话来驳倒我！那你来破案吧，都交给你，这要命的案子。"

"我会负责常规调查。不过，哎，你不会想自己去牛津郡度个假吧？"

"当然不会。我很忙。"

"你在那里有朋友，相比盖茨和我这样的警察，你能收集到更多八卦。"

"哦，说到盖茨，"奈杰尔说，"他跟西顿夫人打起来了？到底怎么回事？"

布朗特看起来很震惊："哎呀，这么说有点过于夸张了。盖茨只是在履行他的职责，调查上周他们一家有没有人在哪里看到过陌生人。他们家好像有一个小矮人是仆人——"

"对，芬尼·布莱克。"

"——西顿夫人不同意让盖茨盘问他，说他是个哑巴，或者弱智，或者什么的。盖茨坚持要盘问,她就打了他一耳光。盖茨是新来的,你要知道,也许他莽撞了些,但是——"

"呵,你总归是帮自己人说话。"

"但袭击正在执行任务的警察,可是一件很严重的事情。哦,天哪,根本不行。然后那夫人威胁说要把郡里的警察局长和治安长官都叫来,还要把整件事都怪罪到可怜的盖茨头上。她在郡里好像有很大的影响力,所以盖茨觉得他还是不提这事了。"

布朗特喝光了最后一口威士忌,伸手去拿他那顶破旧的毡帽:"我会在乡下见到你吗?"

"我可能会去保罗·威林厄姆那里,而且我想拿到一些罗伯特·西顿的手稿样本,对我正在写的一本专著有用,所以也许——"

"这才是你嘛!我就知道你那长鼻子都闻到可疑之处了,就绝不可能置身事外——"

奈杰尔还没想出合适的回答,布朗特魁梧的身影就关门离去了……

"我就知道你那长鼻子都——"

"再有人提到我的鼻子,不管用什么词,我都要把他放倒在地!"奈杰尔说。他和布朗特谈话后的当天晚上,他就和保罗一起坐在了辛顿·莱西的莱西纹章酒吧里。

"还有,动动脑子想想,要是这里的人发现我和警察有关系,我就什么都打听不到了。"奈杰尔继续低声说。

"我就说你是英国广播公司的人,我的邻居会很佩服的,天知道为什么。我就说你是那些老套的节目的制作人——你知道的——'祝你幸福快乐'——你知道那种废话的。你来这里就是为了拍摄那种东西，他们会信的。晚上好，弗雷德！汤姆！这是我朋友，斯特雷奇威先生。他是英国广播公司的，他要去……"

"我不是英国广播公司的，我也不打算请你喝酒，保罗。先生们，不好意思——"

"谢谢你，先生。"汤姆和弗雷德迅速地齐声说道。

"英国广播公司，"汤姆马上说，"这是个了不起的机构，不管你怎么看它。不过，轻节目出来之前我是不这么认为的，在我看来，差得很。但是那些交响乐——古典音乐之类的——就是我的偏好了，比如布尔特爵士，真是个优秀的指挥家。"汤姆擦了擦他那乱蓬蓬的胡子的末端，"你不会恰好跟轻节目有什么关联吧？希望这么说没有冒犯到你。"

"不，一点关联都没有。"奈杰尔说，向保罗投去了毒辣的一瞥，"其实，我完全不是——"

"可能这位先生是工程方面的，"弗雷德推测，"这些对我来说完全无法理解——什么高频率、千瓦、循环之类的，但我想对先生你来说应该一眼就能看懂吧。现在想想，我正要出门来酒吧的时候，我老婆跟我说：'弗雷德，你那该死的无线广播又断线了，我本来打算在你去喝酒的时候听那部好听的狄更斯连续剧。'所以长话短说，威林厄姆先生提到你来自英国广播公司的时候，我跟自己说——"

"但是——"奈杰尔开口想打断他。

"——我跟自己说,弗雷德,说不定这位先生能抽出点时间来,明天早上到我的寒舍,帮我瞧瞧我的无线广播。我发誓,你两分钟就能把它修好了。不是我想给你添麻烦,先生。"

"你就考虑一下吧,先生,拜托了。祝你身体健康。"

两个老农夫走回酒吧时,奈杰尔转向了保罗。

"如果你再把我和当地的上流人士扯上关系,我就杀了你。你说我到底——"

"继续编啊,伙计,你做得很好。这都是铺垫。现在我们再试试杰克·惠特福德。杰克!"

一个健壮的卷发男人——他刚刚带着一只杂种猎狗进来,这只狗立刻就将自己蜷缩在一张长椅下——走了过来,保罗给他们互相介绍。

奈杰尔说:"要是威林厄姆先生告诉你我是英国广播公司的人,他就是在撒谎。"

"啊,威林厄姆先生是个可怕的该死的骗子。"杰克亲切地笑着说,"看到你刚才和那两个老傻瓜说话,你打算让他们上节目吗,先生?几个古板的乡下土包子唠叨他们年轻时候怎么亲手割了50英亩的草?那该死的英国广播公司放的一些关于我们乡下人的东西,我看了就烦。"

奈杰尔放弃了。"我对那种事情不感兴趣,"他说,"但你们这里发生的那起谋杀案,能拍成一个很好的专题节目——我的意思是,谋杀案对邻里造成的影响。"

他注意到整个酒吧都陷入了沉默。杰克·惠特福德正用那双浅蓝色的眼睛神秘地注视着他，眼里带着水手特有的淡定和疏远。

"不是我们这里的，"他说，"是费里·莱西那帮人。费里·莱西那边的人都无法无天的，辛顿这里都是些遵纪守法的人。"

保罗·威林厄姆笑了起来："尤其是在晚上。"

"眼不见，心不烦。"杰克说。

奈杰尔停顿了一下说："我认识一个人，在我以前住的德文郡——他其实是萨默塞特人——他经常拿着一根长竿到树林里，把某种硫磺制成的烟花固定在一端，然后点燃，朝着树枝捅。烟雾能把树上栖息着的野鸡熏倒，它们就像熟透的苹果一样，从树枝上掉到他的手里。"

杰克·惠特福德拍了拍他的大腿："这是个好办法！以前从没听说过，真是绝了！我真是——"

气氛活跃起来了。于是奈杰尔问这个偷猎者，狐狸洞森林是不是禁止捕猎。杰克·惠特福德警惕地看了他一眼。

"斯特雷奇威先生没问题的。"保罗说。

"啊，是的，而且都用铁丝网围起来了。但如果你认识路的话，有办法进去，也有办法出来。"杰克回答说，狰狞的笑一闪而过。

奈杰尔又小心翼翼地鼓动他。这片树林，似乎曾经是莱西家产的一部分。那位诗人的父亲詹姆斯·西顿把它卖给了一个伦敦财团。该财团雇了一个狩猎人，总之当地人不容易打猎了。后来，他们甚至把穿过树林的那条旧的公用道路的大门用铁丝缠住了。

"那是多久以前的事？"奈杰尔问。

"八九年前了。现在我们所说的老莱西先生——以前的乡绅——

绝不会允许伦敦财团的人这样做的。"

"我很奇怪西顿先生没做点什么。"保罗说。

"哦,估计他只想过平静的生活,我们都知道莱西家现在谁说了算。"

一片沉思的寂静。杰克·惠特福德从他的啤酒杯中抬起了脸:"我本来也想这么说——跟一个什么探长。"

"他也来盘问你了,是吗?"保罗说。

"啊,那是一个爱管闲事的人。我把他打发走了,都不是个本地人。'管好你自己的事情吧。'我直接跟他说。"杰克又喝了一大口啤酒,"对这种人必须得小心。他问我上周有没有在晚上看到什么陌生人,而我和我的老婆是在床上睡觉吗。我说:'别傻了,我不像有些人那样爱出去找麻烦。我怎么会看到陌生人呢?'"

"我想他是在追查杀死河里发现的那个人的凶手。"奈杰尔无辜地说。

"你永远不知道警察在查什么,有一半的时间他们自己也不知道。"杰克停顿了一下,"巧了,你刚刚说到狐狸洞森林。我上礼拜在那里看到一个人——应该是上周四晚上吧。"他悄悄地压低了声音,"一开始我以为是西顿先生,我已经不是第一次在晚上看到他了。他有好几次从我身边经过,就跟你现在这么近,我猜他在写诗。啊,他也是个夜猫子。"

"也许你看到的就是西顿先生。"

"他看起来是有点像,乍一看的话。但他走过的时候,走得非常快,我就站在树后面，可西顿先生平时走得很慢，明白吗？然后就是——他从马道上岔开，走到老的公用道路上去了。我听到他翻过大门，就是我跟你说过的，缠满铁丝网的那道门。所以我知道不可能是西顿先生，他从来不走那道门的。"

"你注意到这家伙的穿着打扮了吗？"

"穿了件雨衣，看不到别的，他像个影子一样从我身边飞过。我想他也确实需要的。"

"什么意思？"

"那天晚上下了好大一场雷雨。"

"你知道吗？"保罗说，"他们在河里发现的那具尸体，就穿了一件雨衣。"

杰克·惠特福德给了他一个冷淡而狡猾的眼神："这地方穿雨衣的人很多，威林厄姆先生。"

"你在树林里看到这个陌生人，是在什么时间？"

"午夜之前没多久。"

"如果最后发现你看到的就是那个被谋杀的家伙，那就有趣了。"保罗说，"好啦，把酒都干了吧。杰克，我们来打会儿牌……"

打完牌后，保罗和奈杰尔准备离开，就在这时，杰克·惠特福德向奈杰尔靠了过去。

"你不会把我刚才说的话在你的广播节目里播出去吧，先生？"他脸上露出狡黠的笑，"会把我的名声毁了，你知道吗？"

奈杰尔让他放心。"不过，这件事真是奇怪，"他补充说，"一个陌生人在半夜里穿过树林，一般人都觉得他应该乖乖走大路。"

"你说得对。我还可以告诉你，你自己没有去过狐狸洞森林吗？"

"没有。"

"好吧，你试试晚上在那里面走路。那些小路七拐八弯的，像迷宫一样，而且一半都长满了杂草。你肯定会迷路的，我跟你赌一块钱。"

"而这个家伙往前走得很快，好像——"

"嗨，好像他蒙着眼睛都认识路。"

"但他还去走那条被铁丝网拦住的路？"

"嗨，简直像个谜题，是吧？好了，就这样，回头再见。"

两人在村里的街道上漫步时，保罗说："今晚挺有趣的吧？我觉得我帮你安排得挺好的。"

"你那可笑的英国广播公司的故事差点把我的计划都破坏了，我差点要拧断你的脖子。"

"嘘，我这是在给你打造一个身份。在这种地方，身份是最重要的。"

"我喜欢那个偷猎者，他可一点都不傻。"

"我猜，他看到的就是死者吧？"

"或者是凶手。但真正有趣的是他给我设的这个谜题，而且我觉得我已经猜到了答案。"

第3章 死胡同

第二天吃过早饭后，奈杰尔启程，绕道穿过狐狸洞森林，往费里·莱西走去。半路上，他在辛顿·莱西的公共电话亭给罗伯特·西顿打了电话，受到了去吃午饭的热情邀请。然后他走上了前往奇林厄姆的道路。沿着这条路走了几英里，他来到了狐狸洞树林的边缘，就在路的右边。如果杰克·惠特福德上周四午夜前在树林里看到的那个不知名的旅行者，是从奇林厄姆枢纽站走到这里的话，他就要花上一个小时的时间，因为火车站在四英里外。他选择的路线和时间都表明他希望保密，因此，他不可能在下了火车后还在车站逗留，所以他的火车可能是在晚上11点左右到达的。奈杰尔在心里默默记住要向站长了解在这个时间段有哪些火车在这个站点停靠，以及它们从哪里来。

当然，这名无名氏可能根本没有乘坐火车，他可能乘坐巴士，或者搭便车，甚至租了一辆车；或者，他也有可能是乘火车来到奇林厄姆，然后从那里搭车到狐狸洞森林。但这些情况的可能性都值得怀疑，因为每一种都使他有更大的风险被人认出来：要是警察叫嚷着要抓他，迟早会有人站出来，说自己记得曾给这样的一个人搭过便车。但是，一列拥挤的火车，尤其是长途快车，就会是一种相当安全的旅行方式：从布里斯托和南威尔士港口来的快车在前往伦敦的路上都要经过奇林厄姆。

奈杰尔拿出他的大号地图，调好秒表，进入了树林，就在他走进去的位置，有一张告示以特别严厉的措辞警告说，闯入者将被起诉。他走的那条马道轮廓清晰，他的地图告诉他，这是一条公用道路——无疑是伦敦财团关闭的那条路。但是，杰克·惠特福德说过，这片树林小路纵横，像迷宫一样。在晚上，除非一个人很熟悉这条路，否则几乎不可能不误入某条小路，因为这些岔开去的小路本身也不比大路窄多少。

8月的早晨是明亮、清新的，树叶的遮蔽下，光影重重交错。现在奈杰尔走到了一条宽阔的马道上，地面上有砍树的拖拉机和拖车来来往往轧出的车轮沟。根据地图来看，这条马道将树林斜着一分为二，旧的那条公用道路沿着它向右延伸了几百码，然后又向左岔开去，岔口处被蔓生的灌木半掩着。杰克·惠特福德就是在这里看到那个陌生人向树林的边缘走去。在夜里，一个不熟悉树林的人不可能如此轻易地找到这个公用道路和主干道岔开的地方。

奈杰尔沿着岔路走了四分之一英里。树木渐渐稀疏，他来到一扇高而窄的大门面前，门被生锈的铁丝网包裹着。周围都是脚印和被踩踏过的灌木丛，这是警察搜查过后留下的痕迹。奈杰尔离开了小路，从右边的树林里走出来，站在阳光下眨眼，然后他发现了一条依稀可见的小路，穿过一片草地，通往费里·莱西和波光粼粼的、蜿蜒的泰晤士河。这条小路把他带进了西顿家的牧场，在那里分岔开来，一条支路向右通向村庄，另一条则通向普拉什·梅朵之家的果园的那扇铁门。奈杰尔注意到，铁门锁着，钥匙不在那里，但锁芯和铰链都上了油。他瞥了一眼他的秒表：从狐狸洞树林的另一边走到这里，他花了21分钟；晚上从奇林厄姆站走到费里·莱西，就是一个半小时，不会更久，如果旅行者一路都走得很快，也许会少10到15分钟。

奈杰尔现在从大门转回来，漫步到河边。他仔细观察了一会儿那段卵石遍布的短短斜坡，这斜坡从岸边斜入深水区——上次来拜访时罗伯特·西顿向他展示过的浴池。他对自己说，从这里可以很容易地推下去一条船，或者一具尸体。但是尸体是在下游半英里处被发现的，而保罗告诉他，在紧靠费里·莱西人行桥的那段河道上没有船屋。

"反正不是我的职责。"他嘀咕道。

就在这时，他抬头看到，就在他左边的一丛芦苇的拐角处，一个头靠在泛着银光的泰晤士河上，就像施洗者约翰被砍下的头放在盘子上一样——被水浸湿的黑发落在惨白的脸上，而那个头的眼睛正盯着他。他瞪大了眼睛，怔怔地看了一两秒钟，都没有认出来。然后那个头张开了嘴，一个冷冷的声音说："你想进来吗？你看起来有点热，在追着什么人跑吗？"

是玛拉·托伦斯。

奈杰尔的心脏恢复了正常跳动。"没有。你出来吧，不要再像施洗者约翰那样盯着我了。你真的吓到我了。"他烦躁地补充道。

那女孩走了出来，浑身滴着水。她解开了猩红色泳衣的肩带，在他身边的岸边躺下。

"我就知道你很快就会来，"她说，"而且肯定在想有关头的事情。我估计他们还没有找到，否则你就不会被我的头吓到了。"

"警察？据我所知，他们还没找到。"

"我真的看起来像一具尸体吗——我是说，我的脖子往上的部分？你这么说有点难听。"托伦斯小姐追问道。

"你现在不像了。"

"那我看起来像什么，奈杰尔·斯特雷奇威？"她用一只手遮住眼前的阳光，傲慢地盯着他。

"哦，你看起来很漂亮。你看起来还像个需要补充大量睡眠的女孩。"奈杰尔说，低头看着那张玉兰白的脸，眼睛周围的皮肤有些浮肿。

"没有男人在我的床上，我就睡不好。在这里，这不是那么容易安排的。"

奈杰尔不受影响地笑着说："天哪！你是想震慑我一下吗？就用简单的生理现象？"女孩的右手掌心向上，贴着地上的草滑向他，又紧紧握住。"那你应该结婚。"

"莱诺也这样说。但这没有用……我不是……我不能……"她的声音颤抖了一下，又试着说，"我觉得，他对他继母太言听计从了。你能想象珍妮特做你的婆婆是什么样的吗？"

"莱诺？"奈杰尔惊讶地说，"我还以为，如果有谁会对她言听计从，那也应该是罗伯特·西顿。"

"哦，罗伯特值得别人对他言听计从，至少看起来是这样的。"

奈杰尔犀利地瞥了一眼女孩，这是她说的第一句有洞察力的、不以自我为中心的话。

"你非常欣赏他？"他问。

"罗伯特？我……我尊敬他，他是我见过的唯一一个真正的好人。他对我很好，在我……发生了不好的事情的时候。很久以前了，但那不重要了。他是一个伟大的诗人。"

"是啊……好吧，再回到你的失眠问题上。上周你睡得怎么样？你每天晚上都睡得不好吗？比如说，星期五晚上？"

奈杰尔意识到他身边的女孩迅速紧张起来，接着又放松了警惕。

"哦，星期五？没有，那晚我们都睡得像木头一样，我记得。"

"那是为什么呢？"

"因为我们前一天晚上经历了地狱般的时刻。"

"哦？"奈杰尔说，漫不经心地垂着眼睛。

"对。有一场很大的雷暴，就在午夜后没多久，一直不停地打雷，停了一会儿又继续。我讨厌打雷但喜欢闪电，一直从我卧室的窗户看着。"

"窗户朝哪边？"

"对着院子。"

"你没有看到什么神秘的陌生人走过吗——不管有没有头？"

"没有。反正所有的事情警察已经问过我了，这真是个可怕的麻烦。"

"家里的其他人也都没睡好？"

"嗯，罗伯特和珍妮特肯定是的。我看到他们在 12 点半后不久穿过院子——当时第一滴雷雨刚刚开始下。半小时后，第二场雷暴的时候，瓦妮莎说又看到他们在那里。"

"他们到底在做什么？"

"第二天早上我问珍妮特，她说她很担心凯蒂——是一匹母马，她担心凯蒂被雷暴吓到，可能会把马棚踢得稀烂，所以她和罗伯特一起出去看看。"

"那第二次呢？瓦妮莎看到他们的时候。"

"哦，珍妮特说她一定是在做梦。瓦妮莎坚持说她看到了他们，在一片闪电下，就在那棵大栗树下。"

"什么？躲在树下？"

"不是，匆匆走过那棵树，离开了房子。我估计瓦妮莎确实是在做梦，但珍妮特也用不着对她这么粗暴吧！其实，星期五她一整天都非常古怪和紧张，晚饭前就去睡了。"

"珍妮特？"

"对啊。"

"那其他人呢？比如说，莱诺？"

"哦，莱诺说他整个晚上都在睡觉，战争让他学会了在轰炸中睡觉。"玛拉嗔怒地补充说，"他每天晚上都要睡八个小时。非常有规律的习惯，我们的莱诺。"

"你父亲呢？他有没有因为雷暴睡不着觉？"

女孩在回答之前停顿了一下："我觉得应该没有。他——嗯，他那天晚上有点醉醺醺的。你为什么要问我这些呢？"

"星期四晚上发生了什么，可能相当重要。"

"但你开始问我的是星期五晚上。"

"口误。"奈杰尔平静地回答。

"'口误'！你这个骗子！你这是在诱导我，这很可耻！"她猛地坐直了身体，直直地瞪着他。

"你别生气。警察很快就会问你们很多关于星期四晚上的问题。你只是和我进行了一次彩排，仅此而已。在我看来，你没有告诉我任何可以表明某个人有罪的事情。毕竟没有证据表明死者来过普拉什·梅朵之家，目前还没。"

"我觉得你是一个相当可怕的人，奈杰尔·斯特雷奇威。"她边说，边怀疑地看着他。

"而我觉得你并不像你想装出来的那样，是个邪恶的女人。"

她抓住他的手，用指甲恶狠狠地刺进他的手，然后又把他的手扔开。

"别装得像我的父亲一样！"她愤怒地喊道，"你敢——"她从他身边跑开，跑进河里，用力用仰泳的姿势游了出去。奈杰尔突然想到，一个强壮的游泳者可以把尸体拖到下游的地方，然后让它漂走。他站了起来。

"你不和我一起去房子那里吗？"他叫道。

"不，我得从后门溜进去。珍妮特不喜欢看到我在窗外炫耀我的身材，她是个很讲究礼节的人。不如午饭后你到谷仓来吧，到时见。"

奈杰尔挥了挥手，沿着河岸出发了。他穿过一道门，进入了从人行桥通往村子的小路，在陡峭的斜坡上爬了100码左右，然后站在了普拉什·梅朵之家的前面。

这所房子看起来不一样了。与他上次见到它时相比，它似乎没那么沉醉，而是更清醒了。那些玫瑰花——应该是这个原因——大部分都已经枯萎了，仅剩的几朵看起来也黯然失色。这原来是一座美丽的房子——哦，是的——但现在只是一座房子，不再是一个明媚、酥人的梦境了。我到底来这里干什么，奈杰尔喃喃自语。我正在走进一个什么样的陷阱？为什么我脑海里会出现陷阱这样的念头？一个伟大的诗人，他那出身名门的高贵的妻子，他的儿子，他的女儿——还有什么比这更令人放心的呢？仅仅因为在离他们家半英里远的地方发现了一具无头尸体，我就已经在脑中萌生了邪恶的想法，来到这里，从每一个洞、每一个角落中，在每一个单纯的字眼里，寻找罪恶的细节。看到一个女孩跳进河里，我就要想到一具尸体从岸边被拖进水里……

奈杰尔自责了一番，意识到这所房子又开始对他施展魔力了，不管有没有玫瑰花，而且这次更迅速了。不，还是有一些奇怪的反常现象，他对自己说。例如，为什么珍妮特·西顿，这个崇尚种族且对自己的家产极为看重的女人，会允许像托伦斯父女这样放荡不羁的人住在她的谷仓里？还有，玛拉·托伦斯既然如此崇敬罗伯特·西顿，又怎么会做那件木雕作品，还把他刻画得如此不堪呢？为什么罗伯特把它称为"自我疗愈"？又是什么时候——

"哈啰！你看起来非常忧愁。你是为了那起谋杀案而来的吗？"

瓦妮莎·西顿的头，伴随着一头乱蓬蓬的褐色头发，已经从低矮的花园墙的另一边冒了出来，离他的脸只有一英尺远。奈杰尔猛地一惊。

"天啊！你差点把我的魂都吓没了。你从哪里蹦出来的？"

"我一直在跟踪你。我们的中尉……"她羞红了脸，"在先锋团，你知道的——中尉上个学期教了我追踪，她是个高手。最重要的是融入背景里，如果有人朝你的方向看，你就静止不动，这样你就几乎隐形了。"

"嗯，"奈杰尔说，不加掩饰地打量着瓦妮莎的丰满轮廓，"警察来这里的时候，你也跟踪过他们吗？"

"当然了。来了好几批，嗯，至少三批，把花园和果园都挤满了，盯着地面找。"她的声音变成了低哑得令人毛骨悚然的私语，"你知道他们在找什么吗？有哪片土地最近被翻动过！那是莱诺说的。今天早上来了一个新警察，叫布朗特警司，他现在就在路边，在和休伯特谈话。"

"休伯特？"

"我们家的园丁。"

"我必须和他谈谈。你愿意来吗？"

瓦妮莎后退几步，朝着墙跑来，跃过墙，在墙的这一侧摔了个大跟头。"我好像还没有掌握落地的诀窍。中尉可以做到绝对的专业，当然,她也是我们的体育老师。"

她走到他身边,喋喋不休地聊着。他们经过右边的一排平房。过了这一排,有一条小径,和他们在走的小路成直角相接。瓦妮莎在前面领路。在远处的尽头,奈杰尔看到了一段台阶,小径继续在草地上延伸:他认出这是那条公用道路的另一条岔路。如果那个无名氏没有走左手边那条通向普拉什·梅朵之家的果园门的路,那么他肯定是沿着这条路进村的。

"那是休伯特的小屋。"瓦妮莎指着他们左边树篱里的一道门说。

"你能不能进去看看?如果警司还在,就跟他说,斯特雷奇威先生想和他谈谈。"

"我说,你认识警司吗?你能帮我要他的签名吗?我完全不敢问他要。"

"我想应该可以。"

当布朗特在瓦妮莎的引领下从小屋中走出来时,奈杰尔说:"早上好,警司。我跟西顿小姐说,你会给她你的亲笔签名。"

"哦,好的,好的。"布朗特拍着他的光头说。

"快跑回去把你的相册拿来吧,瓦妮莎。"

那女孩飞快地跑了。奈杰尔把他从杰克·惠特福德那里得到的信息快速地说给了布朗特听,并嘱咐他不要因为那个偷猎者对盖茨探长有所隐瞒而找他的麻烦:那帮人也许还能提供更多的信息。

"嗯。这是条线索。非常感谢你的帮助,斯特雷奇威。我们在奇林厄姆那里也会顺着这个线索继续调查。星期四的晚上,在狐狸洞树林里，午夜前不久，有人看到这个家伙，嗯？"

"从铁丝网门到费里·莱西大约需要快步走一刻钟。我估计你知道那条公用道路吧，还有那些岔路。"

"嗯，嗯。还有什么别的八卦吗？"

"多的是，但得先保留一下。你能到保罗·威林厄姆的农场来吗？在辛顿·莱西——大概今晚9点，我们可以聊一下。"

"没问题。对了，你的逃兵理论说不通。盖茨联系了军方当局，据我们所知，他们的逃兵名单里没有这个村子的小伙子。"

"哦，那已经是过去式了。你要找的是一个对这一带非常熟悉的人，但九或十年前他就已经离开了。"

布朗特怀疑地挑起眉毛，这时地面的一阵微颤宣告了瓦妮莎·西顿小姐的全速回归。

"我今天晚上会解释的，"奈杰尔急匆匆地说，"现在，拿出你的笔来签名吧。"

当他们走回普拉什·梅朵之家时，瓦妮莎告诉奈杰尔，她的继母想在午餐前私下见他。她把他带到一个小客厅，只见西顿夫人那里在做账。她站起来，亲切地欢迎他。

"请快坐下。好了，瓦妮莎，你可以走了……斯特雷奇威先生，我想和你谈谈。瓦妮莎告诉我，这个布朗特警司是你的朋友，也许你可以给我一点建议。你看，他问我——我们是否反对警察搜查这所房子。我自然就问他有没有搜查令，当然，他没有。我想说，这在我看来真是太荒唐了——我的意思是，有盖茨探长那个傻瓜来纠缠我们，已经够糟的了。前几天，我还让警察自由搜查了整个院子和外面的建筑，但现在，他们还要到房子里面来搜查！实在是过分！"

"没有搜查令，布朗特没有理由进行搜查。但每个人都有责任尽力协助警察——"

"斯特雷奇威先生，我认为我的首要责任，是保护我丈夫远离忧虑，不受干扰，"珍妮特·西顿郑重其事地说，"他的工作在我这里永远是第一位的。我觉得，如果因为某个人不幸被杀——这起案子又恰好发生在我家附近——罗伯特就应该被纠缠，这是非常荒谬的。而且他现在的新诗歌创作已经到了最需要集中精力的时候。"

"是的，我能理解。但我相信搜查只要管控得好，你丈夫是不会受到干扰的。"

"不仅仅是这样。一群警察大肆搜查一个人的家——这是很不光彩的事情！我这里有一些非常宝贵的东西，你知道的，不可替代的东西，要是它们被弄坏了——"

"我觉得这是绝对不可能的。苏格兰场的人做事都非常熟练，非常小心。"

"但我实在看不出有什么必要。"

"这只是为了确保那个被谋杀的人没有来过这里。比如说，他可能是个小偷，想要进来偷东西，或者是个逃犯。"

"但是，天哪，如果他进来过，如果他在这里留下过线索，我们自己肯定会发现的。"

"你是说星期五早上吗？"

"对，如果事情是在前——前一天晚上发生的话。我不知道警察这么确定了。"

就在那一刻，奈杰尔似乎在西顿夫人的节奏中察觉到了某种不寻常的慌乱——在话语中，她仿佛核对了一下，挽回了一下，加速了一下，就像一个跨栏运动员的步态，他的脚刚刚触及顶杆，但状态恢复得很好，立刻挽回了劣势。

她继续说下去："你所说的我会考虑一下。好了，我们不能让诗人先生再等下去了，他在等着见你。"

他们上楼时，奈杰尔想，她能克制住，没有继续向我打听周四夜里的事情，要么是出于纯粹的无辜，要么是靠惊人的意志力。

罗伯特·西顿正坐在书房最角落的一张小桌前，从窗户可以看到院子、外围建筑和远处连绵不断的田园风光，但桌子的摆放使他写作时得背对着窗口。三面墙上都有书架，其中一个书架上摆放着爱泼斯坦打造的诗人本人的半身铜像。房间里明亮、清爽、整洁，但与楼下房间的华贵和艺术性相比，显得有些朴素：没有照片，没有珍贵的物品。

"我已经都准备好了，"罗伯特·西顿愉快地说道，"你得感谢我的妻子。我都不知道它们没有被扔掉，她把它们都锁起来了。"

他指着桌子上的一摞五六个小笔记本。

"罗伯特太谦虚了，"西顿夫人说，"我知道后人会对它们感兴趣的。"

"后人？噗！这词用得太大了。我肯定斯特雷奇威不希望被称为'后人'。"

"你知道我是什么意思,罗伯特。"西顿夫人听起来有些赌气。奈杰尔似乎感觉到罗伯特·西顿发生了一些变化。他比6月时更加活泼、更加有生气,仿佛有什么东西在他身上得到了释放。雷暴过后的空气,奈杰尔想,该死的,我脑子里想的全是雷!

"来看看,"诗人先生说,"这本是什么?哦,对,《抒情间奏》。"他从那堆笔记本里拿起最上面的一本,"嗯。那段时间里我没什么话可说,但我说得相当好。你应该会觉得很容易看懂的。我写初稿的时候总是用铅笔——恐怕它们已经模糊得看不清了。"从他身后望过去,奈杰尔看到那页纸上到处写满了修正和替代的字迹。罗伯特·西顿翻了一页:"然后每首诗的第二稿是用墨水写的。你能看出来是怎么写出来的,相当简单。好啦,给你。"

他把那堆笔记本放在奈杰尔的手中。

"哦,罗伯特,你是不是最好……我是说,我相信斯特雷奇威先生会非常小心的,但是——"

"别瞎说,亲爱的!如果他要研究这些,就必须把它们带走。"

"我只是在想,如果他和我们一起住在普拉什·梅朵之家,那不是更简单吗——如果保罗不介意你离开几天时间,我们会很乐意招待你的,斯特雷奇威先生。"

"真是个好主意。"罗伯特·西顿说,轻快地搓着双手,"为什么不呢?你肯定可以的,我亲爱的伙计。"他的眼睛里闪现出顽皮的光芒,"这样你就有时间兼顾你的工作和你的爱好了。我想,你已经听说我们这里的案子了吧?"

"我确实听说了。"

"太棒了！真是好啊！那就这么定了。你什么时候能来？明天吗？越快越好，能从珍妮特的肩上卸下一点驻守这座房子的担子。"

"罗伯特！真的！我想斯特雷奇威先生不会——"

"我妻子把我的工作看得实在太过神圣了。我真的相信，除非她死了，否则是不会允许警察进入这个房间的。"

"西顿夫人说，你最新的长诗创作已经到了非常关键的阶段。"

"长诗？哦，是的，确实。我——"

"罗伯特不喜欢谈他真正在写的诗。"珍妮特强行插嘴。

"不，我非常理解。"奈杰尔说。

"好吧，不管怎样，有所进展。前几周珍妮特给了我一支笔，叫自来水笔，你见过吗？一定是它给我带来了好运，涂涂，写写，改改，但我觉得它应该还是会有写完的一天。"

"你可以去阿克斯特斯的店里给它重新加墨。我们下去吃午饭吧？"

午餐时，奈杰尔把话题带到了上周那场可怕的雷暴上。他马上意识到，西顿夫人颇为圆滑地试图转移话题，但瓦妮莎带着一股不服气的怨气，坚持说她没有做梦。

"我看到你们两个人穿过院子，"她对她父母说，"我确实看到了，就在雷雨过后，因为草地湿得发亮。我看了看手表，刚好1点差5分。我不可能梦见自己看手表，如果我是在做梦的话，它就会变成一个萝卜或冰激凌什么的。"

"瓦妮莎，我们已经都说过了，"西顿夫人转向奈杰尔，"那个晚上我们都没睡安稳。第一场雷暴开始之后，我很快就出去了，想去看看凯蒂——是一匹母马——有没有受到惊吓，她胆子很小。瓦妮莎肯定是在那个时候看到了我们，然后又跟她的梦搞混了。"

"我跟你说过，不是在那个时候！我——"

"别跟你的母亲顶嘴，"罗伯特·西顿轻轻地说，"不管怎么样，这有什么关系呢？"

"我说的话的真实性受到了质责！"瓦妮莎用殉教处女似的口吻呼喊道，这让莱诺·西顿笑了起来。

"质疑，小胖子。不是质责。"他说，"要么是质疑，要么是指责，你不能把两个词拼起来。"

"我想说'质责'就说，"他的妹妹很有尊严地回答，"这是个很好的词。还有，不要叫我'胖子'！你应该对女性放尊重一点。"

午餐接下去的时间都过得相当轻松友好，大家你来我往地说了很多家庭笑话和行话。芬尼·布莱克在两个年轻人的笑声中也咯咯地笑个不停，熟练地伺候着他们。奈杰尔心想，西顿夫妇对那起案子真是泰然处之。

然而，事实证明，他的看法并不完全正确。午餐后，莱诺和瓦妮莎都离开之后，西顿夫人又提起了瓦妮莎的"梦"。

"我们觉得最好还是告诉她,这都是她自己想象出来的,但事实是,那天晚上她确实看到了罗伯特和我。我最好解释一下——"她瞥了一眼她丈夫，"既然斯特雷奇威先生暗示说星期四晚上可能很重要。"

她接着说，芬尼·布莱克很容易因雷暴天气而过度兴奋。这种情况以前发生过几次：他们发现他在房子或院子里徘徊游荡，好像精神错乱了一样，"就像一个孩子，一个过于敏感的孩子"。他们去了他的卧室，想确认他没事，但房间里没人。他们就走出门去，在院子里找他，为了防止又惊吓到他，他们只能轻轻地叫他的名字。

"那你们到底找到他了吗？"奈杰尔插话道。

"当时没有。大概一小时后他出现了，浑身都湿透了。"罗伯特说。

西顿夫人悄悄地压低声音说："你看，瓦妮莎很容易神经过敏，而且她从来都不喜欢芬尼，这就是为什么我们要采取那样的做法。如果让她知道芬尼有时会在黑暗中四处游荡，那实在是非常不明智的。"

奈杰尔心里想，不去提醒瓦妮莎，在某天晚上，可能会有一个精神错乱、语无伦次的小矮人撞进她的房间，这显然更不明智。不过，这不是他该关心的事。他沉思了一会儿，本想问他们，如果瓦妮莎不喜欢芬尼·布莱克，他们为什么还要把他留在家里，但最后说的却是：

"好的，我明白了，这就清楚了。西顿夫人，你和你的家人与这个村子有这么长时间的联系，我想你应该知道村子里每户人家的过去。告诉我，你记不记得九到十年前有谁离开了这个村子？可能是因为有犯罪嫌疑，大概45岁或50岁的男人，他原先一直生活在这里，或者至少是对周围的乡村非常熟悉。"

当他在阐述时，奈杰尔为他的问题对男女主人产生的影响感到震惊。珍妮特·西顿蜡黄的脸上泛起了痛苦的红晕，她那关节巨大的手紧紧攥住了椅子的扶手。罗伯特·西顿把烟斗从嘴里拿了出来，对着奈杰尔张开了嘴。

当奈杰尔说完后,出现了令人煎熬的、死一般的寂静,然后他们两个人同时开了口,又同时停下。

"真的,这实在太惊人了。"诗人说,第二次开了口,"不是吗,珍妮特?我的意思是,你的全部描述都完全符合,斯特雷奇威,但是——"

"符合谁?"

"我的哥哥,奥斯瓦德。"

"罗伯特,我觉得斯特雷奇威先生没有——"

"但确实没错。"诗人说,用一个不耐烦的手势拂去了他妻子的抗议,"那是十年前的事了,他应该是——我想想——当时是50岁,不对,49岁,而且他对这个乡村肯定了如指掌。"

"但我想,他不是因为有什么犯罪嫌疑而离开的吧?"奈杰尔说,"他出国了吗?他现在在哪里?"

"哦,没有,"罗伯特·西顿说,"他没有出国。有一天他失踪了,然后——第二天我就听说他淹死了,可怜的家伙。"

第 4 章　旧日阴霾

在分别之前，西顿夫妇和奈杰尔商定，让他星期一在普拉什·梅朵之家安顿下来，这样他就能在保罗那里再待一天。当奈杰尔漫步穿过院子来到旧谷仓时，他在想事情的发展是多么令人满意：接下去的一周他就能专心研究罗伯特·西顿的手稿，无须再因为对费里·莱西凶案的疑虑而受干扰，因为诗人先生告诉他的那些事，尤其是他讲述的那种方式，使得奈杰尔完全无法想象自己接受的是来自一个杀人犯的款待。当然，很遗憾奥斯瓦德·西顿在十年前就已经淹死了。从理论上讲，他完美符合整个情境——家族的害群之马回来了，尴尬无处不在，也许还有敲诈，于是他被砍下了头。他可以想象珍妮特·西顿几乎愿意不惜一切代价来维持她的现状。但这个想法现在不用考虑了，谢天谢地。

奈杰尔绕着谷仓走了一圈，无意间注意到有一扇门是通向院子的，有几扇法式落地窗在面向车道的一端，车道通向外面的小路，在远处有一个干净的封闭式小花园——里面有玫瑰花丛、草坪和几棵苹果树。过去看了一眼花园之后,他又往回走,发现玛拉·托伦斯把落地窗都打开了。她让他进到工作室里。这是一个又大又高的时髦公寓,占据了建筑的一半长度,刷成白色的墙壁一直延伸到拱形的木制屋顶。谷仓的其余部分分为两层:下层是厨房连餐厅,还有几间办公室;上层是三间小卧室和一间浴室。上层原来是谷仓的阁楼,要从工作室里的一个很陡的梯子爬上去,阁楼有一排栏杆,从下面看上去像一个室内阳台。

应奈杰尔的要求,玛拉带他参观了这个地方。她以一种无聊散漫的方式为他介绍这里的特点。奈杰尔从她卧室的窗户往外看了一眼,在有雷雨的那个晚上,她就是从这里看到西顿夫妇穿过院子。他注意到,这间卧室离楼梯最远,雷内尔·托伦斯的卧室离楼梯最近,中间还有一间像牢房一样的空房间。

接着他们回到了工作室。当玛拉去准备咖啡时,奈杰尔四处闲逛,仔细观察低挂在墙上的图画,以及靠墙堆放的油画。雷内尔·托伦斯显然是一个多产的画家,然而,画里看不太出他有多少天赋,他的油画的主题是浪漫的,画法是野心勃勃、邋遢凌乱、华而不实的。他把自己设定为一个"幻想艺术"画家,但奈杰尔认为他的幻想是虚假的,是一种把差强人意的小小天资膨胀到伟大的规模的可怜尝试。这些画千篇一律,给人的大致印象就是为一幅尚未开始的杰作而进行的一系列久未完成的习作。

奈杰尔转过身去,来到一张堆满了脏杯子、绘画材料和旧杂志的桌子旁。其中一本杂志翻开的那一面上有一张照片,上面是西顿夫妇和托伦斯父女在普拉什·梅朵之家面前的合影，照片上写着社会报纸上常见的那种索然无味的说明文字。

艺术家的友情岁月，奈杰尔读道，著名诗人罗伯特·西顿在他位于费里·莱西的美丽老房子外拍摄的家庭合影。西顿夫人是莱西家族的一员，莱西家族世世代代为这一地区的庄园主。和他们站在一起的是画家雷内尔·托伦斯和他美丽的女儿。托伦斯父女住在毗邻普拉什·梅朵之家的一个旧的什一税仓里，西顿夫妇为他们把谷仓改建成了一个迷人的工作室（见下图）。

这本杂志的日期是前一年的7月。奈杰尔放下杂志，走到另一张放在画椅面前的桌子边。这张桌子上放着一个被布遮住的圆形物体。奈杰尔拿掉了布，眼前的物体让他猛地吸了口气。那是一个头，用黏土塑成的，毫无疑问，是罗伯特·西顿的头颅。这个作品使工作室里的每一幅油画都成了三流的蹩脚货——它有一种非凡的张力和活力。但令人震惊的是，诗人的脸被赋予了一种可憎的虚伪。五官的每一处都是活灵活现，几乎像照片一样正确，但整体效果却呈现出了一张邪恶的脸——一种淫荡的、幸灾乐祸的邪恶。这是一张陶醉在自己的诅咒中的恶魔的脸。

"哎哟！"奈杰尔嘟囔道，把布放回原处。

"你怎么敢这么做！"玛拉·托伦斯盛怒的声音从门口传来，她把咖啡盘摔在桌子上，冲到奈杰尔和黏土头像之间，几乎像是在保护它，"你怎么敢偷看我的作品！"

"这是你做的？"

"我讨厌别人在我的东西没有完成的时候偷看。刚才我有点没控制住,抱歉。"她说,语气稍平和了一些。

"没有完成?我明白了。"

"你是什么意思?"

"我本来想问你,罗伯特·西顿在你眼里真的是这样的吗?"

"哦,哦,不是。"她的脸上出现了困惑的表情,她的声音变得软弱踌躇,"我不知道怎么就变成那样了。"她说,"我——它吓到我了。我还是重新做吧。"

"不过,做得非常好,确实非常好。好得吓人。"

"什么非常好?"她父亲说着,走进了房间。

奈杰尔指了指那个头。

"哦,那个。是的,玛拉继承了我的一些天赋。肯定会戳到珍妮特的痛处,"雷内尔·托伦斯得意地偷笑,随意地坐倒在一把藤椅里,倒了一杯咖啡,"反正是她提出来的。"

"她提出来的?"

"对。前几天——是什么时候,玛拉?——上周六,珍妮特在这里,我们在谈论现代艺术。珍妮特真是个无可救药的老布尔乔亚。玛拉有点激动了,在聊那些抽象派的家伙的时候。玛拉总是习惯那么说,你知道的——三个弯、一个转,贴上'雕塑作品'的标签,就完事了。然后,珍妮特说,玛拉做不出一个逼真到能让人认出模特本人的半身像作品,试一百年都不行。她还说,做不到真正的自然主义的人才会只做那种抽象派的东西。我得说,珍妮特真够没礼貌的,虽然我也不是完全不同意她的观点。总之,这个傻瓜,我的女儿,就这么听进去了,马上就上钩了。她说:'哦?谁说我不行?'然后她就把罗伯特说动了,让他做模特。"

"你觉得确实很像吗?"停顿了一会儿,奈杰尔说。

"哦,之前做得还挺好的,我有一两天没看了。"

他从藤椅里站起身来,懒洋洋地走到桌子旁,把布从那颗头上拿下。奈杰尔看到他肥胖的背影变得僵硬,他的喉咙里发出了奇怪的声音。他又把布甩到那颗头上,力气大得几乎把头掀翻了。当他跌跌撞撞地回到他的椅子上时,他的嘴在抽搐。

"不好意思,"他说,"我的心脏是不是有点问题?玛拉,给我拿一小杯白兰地。谢谢女儿。"

"我给你拿点水吧,你午饭后喝的白兰地已经够多了。"

当女孩离开房间后,奈杰尔说:"这并不是罗伯特·西顿,是吗?"

"你是什么意思?还能是谁?"这位画家说话的语调对一个刚刚心脏病发作的人来说过于激昂了一点,"罗伯特坐在那里让她照着刻的。去问珍妮特,她叫他做模特的。"

"我的意思是,这不是罗伯特·西顿的正常表情。"奈杰尔温和又相当诚实地回答……

当晚9点过后不久,布朗特警司开车来到保罗·威林厄姆的农场。他对奈杰尔说的第一句话是:"所以,我听说你下周要住到普拉什·梅朵之家去。这真是太方便了。"

"很高兴你也认同。但我要告诉你,布朗特,我对罗伯特·西顿的诗歌更感兴趣,而不是他的杀人倾向,如果他真的有这个倾向的话。如果有必要的话,我会尽我所能地打败司法部门的人。我们国家没有那么多好的诗人,要是吊死一个可负担不起。"

警司对这种不道德的说法显得极为震惊。然后,他的脸上出现了苏格兰场的人单枪匹马追踪到一个笑话后的欣慰表情。

"我怀疑你是在耍我,斯特雷奇威。当然,目前我们还没有理由怀疑西顿先生,但是那家人——那是另一回事。"

布朗特继续就这一点详述。有了奈杰尔今天早上给他的信息,他就把他在费里·莱西的调查范围缩小到上周四午夜前后的时间。他发现住得离西顿家园丁的小屋最近的一位女士当晚要生孩子。她的丈夫在晚上11点后不久去了电话亭,给医生打电话,当时医生正在另一家接生,要等他回来之后再把消息告诉他。那个丈夫——这是他妻子的第一个孩子——一直很着急。从午夜开始,直到医生最终到达的凌晨1点,他一直待在屋外,要么在门廊,要么在路边,等着医生来。他非常确定,在这段时间里,没有人从那条小径走过来,就是从穿过田野的公用道路那头过来、经过他的小屋、连到公路的小径。这个证据,如果可靠的话,一定意味着那个无名氏走的是通往普拉什·梅朵之家的公用道路的左边岔道。

"还有一个重要的情况,"布朗特接着说,"这个人告诉我,在医生来之前不久,他看到西顿先生在路上走,朝普拉什·梅朵之家走去。具体时间他记不太准确,可能是在1点差一刻。"

"你问过西顿这件事吗?"

"问过，他说他出去散步了。他经常在晚上散步，好像他——没有任何不寻常之处。当第一场雷暴来的时候，他就躲了一小会儿。"

"我明白了，"奈杰尔慢慢地说，"当然，你在焦急地等待医生到来时，时间是过得很慢的。"

"你在想什么呢？"布朗特敏锐地瞥了他一眼。

"时间线似乎有点问题。西顿应该在12点半之前回到家。但是，我估计这位忧心忡忡的年轻丈夫误判了时间，或者是玛拉·托伦斯弄错了。"

奈杰尔把他与托伦斯小姐谈话的内容告诉了布朗特。

"哦，我们必须调查一下。"布朗特威严地说道，"好吧，继续。火车……有一班从布里斯托来的快车，10点58分到达奇林厄姆枢纽站。还有一班从南威尔士港口开来的，10点19分到站。那天晚上它们都是按时运行的。从表面上看，布里斯托来的那班更有可能。收票员没帮上什么忙，但是盖茨已经在车站和附近都调查过了：没有证据表明有人在10点19分到11点之间在那里逗留。据我们所知，他没有理由在那里闲逛。另一方面，盖茨还没有找到任何目击者在奇林厄姆出来到费里·莱西的路上看到过我们要找的人。但现在下结论还为时过早，盖茨会沿路打听，一直打听到狐狸洞森林。"

"我想你还没有找到那个人的头，或者他的衣服吧？"

布朗特耸了耸肩。县警方在发现尸体后不久就检查了普拉什·梅朵之家所在的地域，以及村里的每一块菜地和每一间村舍的花园，但你不可能为了寻找一个人头而挖遍整片乡野地区，更何况村里没有人报告说听到过挖地的声音。布朗特今天早上才问过西顿家的园丁，他是否注意到星期五在他们的花园里有任何地面刚刚被挖过的痕迹，以及工具棚里的工具是否不在原位。园丁说他没有。"不过要注意，"布朗特补充说，"这些乡下人互相很亲近。我倒不是说他们会为了保护西顿一家——或者应该说是莱西家族——而闭着眼睛撒谎，不过，这里还是一个相当封建的社区。"

就在这天下午，在奈杰尔离开后不久，布朗特的两个手下就开始对普拉什·梅朵之家进行彻底搜查。当警司征求西顿夫人的同意时，她没有反对，但她坚持要跟着他们在楼下的房间里打转，以确保他们不会损坏她无价的财产。经过搜查，警方没有任何发现。与此同时，布朗特对家里的每一个成员进行了问话，对于星期四晚上的情况，他们没有告诉他任何奈杰尔没听说过的事情。

"当然，我完全无法理解那个小矮人说了什么，"布朗特说，"他就只是冲着我哀号。而且我也没有采访到托伦斯小姐，我到的时候她已经出去了。"

在最初的搜查中，盖茨警官没有在农场建筑的任何地方发现血迹。今天下午，布朗特讯问了挤奶工，但仍没有发现。

"为什么问挤奶工？"奈杰尔问。

"你看，奶厂地上铺了瓷砖铺，血很容易被冲洗掉。"

"在晚上？但这应该很有风险吧，可能会被人听到。"

"如果是在打雷的时候发生的，就不会。但是挤奶工没法肯定那个地方有没有放过水，因为前一天晚上他自己冲洗过地面。"

"我还是觉得你对普拉什·梅朵之家过于关注了。"

布朗特看上去很受伤，他说："我真的没有，我不抱任何成见。但死者最后一次被看到的时候就是在朝那个方向走，而且这所房子离村里的其他地方有点远。你总会觉得，如果他去了别的地方，比如说，去了某间村舍，然后在那里被杀，他的头和衣服被用某种方式处理掉了——那么，很有可能某个邻居就会听到什么，注意到有什么不对劲，开始说闲话，是不是这样？但现在没有这种情况，我们总得从某处着手吧。"

"普拉什·梅朵之家的那一家人有谁最近去旅行了吗？"

"莱诺·西顿先生上周六去了伦敦，在朋友那里过的周末——当然，我们正在跟进；其他人都没有离开过附近，哦，但他们有的是时间来处理那些衣服。"

"但那颗头不可能那么容易被处理掉吧？"

"我敢说，像普拉什·梅朵之家那种老房子，肯定会有一些暗门之类的东西。不过在我得到更多的证据之前，我没法把这个地方翻个底朝天。"

"直到你知道你要找的是谁的头，嗯？"奈杰尔问。

"就是这样。"布朗特给了他一个沉思的眼神，"告诉我，斯特雷奇威，你对西顿先生的哥哥有什么了解吗？"

"奥斯瓦德·西顿？我知道他已经死了，如果这对你有任何帮助的话。"

"哦，是的。从法律上来说他已经死了，好吧。"

"你是什么意思，'从法律上来说'死了？"

"他自杀了,十年前,自己把自己淹死了,在布里斯托海峡。"

"然后呢?"

"但是,一直没找到身体。"

奈杰尔坐了回去,举起了手:"真的,布朗特,这太过分了!你是说他把自己的头留在沙滩上,然后游了出去——"

"我的意思是,他,尸体,奥斯瓦德·西顿这个人,没有找到。他在他跳下的船上留下了一堆衣服和一封遗书就死了,尸体一直没找到。那里的潮汐很多变,他死时也没有立下遗嘱。罗伯特·西顿是他最近的亲属,他申请了遗产管理委任书,等所有可能的调查都进行完了之后,法院准许推定死亡,所以罗伯特就继承了他的财产。不过,遗书倒完全是真实的——因为生意上的麻烦之类的——有人注意到奥斯瓦德·西顿几天前表现得很奇怪——忧心忡忡、面色憔悴,但没有任何犯罪迹象——他没有挪用公款,没有任何迹象表明他是假自杀……否则,当然,法院不可能这么轻易准许推定死亡。"

"这些都是谁告诉你的?他的弟弟吗?"

"罗伯特·西顿刚才也证实了这一点。但我之前就知道了,任何与案件有关的人的记录我们都会查,你知道的。"

"好吧,那么,如果它完全就是直截了当的自杀——"

"是的,就是那样。"布朗特叹了口气,"他本来是符合要求的,他对这个乡村足够熟悉,会走小路穿过狐狸洞森林,但已经十年没有来过这里了——自从那扇门被铁丝网缠住之后——否则他就不会试图用那样的方法走出森林了。再说这也挺滑稽的,"布朗特若有所思地补充道,"你说的那些'旅行者之首'——他曾经就是。他是他父亲公司的首席旅行家,那是一家电气设备制造商。"

"那警方最初的关于自杀的报告呢?尸体上没有什么特殊标记?罗伯特·西顿不能帮忙吗?"

布朗特摇了摇头:"如果我们能肯定地排除被害人是奥斯瓦德·西顿的可能性,那就好办了。但是,实际情况是,凭着那具尸体的状况,加上已经过去了这么多年,不能指望罗伯特·西顿来指认它。最初的报告基本没有提到特殊标记——没有骨头断裂,没有胎记。年龄、身高、脚和手的大小,这些都对得上,但符合那些描述的可能有几百个男人。不,斯特雷奇威,我想把这起谋杀案和十年前的自杀案联系起来,应该只是在浪费时间——"

"你应该说失踪案。"

"好吧,如果你非要咬文嚼字的话。但是警察和遗嘱检验法庭都确信这个结果,这对我们来说应该足够了。"

"我想,"奈杰尔停顿了一下后说,"那我就得自己做一些挖掘工作了。"

"挖掘?挖哪里?"

"挖掘过去。"

奈杰尔的第一次挖掘是在第二天早上进行的,挖掘对象是保罗·威林厄姆。保罗在农场上香气四溢的果菜园里讲述了他的回忆。奈杰尔把他们这场悠闲谈话的要点记了下来,其中标题 F 代表事实(fact),H 代表传闻(hearsay),内容如下:

（F）老莱西先生、珍妮特的父亲，在1930年间的大萧条时损失惨重，被迫把普拉什·梅朵之家卖给了詹姆斯·西顿，他是奥斯瓦德和罗伯特的父亲，一位白手起家的成功的电气设备制造商，他的工厂在河对岸的雷德科特。老莱西先生不久后去世，珍妮特和她的母亲居住在费里·莱西。（H）珍妮特想追求奥斯瓦德，没有结果。

（F）奥斯瓦德和罗伯特——童年时期生活在雷德科特，那时是一个小小的未受污染的集镇——对乡村很熟悉，在费里·莱西的泰晤士河里钓过鱼，等等。

（F）奥斯瓦德进入父亲的企业，一路晋升到首席旅行家。1932年到1936年间实际上是他在负责经营，当时他的父亲虽然不愿服输，但已病入膏肓，后去世。

（F）詹姆斯·西顿：一个强硬的、古板的人——小资产阶级，不从国教的新教教徒。他将全部家产留给了奥斯瓦德。罗伯特多年前就被排除在财产继承之外，因为：（a）他违背父亲的意愿，在很年轻的时候就娶了一个美丽但出身低微的来自雷德科特的女孩；（b）他拒绝进入家族企业，宣布决心靠写作养活自己。（H）罗伯特早年的日子很不好过，非常贫穷，第一任妻子的死因是（？）营养不良，（？）未得到医治。

（F）父亲去世后，罗伯特——当时是个鳏夫——在普拉什·梅朵之家常住。（H）追不到奥斯瓦德，珍妮特就想追求罗伯特。（F)1938年，奥斯瓦德自杀后不久，罗伯特和珍妮特就订婚了。在法院准许推定奥斯瓦德死亡后，罗伯特卖掉了工厂，尽管要交遗产税，但他们的收入仍然非常可观。(H)乡下的流言蜚语都说,珍妮特嫁给罗伯特是为了替莱西家族拿回普拉什·梅朵之家。

(F)托伦斯父女在1937年夏天第一次来到该地区,是开着房车来度假的。雷内尔·托伦斯已经与妻子离婚,获得了唯一的孩子玛拉的监护权,当时她大约14岁。他们在第二年又开着房车回来了。在1945年他们住进旧谷仓之前,不知道任何关于这家人的情况。在此之前,托伦斯一家和西顿一家之间没有已知的联系。

(F)芬尼·布莱克:由罗伯特和珍妮特·西顿在蜜月后带回普拉什·梅朵之家,他们没有说明他的来历。这对夫妇在多塞特郡度蜜月。(H)村里的流言蜚语说,芬尼是罗伯特的私生子。

"就是这样,"保罗说,他靠在折叠躺椅上,轻轻地从啤酒杯里捞出一只误飞进去的蜜蜂,"这就是我能给你提供的全部信息了。你怎么看?有什么理论?"

"还不好说。"

"好吧,那我有。我给你提供一个思路,那就是,我们所认识的罗伯特·西顿这个人根本不是罗伯特·西顿。"

"是吗?那他是谁?"

"他的哥哥奥斯瓦德。奥斯瓦德是个出了名的浪荡子,对美女很痴迷——而且越年轻的越好。他在某个人那里惹了大麻烦,假装自杀,给罗伯特一大笔钱贿赂他,让他离开这个国家,然后自己把胡子剃掉——"

"哦，他有胡子，是吗？"

"是的。然后他冒充罗伯特回到普拉什·梅朵之家。他毕竟只大了几岁，而且看起来跟罗伯特挺像的。"

"像到连莱诺和瓦妮莎都被骗过了？"

"过去几年里，罗伯特的第一任妻子去世之后，孩子们就没怎么见过自己的父亲，他把他们送到亲戚家去住了，你知道的。当然，珍妮特发现了真相，以此要挟奥斯瓦德和她结婚。然后，十年后，罗伯特从国外回来了，奥斯瓦德受到要被曝光的威胁，就把他杀了。这个答案如何？很好吧，你说呢？"

"里面一大堆漏洞，甚至没有任何线索可以把它们关联起来。你这个荒唐的理论有什么根据吗？"

"基于这个罗伯特·西顿在过去十年里没有写过诗的事实。"保罗边说，边严肃地探过身去。

"但是——"

"你听到过他和珍妮特的一面之词，说他正在创作一部有关一战的史诗。但这非常不靠谱，老伙计，你不要相信。你昨天带回来的那些笔记本，里面没有什么新东西，对吧？不信的话，你问他要他1938年之后写的东西的手稿，我跟你赌一杯啤酒，你要不到的。"

"那托伦斯父女是怎么牵扯进来的呢？"

"托伦斯父女？好吧，我来看看，之前还没想到他们……我知道了，托伦斯烂醉后在沙丘上醒来，看到奥斯瓦德把一堆衣服和一封遗书放在布里斯托海峡的岸边，然后又溜回去了。托伦斯调查了一番，发现了奥斯瓦德要的花招,就狠狠地敲诈了他一笔。所以,所谓的'罗伯特',实际上是奥斯瓦德,他不得不给托伦斯父女安排一个舒适的家,供他们一直住下去。"

奈杰尔表情肃穆地注视着他的朋友。

"我想你最好还是不要管农业以外的事情。"他说。

保罗咧嘴笑了:"你完全否定我的案情重现吗?其实我也不惊讶,毕竟这是我一分钟前才想到的。"

"虽然如此,"奈杰尔说,"你还是关注到了两个相当关键的地方。对了,你知道这里有谁在过去很了解西顿家族吗?"

保罗想了一下:"那得是老基利了。他是《雷德科特公报》的编辑,是个本地人,也许能帮上忙。我可以把你介绍给他……明天早上我开车送你过去,之前我答应给他送一些鸡蛋。之后我还得去见一个人,那人说是要买一头小牛,这样汽油就有着落了。然后我可以在回来的时候,把你捎到普拉什·梅朵之家。"

第二天上午 11 点半,奈杰尔坐在编辑室里。保罗打电话替他约了时间,然后把他带到了《雷德科特公报》的办公室——在火车站附近一栋又脏又暗的楼里。

基利先生是一位白发苍苍、慈父般的老人,穿着单件衬衫,他从奈杰尔手中接过一篮子鸡蛋,然后放在他那堆满了杂物的桌子上。

"帮我谢谢威林厄姆先生,好吗?我妻子会很高兴。这年头,我们又回到了以物易物的老办法,真是滑稽。"

"那保罗交换到什么了呢?"奈杰尔大胆地问。

"啊，现在还不能说。"基利先生舒服地说道，"请坐，请坐。来，我给你腾出一张椅子来。"这位编辑似乎有的是时间。他悠闲地装上烟斗，按铃叫人送茶过来，直到茶送到了，他才坐回编辑椅上，带着一名记者发现自己这一次竟然成了被采访对象的戒备，一脸略带不安的神情，问奈杰尔自己能做些什么。

奈杰尔决定和盘托出。他说起了他和布朗特警司的关系，以及他与罗伯特·西顿的相识。他说他想详细了解西顿家族的过去，而他目前只知道最基本的大概。他暗示说，根据以物易物原则，作为对基利先生回忆的回报，他将尽最大努力，确保费里·莱西的案件一旦能公布，《雷德科特公报》将得到一篇独家新闻。

"费里·莱西的这起谋杀案和鲍勃·西顿有什么关系？"

"啊，现在还不能说。"

"我恐怕《公报》对独家新闻没那么感兴趣，斯特雷奇威先生。我们这里不像舰队街上的那些大报社，而且我们这里的人对西顿先生评价很高。"

"你对他的评价不可能比我高。警方调查对任何身陷其中的人来说，都是一种地狱般的经历，我想尽可能地减轻他在这次调查中的负担。"

"是的，鲍勃这一生遇到的麻烦已经够多了。我不想给他制造更多的麻烦。"

"相信我，基利先生，"奈杰尔严肃地说，"如果我认为有这种危险，我就不会来这里。只是这次调查已经集中在普拉什·梅朵之家上了，当然，但愿只是暂时的。我非常敬佩西顿，我想帮他——当然还有他的家人，但在我了解更多背景之前，我没法帮他。"

编辑若有所思地看了奈杰尔很久，然后他蹒跚地走到门口，把门打开一半，叫道："阿瑟斯先生，半个小时之内不要打扰我。"接着他又坐了下来。

"你认识西顿的时候还是个孩子吧？"奈杰尔问。

"是的，我们在这里一起长大——他、我和奥斯瓦德，一起上学，一起搞各种恶作剧。"

"老西顿先生、他们的父亲，是个有点恐怖的人，据我所知。"

"他是按照自己的那一套标准生活的，斯特雷奇威先生。是他让雷德科特出了名，你必须得承认。从一个小商店开始，一直到这么大一个工厂，就是普通的、老一套的成功故事。哦，他有他自己的天才之处，但雷德科特从那时起就完全不一样了，它现在成了一个有点不伦不类的地方——一半工业，一半农村——没法定下来它到底是什么。詹姆斯·西顿并不关心雷德科特的情况，他是为了赚大钱，成功了之后，就想变成一个乡村绅士。"

"那作为一个人呢？一个父亲？"

基利先生小心翼翼地将一罐糨糊移到办公桌的一侧，拿起一支铅笔开始涂鸦。他的声音中，牛津郡的口音变得更加明显了。

"我不介意告诉你，即使现在我一想到他对待那两个人的方式，我就火冒三丈，殴打、恐吓、说教、情绪爆发……他是个不从国教的新教教徒，你知道的，一个真正的相信地狱之火的清教徒，在生意上也很狡猾，就像那些新教伪君子一样。这就只能私下和你说说——不能忘了他的工厂还是我的广告商!我想,在某种程度上,这对鲍勃成为一名诗人是有帮助的,他必须要逃避,而写作就是他逃避的方式。但是,他没有像他哥哥那样一辈子都是个扭曲的人,这真是个奇迹。"

"诗人的内心都是相当坚强的。"

"是的,他总是有他自己强硬的方式,鲍勃——怎么说来着——很有韧劲。老詹姆斯·西顿也不得不尊重他,他发现把鲍勃逼得太紧是很危险的——或者说,是没用的。"

"你是什么意思?"

"鲍勃刚从牛津回来的时候——他得到了奖学金,他的父亲也为他着想了一阵子——他爱上了黛西·萨默斯。她在工厂里工作,是一个可爱、漂亮的女孩,很乖巧,她是雷德科特最美的姑娘。但这对詹姆斯·西顿来说是不可能的,他的儿子要娶一个工厂伙计、一个工人的女儿,哦,绝对不行!他们大吵了一架。当然鲍勃还是娶了她,勇敢地反抗了自己的父亲。但是这件事,再加上鲍勃拒绝进入家族企业,就让詹姆斯对他完全不抱期望了。他用老一套的法子把他送走了。'你再也别想进我的门!'鲍勃也确实没有再回来。他在1917年去了法国。退伍之后,他和黛西的日子过得很艰难。我以前经常看到他们,那时我在舰队街的大报社里。鲍勃靠打零工勉强糊口——这里做做新闻,那里做做演讲——只要他能有足够的空余时间写诗,什么都可以。他过得真的很苦,现挣现吃、手停口停那样的日子,而且还有妻子和孩子……不过,总体上来看的话,他们还是很幸福,哦,非常幸福。直到第二个孩子出生后,黛西得了重病。鲍勃放下自尊,写信给他父亲要钱,这是他第一次这么做。那时他年纪大一点了,年纪大了,就不会再那么在意自尊了。但是,詹姆斯·西顿什么都没忘,也什么都不肯原谅。他回信说,如果鲍勃放弃写作,他可以进公司。你能相信吗?鲍勃那时也是相当有名的诗人了,但老詹姆斯把诗歌、戏剧还有所有这一类的东西都看成是魔鬼的勾当。我相信鲍勃本来是会答应的,为了黛西而放弃,但黛西不会同意这种事,她是个很坚决的女孩。不,可能鲍勃终究不会这么做……总之,她死了。医生说把她送去国外可能还有希望,但鲍勃没钱这么做,所以她死了。我不敢去想他会是什么样的感受。是他的诗歌,追根究底来说,是他的诗歌把她害死了。仅仅一两年后,詹姆斯也死了,但是已经太晚了。可怜的鲍勃,他的生活太艰难了。人们有时候会说贫穷对人有提升作用——艺术家住在阁楼里,为了专注于艺术而牺牲物质幸福什么的。上帝啊,鲍勃会告诉他们不是这样!我想他宁愿做任何事也不愿再经历这一切。"

一片寂静,然后奈杰尔问道:"他再婚的时候你不感到惊讶吗?"

"不,他很孤独,想为瓦妮莎找个母亲,他发现婚姻是一种幸福的状态。但我确实很惊讶,因为他娶了珍妮特·莱西,或者说,她嫁给了他。她是个高高在上的人,虽然她的家族已经没落了。"

"也许她同情他?"

"他对她,可能也是。他总是喜欢做一些出人意料的、堂吉诃德式的事情,他是一个奇怪的混合体。他的那个小矮子——你知道吗?鲍勃告诉我,他和珍妮特度蜜月时,在附近的一个村子里看到那个小矮子被一帮混混用石头砸,所以就把小矮子带回费里·莱西的家里了,就那样。不知道鲍勃是怎么说服他太太的。"

"她现在似乎很喜欢这个小矮子。"

"她没有自己的孩子。但鲍勃得到了他想要的东西,用他那种不张扬的方式。上帝才知道他是怎么做到的。"

"也许是因为他想要的不多。"

"你是说专注度?很有可能,他想要和现在这个妻子沟通的话,确实非常需要。她可真是有铁的意志!费里·莱西和辛顿·莱西都是她在经营,她要是有半点机会,也会来管雷德科特的。她已经落后时代50年了,但她坚信自己是庄园的女主人和莱西家族的最后一员,坚信她所做的一切,所以她做什么都很成功。我可不敢妨碍她。报社里我的前一任发表了一篇社论,批评她在地方事务上的一些高压手段——这是在她结婚之前的事了——要是第二天她没带着鞭子出现在办公室里,那才是见鬼了!不过,只有一样东西是她想要但却没有得到的。"

"是什么?"

"奥斯瓦德·西顿。也不是说她想得到他这个人,而是普拉什·梅朵之家,莱西家族的旧家产——那才是她追求的。是的,她甚至愿意嫁给一个像他这样的家伙来拿回莱西家族的遗产。能看得出一个人最强烈的情感有多大的力量,不是吗?但她这一次遇到了对手。"

"奥斯瓦德是个什么样的人?"

基利先生抬了抬眼皮:"如果我告诉你,珍妮特·莱西的头号死敌都不会希望她碰上奥斯瓦德,你就明白了。虽不该说死者坏话,但他就是个彻头彻尾的坏蛋。他在生意上足够能干,但他父亲的教养方式把他这个人给毁了。他很狡猾，道貌岸然，什么事情都能耍滑不做，而且还很残忍！我甚至不知道这是不是全是他父亲的错。我记得——那时奥斯瓦德只有7岁左右——我去他们家的时候，听到奥斯瓦德说：'我先把你的脚放进火里，你会尖叫的；然后我再把你的腿放进去，你会越叫越大声。但我不会手下留情的，你所有的血都会沸腾冒泡。这就是地狱之火，我要用它一点一点地把你烧死。'我走进房间，就见他刚把他妹妹的娃娃塞进壁炉的炉栅里。从那天起，我就相信原罪的存在了，斯特雷奇威先生。"

"所以他死了也不是什么令人伤心的事？"

这位编辑把舌头撇在嘴的一边，在吸墨纸上画了一幅极其复杂的涂鸦，才接着回答。

"他的自杀，是的，没多少人为他哀悼，我自己也不知有多高兴。我有几个女儿——这句话你知我知——有奥斯瓦德·西顿在，没人的女儿是安全的。当然，我本来还能更高兴的，如果他们找到尸体的话。"

"但他肯定——"

"哦，我知道这是毫无疑问的，真的。但是，就像我刚才说的，奥斯瓦德什么事情都躲得掉。"

"甚至连他自己的死都躲得掉？"

"他肯定会好好试试的。"

"他为什么要自杀？"

"生意上的麻烦，他们是这么说的。他留下了一封信，你知道的，都说得很明白。"

"但你并不完全相信？"

"一只老鼠被逼到墙角的时候，"基利先生冷静地强调说，"它会拼命挣扎的。我不是说那时西顿家的生意没有遇到困难……首先他们在国外就面临着很激烈的竞争，但是——哎，算了……"他揉了揉自己的白发，"我已经说得够多了。还有什么别的吗？"

"我想你们的报纸上刊登过关于奥斯瓦德·西顿之死的报道。我想看看你们存档的副本，如果不会给你带来太多麻烦的话。"

"对，有的。珍妮特·莱西那时到处施压，想要把这件事情压下来。恐怕她一点也不喜欢《雷德科特公报》，所以我现在没法常常见到鲍勃·西顿。不过，他现在是个名人了。是啊，距离我们在文法学校里一起学分离不定式的日子，已经过了很长一段时间了……而我现在还在拆分不定式。"

奈杰尔热情地感谢了编辑的帮助。他在《公报》图书馆待了一刻钟，研究了当时《公报》上刊登的有关奥斯瓦德·西顿自杀案的内容，还有其他刊物的相关剪报后，就离开了大楼。他和保罗·威林厄姆在金狮餐厅共进午餐。奈杰尔在午餐过程中一直心不在焉，坐上保罗的车后，他说："开出去的时候，你能在玩具店停一下吗？"

"随便哪家玩具店？"

"对。"

保罗·威林厄姆犀利地看了他一眼，玩笑话已经到嘴边了，但随即想了想，脚上松开了离合器。

第 5 章　黏土塑造的头像

　　奈杰尔·斯特雷奇威正躺在草坪上的躺椅上，一叠罗伯特·西顿的笔记本放在他身边的桌子上。但不知是因为他身边的这栋房子，像一个美丽的女子一般吸引着他全部的注意力，还是因为空气中朦胧、寂静的亲近感，传递着堰塞湖不停息的哼唱和咆哮，他都无法将注意力转向诗人的手稿。今天下午的一切似乎都带着致命的危险。堰塞湖模糊的喋喋不休，到底是在说什么呢？一片花瓣从房前一朵黯然凋零的玫瑰花上掉落，飘飘荡荡地落到了地上。当它触地时，奈杰尔真正地放松下来，仿佛他已经预料到大地会因它的落下而震颤。一只鸽子突然在高高的树顶上咕咕地叫了一声，像警笛一样吓了他一跳。

　　奈杰尔在心里打了个战，拿起其中一本本子，但他没有阅读，只是把它摊开放在腿上。没有什么可以与这座美丽的房子相匹敌。所以你嫉妒了。他发现自己在傻傻地喃喃自语。你是想诱惑我，还是想甩掉我？我可以对付有血有肉的魅惑者；但是，一个砖头和水泥搭建而成的魅惑者，比它立于的土壤更古老，更经验老道，充盈和迸发着人类的希望、风度和悲剧的汁液——啊，把你那无神的眼睛从我身上移开！

奈杰尔故意粗鲁地站起身来，把椅子转向背对房子的方向。去年6月他见过它，沦陷在它的玫瑰梦境中。上周他见过它，看上去红润润的，有些许凌乱，但更有活力、更接地气了，仿佛它刚刚从梦中醒来。而今天下午，普拉什·梅朵之家为了他再次变身，它离他更近了。在他的幻想里，它现在的迷人之处不在于它的美，而在于它的脆弱——那精致的面貌、高傲的神态已经融化成了一种动人的无助的表情，或者是别的什么呢？是忧虑？恐慌？愧疚？

奈杰尔半转过头去，大声地说："哦，闭嘴！你快把我逼疯了。"

"我还一个字都没说呢。"

奈杰尔惊得一抖，环顾四周。原来是莱诺·西顿，他在草坪上悄无声息地走了过来。

"对不起，"奈杰尔说，"我是在和你们的房子说话。"

"对不起，打断了你们的对话。"这位年轻人礼貌地说道，"不过，我懂你的感受。"

"呃，什么？哦，它也把你逼疯了，是吗？"

"有的时候。"莱诺·西顿盘腿坐在他面前的草地上，眼睛盯着奈杰尔的脸，"我也该走了。"

"你是说，找到工作了？"

"是的，当然，我是去年才退伍的。珍妮特本想让我去牛津，但是——"这位士兵短促的声音戛然而止。

"但是你想自己去闯闯？"奈杰尔接上话。

"是的。如果我知道该做什么的话……但很不幸，我上完学之后直接进了部队。我什么都不会，除了杀人。我可能会移民……英国人要出去的话，澳大利亚似乎很合适。"

"那是个很远的地方。"

"我就喜欢离欧洲远一点的地方。"

"我想，"停顿了一下后，奈杰尔试探性地说道，"你父亲确实让人望尘莫及。"

莱诺·西顿给了他一个尖锐的、相当有敌意的眼神："这没有什么不对——"

"我是说做天才的儿子一定很艰难。"

"哦，我明白了。是的。这样说来，他们俩都让人望尘莫及。"

"你的继母也是？"

"是。他们不需要我在这里，他们两个都不需要。"

"好吧，那么，没有什么能留得住你。"

"你以为没有吗？首先就有警察。"

"他们不可能永远留在这里。还有什么？"

莱诺·西顿沉默了一会儿，沉思着凝视奈杰尔。奈杰尔感觉他嘴里就快要说出玛拉·托伦斯的名字了。

"瓦妮莎，"莱诺最后说，"我想陪着她挺过去。"

"挺过什么？"

"珍妮特已经尽力了，"这个年轻人相当含蓄地回答，"但他们之间并没有融洽到相亲相爱那样的地步,你也注意到了吧。而我父亲——嗯,他有他的工作,而且,是瓦妮莎的出生最终导致了我们母亲的死亡,所以他自然……但我想看到她踏踏实实地结婚。她是那种可能会爱上坏小子的女孩,你知道的——那种迷人的、神经质的、以自我为中心的人。她非常非常的脆弱。"

"她得自己去犯错。"

"好吧,至少我能看到她挺过现在这场风波。"莱诺慢慢地说,他表情热切的脸转开了。

"这不会影响到她,对吧?"

"哦,怎么可能?"莱诺焦躁地回答,"警察在普拉什·梅朵之家周围都拉起了警戒线,这还不会影响到她?我们已经让他们进进出出一个星期了。天知道为什么,他们好像已经认定了那个家伙是在这附近被干掉的。"

他停顿了一下,似乎在期待奈杰尔评论或否认。没听到回应,他便直视着奈杰尔。

"我希望我们可以信任你。"

"信任我?"

"你很清楚我的意思,"这位年轻人表情严峻地回答,"你不会在这里当间谍吧?"

"我是中立的,目前来说。我非常钦佩你的父亲。"

"他也很喜欢你,所以就更有理由——"

"你们所有人似乎都商量好了要保护他,"奈杰尔打断道,"但是,据我对你父亲的观察，他完全能够照顾好自己。"

"哦，你这么认为吗？"莱诺·西顿露出了对一个出乎意料的观点给出不偏不倚的看法的神态，"嗯，你可能是对的，但这根本不是我们家的传统。"

"啊，那是他的消极感受力。他是个诗人，他是如此善于接纳他当下所关注的人或事，每个人都能在你父亲身上看到自己的形象。"

"我没听懂。"

"好吧，就拿保罗·威林厄姆来说，他对我说的关于你父亲的第一句话是：'他是个好人，安静的家伙，养了一群很好的根西牛。'基利先生说他很坚强，很有韧劲。他的家人觉得他是一个珍稀的、脆弱的容器，必须被好好保护。"

"你的意思是他会迎合每个人对他的不同想法？"

"是的，他会不自觉地这么做。但还不止于此，他几乎是变成了他面前的那个人。"

这个年轻人考虑了一下："那他和你在一起会变成什么？"

"那当然是一个业余的犯罪学家。有一次，我在描述这个被谋杀的家伙应该是个什么样的人，他顿时变得非常兴奋，一下子就完全变成了一个侦探。他非常客观——说我描述的可能是他哥哥奥斯瓦德。"

"他确实是这样，是吧？"莱诺说，奈杰尔可以发誓他带着一种欣赏的语气，"哈啰，芬尼拿着喝茶的东西过来了。反正我父亲对芬尼来说是个英雄，根据你的理论，这是不是意味着，芬尼自己才是一个英雄？"

奈杰尔笑了："哦，你不能老是搬出我的理论。"

"事实上，他真的是英雄。他有一次从我们以前养的公牛那里救下了我父亲。他就站在牛的面前，用棍子把它打跑了。小鬼大显身手，他壮得像狮子一样。"

"又壮又沉默。他完全是个哑巴吗？"

"据我们所知，是的。怎么了？"

"我6月来这里的时候，你的继母说过，他是个傻瓜，却总能说出很有智慧的话。你不记得了吗？"

"哦，那只是珍妮特的胡言乱语。你难道没有听到过溺爱自家小狗的女人用这种话夸狗吗？"

"我明白了。"

当芬尼·布莱克走近时，他们陷入了沉默。他把茶桌放在他们身边的雪松树下，没有像往常一样点头示意，也没有面带微笑。小矮子几乎是怒视着奈杰尔，他那张狰狞的小脸上挂着一颗颗汗珠，动作也不像往常那么熟练。

"看来不久之后可能会有一场雷暴，"莱诺说着，抹了一把他的额头，"呼，很近了，不是吗？"

普拉什·梅朵之家的前门打开了，罗伯特和珍妮特·西顿走了出来。当他们穿过草坪走近时，瞬间一阵刺骨的不适让奈杰尔·斯特雷奇威呆住了。他注意到诗人的胳膊下抱着一个头颅。

"还不错，是吗？"罗伯特·西顿说着，小心翼翼地把头放在桌子上。

自从奈杰尔上次看到它之后，玛拉·托伦斯又对它做了些改动。它的邪恶感已经消失了，但它的生命力也消失了，它现在成了正派的、死气沉沉的形象。

"如果我还要热水的话,我会按手铃的。"珍妮特对芬尼·布莱克说道,芬尼正用怪异的、专注的、不解的表情盯着那颗头。他摇摇晃晃地走了,回头看了好几眼。

"你不该让芬尼看到它,"莱诺说,"可能会吓到他的,尤其是今天下午。"

"哦,胡说八道,"罗伯特强硬地说,"怎么会呢?你喜欢吗,斯特雷奇威?"

"嗯,是一张好照片。"

珍妮特·西顿那双凸出的眼睛转到了他身上:"但是失去了灵魂。我完全同意你的观点。这是一幅造作的、寡淡的现实主义作品,仅此而已,很符合皇家美术院的口味。"

"哦,你不要对玛拉太苛刻,"罗伯特笑着说,"毕竟,是你要求她做得跟本人一模一样的。这根本不是她的一贯风格。"

"那她就不应该接受这个挑战,"珍妮特·西顿挑剔地回答,"你对造型艺术感兴趣吗,斯特雷奇威先生?"

"还行。"

这位非凡的女士开始了一番关于非具象派雕塑的演讲,其中夹杂了诸如"立体因素""纯意义""平面、体积和张力""质量的动态关联""超意识的平衡"之类的词语。

当她说完后,茶桌周围蔓延着充满敬意的沉默,最后她的丈夫打破了这种沉默。

"这——呃——是你周六要在妇女协会说的内容吗?"

"当然,我会给她们简化一下的。"他的妻子毫无幽默感地回答,令奈杰尔觉得很崩溃。

"我怀疑珍妮特一直在突击学习赫伯特·里德写的文章。"这句话有某种恶作剧的意味,似乎不大符合他的性格。

奈杰尔指了指那堆记事本。

"今晚我想跟你聊聊,如果可以的话,希望不会触到你的逆鳞。"他对罗伯特说。

"当然了。6点怎么样?我得先在一首诗上再琢磨一下。"

"进展很顺利吧?"

一个淡淡的、隐秘的微笑,就像一个害羞的孩子收到一袋糖果一样,让诗人的脸上有了一种幸福的神情。

"是的,进展顺利,"他说,"我想,非常的顺利。"

他站起来,又把那颗头抱在胳膊下,轻快地走进屋子。

6点时,奈杰尔走进罗伯特·西顿的书房。诗人正坐在书桌前,那颗黏土头像放在他面前。他的表情看起来平静无波、精疲力竭。他们讨论了奈杰尔从下午茶之后就一直在研究的一本手稿中的一首诗的某些问题。然后罗伯特·西顿按了一下铃,让芬尼·布莱克拿些雪利酒过来。很快那个小矮子拿着一个托盘回来了,上面放着醒酒壶和玻璃杯。他的目光似乎无法离开西顿工作台上的那颗黏土头像。他的脸抽搐着——今天晚上他的脸又白又肿,像一个马戏团侏儒。

"好了,芬尼,你可以走了。"诗人轻轻地说着,转身去倒酒了。

奈杰尔双手插在口袋里，走到对面的工作台边，弯下腰。

罗伯特·西顿给他端来一杯雪利酒。

"给你。好家伙，这是个什么鬼东西！这是你干的吗？"

西顿指向那颗黏土头像时，他手里倒的雪利酒溅了出来。那颗头似乎在一瞬间长出了浓密的、像萨提尔一般的大胡子。

"是的。"奈杰尔说。

"年轻人，你对倒置隐喻①真是情有独钟啊，"诗人说，"真是触我的逆鳞来了！"

"我只是想看看它会变成什么样。我今天下午在雷德科特的一家玩具店买了胡子。"

"那它变成什么样子了呢？"罗伯特·西顿问道，他的头歪向一边，像一只画眉在草坪上听虫子躲在哪里。

"它看起来跟玛拉·托伦斯的那件木雕上的萨提尔的脸一模一样——去年6月我在这里的时候你给我看的那件。"

"天呐，确实如此！你说得太对了。"诗人热烈地说道。

"你最好现在就把它摘下来。我不希望瓦妮莎进来看到它，她不能把她父亲看成一个好色之徒。"他补充说，"真的，我不是。"

一阵不尴不尬的沉默，两人在扶手椅上坐下。

"当然，"奈杰尔最后说，"这是你的私事。我应该向你道歉——嗯，我这不合时宜的好奇心。"

---

① 先出现喻体，后出现本体的隐喻。

"如果这只是我的私事——但是，问题是，这更应该算是玛拉的私事，而不是我的。这是玛拉的秘密。"

"她对你无比爱戴。她告诉我，你过去对她非常好。"

罗伯特·西顿做了一个不以为然的手势："我想你已经猜到了一部分的真相，总之，足以让你意识到我们现在必须非常小心。"他慢慢地说："任何的刺激因素都会对她有很不好的影响，任何能勾起过去回忆的东西。如果可以的话，朋友，就让它过去吧。不要和她搞这种恶作剧。"

"当然不会。但是，你知道，警方的调查必然会勾起过去的回忆。"

诗人叹了口气："是的，我恐怕是的。这是个大麻烦。"

"恐怕一定会对你的工作造成很大的干扰。"

罗伯特·西顿的脸上又露出了那种淡淡的、内敛的微笑。

"没有，我不能假装它有，我好像真的觉得这件事情很刺激。不过，当然，珍妮特是一个令人钦佩的看守。我想，即使是你的朋友——那位警司，也要费很大力气才能得到她的同意。顺便说一句，他今天早上又来了。"

"哦？"

"据说村里有人看到我那天晚上半夜游荡回来。而且这跟玛拉说她看到珍妮特和我穿过院子去看凯蒂的时间不一致。我估计这家伙搞错了，反正你的警司看起来很满意的样子。但想到玛拉要被纠缠一番我就不太高兴。"

奈杰尔不敢说，他的警司朋友非常有演技，很能装出对某项证据满意的样子。他最后说的是：

"如果你不介意我提供一点建议的话，我希望你不会因为希望对托伦斯小姐的事情保密，而给警察留下印象，觉得你对不太久远的过去的事情避重就轻。"

"这起谋杀案，嗯？警察可以尽管来问，我会说出我知道的一切。"罗伯特·西顿勇敢地回答。

"好。好了，我得走了，去洗漱一下准备吃晚餐。"

几分钟后，奈杰尔正在一边梳头，一边用他那刺耳的男中音对自己唱歌的时候，他房间的门开了。

"我听到你在唱歌。"瓦妮莎说，"我可以进来吗？我不知道你在这里。"

"哦？"

"我是说，这不是平时的客房，走廊的另一边才是。"

"俯瞰着院子？"

"是的。"瓦妮莎好奇地在房间里徘徊，拿拿他的刷子，闻闻他的剃须皂，她似乎在为说一件重要的事情而努力鼓起勇气。

"呼，真是太闷了，不是吗？你是不是最好开个窗户，关着窗户睡觉是很不健康的。中尉——你知道，她是负责管先锋团的，我跟你说过她——她每天早上都会站在一扇打开的窗户前做运动，不管是夏天还是冬天。她说每个女孩都该这样做，这是做健康母亲的最好准备。"瓦妮莎无精打采地看了他一眼，"你有没有什么不想要的小狗瓷器？"

"你在收集吗？"

"是的,你想看看我的收藏吗?我去年1月开始的。费利西蒂——她是我最好的朋友——收集埃及的圣痂虫。"

"什么?哦,圣甲虫?"

"嗯。我觉得它们恐怖兮兮的。我的意思是,它们可能带着诅咒。快点!男人打个领带怎么要打这么久!"

她抓住他的手,把他拉出房间,来到走廊上,然后从她的小提包里拿出一把钥匙,打开了门锁。

"看!它们是不是太可爱了?"她说,指着壁炉架,带着主人的自豪感大口喘气。

奈杰尔仔细地看着一整排的小狗瓷器。"我最喜欢这只。"他说。

"嘘!其实我也是,"瓦妮莎用气声低语,"但是你不能大声说出来。太偏心了,你会伤害到其他可怜小狗的感情的。"

"这些藏品很宝贵。这房间你一直是锁起来的吗?"

"白天的时候是的,不过我经常会忘记锁。如果你有什么贵重物品,请听我的建议,把你的房间也锁起来。"

"但肯定没有人会——"

"嗯,不是故意的。但有时候有些东西确实会消失。"瓦妮莎诚挚地凝视着他,"这应该是我们家的一个秘密,但我还是告诉你吧,我们家里有一个偷窃癖。真的很可悲。"

"你知道是谁吗?"

女孩把头发甩到脸前,透过头发腼腆地看了他一眼:"我不能告诉你这个,但我想你能猜到——"

晚餐后来了点音乐。莱诺·西顿演奏了肖邦的前奏曲和舒曼的作品，技艺相当精湛，他那张敏锐的、少年老成的脸在昏暗的房间里显现出一种不食人间烟火的抽象美。接着，蜡烛点上后，瓦妮莎被劝动，唱了歌。她唱的是苏格兰民歌，声音很纯，很细，飘摇不定，就像房里的烛火被敞开的窗户外飘来的气流吹得不时跳动。唱了两三首之后，她就停了下来，说她唱得背上全是汗。今晚的气氛确实像温热凝固的汤一样压抑闷塞。奈杰尔感到空气中弥漫着紧张气氛，但这是否仅仅因为天气，他也说不清楚。他感觉马上就能听到第一声闷雷从遥远的天际传来。珍妮特·西顿把手指紧紧地握在一起，半躺在飘窗上望着外面。到11点时，奈杰尔说他困了，要去睡觉了，他觉得这对她来说一定是一种解脱。

然而，来到房间里，奈杰尔并没有脱衣服，而是从他的口袋里拿出一本袖珍书，书里夹着一张写着一个大大的问号的纸。他开始研究。纸上的笔记很含糊，是过去几天里他不时记下的。

"（一）玛拉的木雕；黏土头像上原来的表情。萨提尔。好色徒？噢！是'奥'还是'罗'。"

奈杰尔拿出铅笔，在"罗"上画了一笔。

"（二）芬尼·布莱克真的是哑巴吗？"

奈杰尔补充写上"尚无证据"。

"（三）罗、珍、准爸爸，谁是对的？这可能至关重要，如果……必须确定雷雨开始的确切时间。罗在哪里躲雨？他回来时衣服是湿的吗？等等。

"（四）谁保管(a)果园大门的钥匙,(b)奶厂的钥匙？共有几把钥匙？

"（五）雷·托那天晚上真的'醉倒了'吗？莱·西在雷暴中真的睡着了吗？

"（六）在那个周末莱·西到达朋友家时带着的行李，是否与他离开普拉什·梅朵之家时带的行李数量相同（布朗特）？

"（七）珍非常注重礼仪规矩。托父女为何在此？"

奈杰尔继续补充："取决于（一）的答案。"

"（八）社会杂志上的家庭合照，也许能解释很多事情，如果……"

奈杰尔接着又写了一个问题。

"（九）珍是否喜欢抽象艺术？若是，黏土头像是为何？如否，今天下午的话从何而来？"

奈杰尔思索了一下最后一个问题。他还在盯着纸片绞尽脑汁的时候，一声雷鸣侵入了他的思绪。他把纸放好，走到窗前。天空中的最后一丝光亮正逐渐褪去。奈杰尔走开去，悄悄地打开房门，打量着走廊，然后溜进对面的房间——瓦妮莎告诉他，客人通常在那里睡觉。房间是空的，奈杰尔很轻地推开窗户的下半扇，坐在飘窗上。暴风雨正从这一头、从北边逼近。拥挤的靛蓝色的云比夜色更深，乱七八糟地堆叠得摇摇欲坠，似乎只要一道闪电就能把它们掀翻。黑夜屏住了呼吸，然后在一阵突然的热浪中释放出来，搅动了栗子树的枝叶。云层叠峦背后，一道闪电划过，震撼了天空，勾勒出雷雨云奇异的削壁、脊线和峰顶。奈杰尔注视着，闪电更加竭力地闪烁，直到它的闪现几乎连续不断，在备受煎熬的天空中到处飞驰震动。雷声隆隆地靠近，就像车轮从铺满石子的狭径上驶来。

奈杰尔摸了摸口袋，以确保他的手电筒还在。他相信今晚会有事情发生，而且他相信自己知道是什么事情。他的目光现在更频繁地转向他右边侧翼的门，那里是仆人的住所。他等了很久，又把他的头伸出窗外，他反复地因闪电而目眩，又因每次闪光后的黑暗而头晕。

终于，他意识到有一扇门打开了，不是仆人那一侧的门，而是他正下方的门。他不是今晚唯一在关注普拉什·梅朵之家的人。不管下面是谁开的门，那人都没有走动，他一定是站在门口，在朝院子里看，在等待。过去了近五分钟，奈杰尔开始沉迷于不着边际的想象，认为下面的人正在等待第七次大闪电，这样他就可以在接下来最黑暗的时刻，神不知鬼不觉地飞奔出去，就像男孩在海滩上计算两次波浪之间那个精确的时刻，能让他冲到水边捡回一些被暴风雨抛上来的宝物。

最后，仆人那一侧的门真的打开了。下一刻，一道狂怒的、持久的闪电映出一个全速跑过院子的身影。那人迈着又碎又快的步伐，像螃蟹一样——如果你能想象一只螃蟹跑得像人一样快的话；但是马上，那人就像狗在蕨菜丛中狩猎一般跃入空中，当他跳起来时，奈杰尔看到他背上有什么东西弹了起来。这个身影是芬尼·布莱克——毫无疑问。而他背上的东西，他肩上挂着的球形物体，奈杰尔在第二道闪电中瞬间瞥见的，难道是一只骑在芬尼身上的又大又黑的蜘蛛？

奈杰尔看到那个身影被另一波黑暗吞没了。这时传来一阵胡乱扒拉的声音。而当闪电再次照亮天空时，外面什么动静也没有，只有栗子树下沿的枝叶在晃动。奈杰尔跑过走廊，迅速下了楼梯。一阵雷声在屋外爆裂。当他从门里出来时，奈杰尔注意到一个身影在院子里飞奔而过，比芬尼·布莱克的身影大得多——毫无疑问，是另一个观察者。

绕过旧谷仓，奈杰尔从那棵树的另一侧悄悄靠近。他能听到一个声音，在树底下的暗影中轻轻地呼唤。

"芬尼！下来吧，芬尼！是我。"

那是珍妮特·西顿的声音，她舒缓的音调中似乎带着巨大的悲伤。

从上面很高的地方传来窸窸窣窣的声音，又立即被一阵劈头盖脸的雷声淹没了。在随后的寂静中，西顿夫人轻声呼唤。

"下来吧，芬尼，快点。把它带过来，把它带下来。那不是你的，芬尼。"

她像是在驯服一匹不安分的马。下沿的树枝一阵晃动，芬尼·布莱克的身影出现了，他从枝丫上荡了下来，动作迅捷得可怕。他从最低的树丫上跳了下来，轻巧地落在珍妮特·西顿的脚边。一道闪电照亮了他肩上挂着的抽绳袋。西顿夫人从芬尼手中接过袋子，袋子里是她丈夫的黏土头像。

奈杰尔向前走去。

"你不觉得，"他说，"既然他都在拿了，最好把另一个也拿下来吗？"

第6章　从天而降的头颅

　　珍妮特·西顿转过身来，发出了一声尖叫。她缩着想躲开奈杰尔，直到她的背靠在了栗子树的巨大树干上。

　　"你在这里做什么？"她惊呼，"走开！芬尼！救命！"

　　下一刻，奈杰尔就与死亡做起了斗争。芬尼·布莱克仿佛被珍妮特的惊慌所感染，又好像狗本能地跳起来保护主人一样，朝他冲了过来。这个矮人跳到奈杰尔身上，把腿绕过奈杰尔的腰，摸索着寻找他的喉咙。奈杰尔完全被打了个措手不及，他踉跄着向后退了一步，起初没有费尽全力，只是想把这小矮子从他的胸口拉开。他就像在和一个孩子打架一样，那个紧紧地把他夹住的身体非常的轻——但他很快意识到，这个孩子有着不可思议的力量。芬尼长长的手臂像海鳗一样粗壮有力，他的手指掐住了奈杰尔的喉咙。有一瞬间，奈杰尔看到小矮子那张扭曲的、汗如雨下的脸，像个疯孩子一样瞪着他；接着那张脸藏到了奈杰尔的肩膀后面，奈杰尔完全够不到。芬尼的手指也收紧了。

奈杰尔自己扑倒在地上——这似乎是唯一的希望——用他的体重撞晕这个矮人。芬尼落地的时候哼了一声,他的手臂松开了,躺在地上一动不动,显然是被撞晕了。奈杰尔准备站起来——但愿上帝保佑我没有压断他的脖子,他想——但当他还跪在地上的时候,矮人突然又醒了过来,愤怒地滚到一边,奈杰尔还没能抓住他,他就已经蹿到了奈杰尔的背上。奈杰尔只发出了一声呼救,然后芬尼的手指再次扼紧了他的喉咙。奈杰尔跟跟跄跄地走向那棵树,不顾一切地想把芬尼撞在树干上,但芬尼就像一个有黏性的泡泡一样紧紧地贴住他。奈杰尔隐隐约约感觉到,珍妮特·西顿在附近徘徊,发出心烦意乱的哭号啜泣,想把小矮子从他背上扯下来,却无济于事。

奈杰尔的喉咙开始撕心裂肺地痛。他的耳边不断传来雷声,但这雷声是从空中来的还是从他爆裂的脑袋里来的,他不知道。他茫然地想,这次我必须往后倒。有脚步声在跑动——还是他的心脏在跳动?

一个声音尖锐地大叫:"芬尼!马上停下!你听到了吗?停下来!"

几乎要晕倒的奈杰尔这时才意识到那钢铁般的手指已经松开了他的喉咙,背上也感受不到小矮子的重量了。他靠着树坐倒下去,剧烈地咳嗽和喘息着。

"我亲爱的伙计,实在非常抱歉。到底发生了什么?"罗伯特·西顿在黑暗中说。

罗伯特和珍妮特关切地弯下腰。

"我马上就会好的。"奈杰尔声音嘶哑地说。

"我去拿些白兰地。"西顿夫人说。

"再拿条毛巾什么的来，用冷水泡一下。"在她走向房子时，她的丈夫喊道。

"恐怕是我的错，"休息过一会儿后，奈杰尔摸着喉咙小声说，"我吓到了你的妻子，我想芬尼觉得她有危险。他在哪儿呢？"

"他跑了。我真的不能原谅自己，让——是这雷暴天气的原因，芬尼总是会过度兴奋。我想珍妮特一定在找他，但他这个样子的时候不会总是听她的话。"

"不管怎样，我很高兴他听你的话。听着，你能不能马上去打个电话叫警察来？这里必须有个人守着。"

"真的有必要吗？"罗伯特·西顿的声音听起来很痛苦，"我是说，我们不能——你不能再给他一次机会吗？"

"我不是要起诉芬尼，或者什么的，当然不会。但是必须找到他，马上。"

"好的。我走了你能行吗？哦，珍妮特来了。"

珍妮特来了，还有莱诺·西顿；而且，一分钟后，雷内尔·托伦斯带着他的女儿走了过来。

"我正要进去打电话。"罗伯特·西顿说。

"谁来了？发生了什么事？"托伦斯用沙哑的声音问道。

"是不是有人在喊？"莱诺说，"把我吵醒了。"

"这是你的白兰地，斯特雷奇威先生。我把这条毛巾围在你的脖

97

子上,先不要动,好了。我出来找芬尼,"西顿夫人向其他人解释说,"斯特雷奇威先生肯定听到了我们的声音。他也出来了,把我吓了一跳,我没看出来是谁。然后芬尼就袭击了他,我真是太——"

"那是芬尼吗?"奈杰尔说。

当他们都望向远方,费力地往黑暗里看时,奈杰尔把杯里的白兰地倒在了草地上。他没有理由怀疑酒杯里除了白兰地还有别的东西,但他现在不能冒险。他必须待在树旁,直到警察过来。

"我一直都跟你说,不应该留着他,"托伦斯没好气地说,"实在不安全。好了,要是没什么需要我的地方,我就回去睡觉了。天哪!这是什么?"

当他转身离开时,他的脚踢到了被遗忘在草地上的黏土头像。一道闪电使得这一幕闪现在众人面前——衣着整齐的西顿夫人,穿着睡袍的其他人,都被摄影师的镁光灯捕捉到了食客般死气沉沉、弹眼欲穿的表情。

"天哪!是那颗头!"雷内尔·托伦斯惊呼,"装在抽绳袋里,是——"

"不要恐慌,父亲!"玛拉冷静而轻蔑的声音传来,"这是我做的罗伯特的头。"当奈杰尔打开手电筒时,玛拉看到雷内尔正用脚小心翼翼地翻动着头颅,她补充道:"请不要乱踢。"

"恐慌?你什么意思?不许这么跟我说话,你这个小贱人!"她父亲说的话令人惊愕。

"大家的脑子都还清醒吧?"莱诺说,"这个头到底怎么会在外面?

98

这个地方快变成疯人院了。"

"我看快要下雨了。"珍妮特·西顿又开始掌控局面了,"我们该去睡觉了。斯特雷奇威先生,你觉得好点了吗?能走进去吗?"

奈杰尔呻吟了一下,半站起来,又倒下了。他希望自己表现得足够令人信服。

"很抱歉,我——"

"莱诺,你来帮他,还有雷内尔,麻烦了。他刚受了惊吓,不能再让他淋湿了。玛拉,现在就去睡觉。"

"不,"奈杰尔说,"我们得先找到芬尼。"

"没事的,"罗伯特·西顿刚从屋里出来,他说道,"警司几分钟后就会过来。"

"警司?"珍妮特说,"但是——我说了,去睡觉吧,玛拉!把你那睡袍的扣子扣上,实在是太不雅观了!"她的声音似乎充满了一种压抑的愤怒。

"斯特雷奇威先生都快被勒死了,而珍妮特的眼睛里只能看到我的胸。"女孩反驳道,发出尖锐的笑声。

"我真的觉得你最好进来,斯特雷奇威先生。"珍妮特说,"你看,我在你的白兰地里放了一点镇静剂,你应该睡个好觉。现在警察会照看好一切的。"

"不过,在我离开之前,我得和布朗特说句话。"

几分钟后,奈杰尔和布朗特偷偷说了几句话。警司下榻在辛顿·莱西旅馆,他带着他的警佐开车赶到了这里。

"听着，布朗特，按说我刚刚喝了安眠药，所以我最好去睡觉了。而且，我刚刚被勒了，感觉很累。鲍勃·西顿有没有告诉你发生了什么？"

布朗特点了点头。

"好吧，我需要你做两件事，我明天醒来以后会解释的。让鲍尔警佐守在那棵栗子树下，告诉他一寸都不能离开，即使树被闪电击中了也不行，而且不要让其他任何人靠近。也许我搞错了，但是——第二件事是，如果找到了芬尼·布莱克，不要让他再进屋了。"

"他还是很危险吗？"

"有可能。但他也可能在这里遇到危险。"

可敬的布朗特从奈杰尔说话时喑哑的声音中听出，他几乎已经筋疲力尽了。他没有再问问题，而是答应按奈杰尔说的做。

"还有一件事。鲍勃·西顿是唯一能在目前的状况下控制场面的人，"奈杰尔低声说，"如果你确定要让盖茨警官开始搜捕，我建议让西顿和他们一起去。"

"哦，西顿已经出去找他了，带着他的儿子。"

奈杰尔耸了耸肩，人还是得先管好自己。他让布朗特扶自己上楼，帮自己脱下衣服。当奈杰尔酣然入睡时，卧室的门还没来得及关上——

第二天早上，奈杰尔被开门的声音惊醒。瓦妮莎蓬乱浓密的褐色头发映入他的眼帘。

"珍妮特问你早餐想吃什么。我说，你得了腮腺炎吗？"

奈杰尔的手不由自主地摸上自己的喉咙，确实还很痛。他感觉到脖子上还裹着毛巾。

"哦,这个? 没有。"他的声音带着痛苦的嘶哑,"我有点太尖锐了,割到了自己。"

"割到你的喉咙?"瓦妮莎的眼睛睁得大大的。奈杰尔察觉到她的思想无比简单直白,于是说:"我是在打比方。"

"哦,我明白了。"瓦妮莎回答道,仿佛在这个家里隐喻的使用完全合情合理,而她作为家里的一员,已经了然于胸。

"有两种麦片、鸡蛋、咖啡或茶。"

"我要咖啡和一个煮鸡蛋。"

"好的。"瓦妮莎在门边走得歪歪斜斜,表情神秘,"我还是告诉你吧,这个家已经彻底乱套了。猜猜看发生了什么?"

"昨晚厨师被闪电击中了。"

"不是,芬尼消失了。还有个人站在我们的大栗子树下,我给他送了点茶和吐司过去。"

"好——我是说,关于芬尼的事我很遗憾。"

"我可不。当然,是有些不方便,现在的仆人这么难找,但是芬尼真的让人毛骨悚然。还有——你能保守秘密吗?"瓦妮莎问,她自己显然不能,"嗯,他有时会偷东西。"

"就是你昨晚暗示的? 那个偷窃癖?"

"嗯。他控制不了,爸爸说的。当然,这些东西我们一般会再找到的。他藏了好多东西,像喜鹊一样。"

"什么,藏在房子里?"

"一般在花园或果园里，但有时会藏在更远的地方。最近一次是我们在狐狸洞树林里发现的，莱诺跟着他到了那里。他拿走了我的三个小狗瓷器，莱诺看到他把它们藏在灌木丛里。说到喜鹊，滑稽的是，就在那片灌木丛旁边，有一个狩猎人用的绞架，上面挂着喜鹊、乌鸦、松鸦、松鼠的尸体。我觉得很残酷，你说呢？哦，天呐！珍妮特在叫我了。你说的是咖啡和一个煮鸡蛋，对吗？"

当瓦妮莎端着早餐盘回来时，她宣布："新苏格兰场的布朗特警司要来见你。"

"请他上来吧。你今天早上打算做什么，瓦妮莎？"

"我帮着做完家务后，打算骑着凯蒂出去兜一大圈。我发现在马背上最有利于我思考。"

"你要思考什么呢？"

"哦，在我开始思考之前，我不能告诉你，对吧？但中尉说，美好的想法对于丰富和充分满足的生活是至关重要的，所以这个假期我正在努力练习。再见。"

布朗特进来的时候，奈杰尔正小心地吞下鸡蛋。

"今天早上感觉怎么样，斯特雷奇威？"

"不错，谢谢。告诉我，布朗特，你有过美好的想法吗？"

"呃，现在——"

"我就知道你没有。也许如果你加入了骑警，情况会有所不同。"

警司有些焦急地盯着他："你确定你没有什么不舒服吗？没有头痛吗？"

"非常确定。发现芬尼·布莱克的行踪了吗？"

"还没，一切都在盖茨的掌控中。像他这样的小矮人，逃不了太久的，太显眼了。现在，告诉我——"

"你爬树的水平如何，布朗特？"

"我小时候很会爬。"警司表情过于欢快地回答着，仿佛在迎合一个疯子。

"因为必须得有人爬到那棵栗子树上去。我想没有人试图把你那位鲍尔警佐引开吧？"

"不，一切都很安静。鲍尔可以爬到树上。他是个年轻人，站了那么久，也该给他换个活儿了。你在想什么呢，斯特雷奇威？"

奈杰尔又谨慎地喝了一口咖啡，然后，他一边用手指打钩，一边说道：

"第一，芬尼·布莱克在雷暴天气下很容易失控，谋杀案发生当晚有一场雷暴，昨晚又有一场。第二，6月我在这里做客时，罗伯特·西顿说，芬尼会模仿他所看到的任何行为。第三，芬尼是个偷窃癖，他在狐狸洞森林里有一个藏匿赃物的地方，就在狩猎人的绞架附近，上面挂了很多害兽害鸟。第四，昨天晚上，芬尼偷了托伦斯小姐做的一个罗伯特·西顿的黏土头像，把它放在一个抽绳袋里——特别注意是抽绳袋——然后带着它爬上了栗子树。"

"一个抽绳袋，"布朗特说，他的眼睛现在闪烁着睿智的光芒，"因为这是把黏土头像挂在树枝上最简单的方法，就像他看到害兽害鸟被挂在狩猎人的绞架上一样？"

"你确实非常厉害，布朗特。"奈杰尔热情地说道。

"所以——呃——你是说有可能——呃，呃——小矮子因为雷声而发狂的时候，还模仿了什么其他的行为？"

"正是如此。他可能会模仿他所看到的别的什么人在类似情境下做过的事情，或者重复他自己的一些行动。"

"那么看来，鲍尔越早上树越好。"

"等到瓦妮莎·西顿离开之后再上去。她马上要出去兜风了。不该让她待在这里，这可能会影响到她的美好想法课程。"

"那其他人呢？"

"如果他们都在场，包括托伦斯父女，可能会有用的。你能想出个什么借口让他们都出来吗？当然，也可能完全是虚惊一场，毕竟可能性非常渺茫。但也有其他的征兆，等鲍尔做完他的事，我再告诉你。"

当所有人在栗子树下集合时，村里教堂的钟刚刚敲响了11声。奈杰尔和罗伯特·西顿一起走出房子时，他注意到珍妮特正在和警司相当严肃地交谈着。

"我希望他不会让我们待很久，"罗伯特·西顿说，"我想继续工作。"

但布朗特不慌不忙，他把鲍尔警佐带到一边低声交谈了一番。然后他要了一把梯子，莱诺·西顿去找园丁，园丁取来梯子，这样就又耽搁了一段时间。如果布朗特的目的是要让大树脚下的这一群人精神紧绷起来，那么他似乎成功了。他们各自闲站着，惴惴不安，彼此之间几乎找不到什么话可说——他们在一起生活了这么多年，还有什么话能说呢？他们又像是一群陌生人，第一次见面的尴尬疏离感尚未破除。对站在一旁的奈杰尔来说，他仿佛看到家庭聚会上的成员聚集在一起拍合照，踢着鞋跟，自顾自地开着玩笑，进行着无谓的交谈，半是兴奋，半是愤懑，而主人却在没完没了地摆弄他的相机。他们每个人都一门心思顾着自己，不想被拍到猝不及防的一面，而只想展示最好的一面。

在这个阳光灿烂的8月的早晨，空气被一夜的雷雨冲刷得十分清新，院子里的草地上留下的雨滴闪闪发光。当园丁拿着梯子走过来时，他们五个人定格住了最后的姿势。珍妮特·西顿笨重地杵在那里，双臂交叠，皱着眉头，向她丈夫靠近了一点，似乎是为了提供或寻求保护。诗人一直背着双手站着，双眼出神，他挽着妻子的胳膊——一副自然的、家常的姿态。阳光照耀着莱诺的金发和玛拉·托伦斯的黑发，他们并肩站在一起。女孩的脸是灰白色的，像雨中淋湿的报纸的颜色，阳光残酷地凸显出她的憔悴。莱诺对她嘀咕了几句，她抬头看了他一眼，露出了感激的表情，这使她看起来更年轻，不那么放荡叛逆了。在几码远的地方，雷内尔·托伦斯在口袋里翻找，掏出烟斗和烟丝袋。他的眼睛似乎在刻意避开其他人，那两个警察、园丁和那棵树。他点燃烟斗时手在颤抖，透过烟雾瞥了一眼奈杰尔。他厚厚的下嘴唇噘着，然后相当做作地瞥了一眼他的腕表，耸了耸肩，挪了挪脚。

莱诺·西顿走上前去，帮园丁拿梯子，他看上去镇定、警惕又饶有兴趣。

布朗特又与警佐商议了一番，于是大家又等了好一阵子。

"我们要在这里待一上午吗？"雷内尔·托伦斯暴躁地问道，不知在问谁。

"请大家都退后一点好吗？"布朗特平静地说道，加剧了家庭聚会上将要开始拍照的错觉。

作为一幢经历了 200 年风风雨雨的房子，普拉什·梅朵之家透过它的每一扇窗户观察着这一幕，镇定地置身事外。

最后，鲍尔警佐上了梯子，稳稳地向上攀爬，消失在茂密的树叶中。玛拉·托伦斯用她无比令人恼火的漫不经心的声音询问："我们被叫到这里来，是为了看一个警察爬树吗？"

"我现在解释一下，"布朗特说，"这是我做的一个小实验。"他的语气很慈祥，眼睛懒散地审视着他们所有人。他们站在他安排的地方，在树荫外，阳光照亮了他们的脸。

一声粗哑的喊叫从树的半腰处传来，然后是更响的沙沙声，警佐显然已经看到了他的目标，他爬得更快了。

"不要担心，亲爱的。"罗伯特·西顿对他的妻子说，"他很安全，这棵老树非常结实。"

"但他爬得那么高……"

他们仿佛在讨论一个 8 岁儿子的大胆之举。

"我找到了，长官！"警佐在大家头顶上的高处呼叫着，边往下爬边哼哼。突然只听一声模糊不清的"该死"和一声更响亮的"下面的人小心"，有什么东西从树叶中落下，在树枝间碰撞着跌落。玛拉发出了一声小小的尖叫，罗伯特·西顿紧紧地抓住了他妻子的手臂。下一刻，一个圆形物体从枝叶间摔了下来，像一颗巨大的栗子，在草地上弹跳着，滚到雷内尔·托伦斯的脚下。

"真是笨！"警司咆哮道。

托伦斯瞪大眼睛看着他脚下的物体，烟斗从他的嘴里掉了出来。他开始全身颤抖，他的手不受控制地在面前摆动着，想挡住些什么，然后他跑出几步远，剧烈地干呕起来。

"是……是什么东西？"玛拉喊道。

警司大步走到草地上的物体前，抓着它的头发把它拎了起来，在他们面前晃了晃——一个被割下的、已经腐烂的人头。

"有人认识这个头吗？"他提问的语气简直像一个失物招领处的职员。

又是一阵令人窒息的沉默，接着莱诺·西顿冷冷地说："嗯，当然，它保存得不太好，但它看起来和你很像，父亲。"

"不！不是的，不是的，不是的，不是的！"玛拉·托伦斯的声音变成了长长的、尖利的嘶喊。西顿夫人走到女孩面前，狠狠地打了她两三下耳光，玛拉的尖叫声瞬间中断了。珍妮特这才尴尬地伸出手臂，抱住了开始抽泣的女孩。

诗人走到布朗特警司身边。"太难以置信了！"他喃喃地说。

"什么难以置信，先生？"

"那是我哥哥，我的哥哥奥斯瓦德。"

"但他已经死了，父亲。"莱诺说，"我是说——"

"不管怎样，现在他是死了。"

鲍尔警佐打断了他们："非常抱歉，长官，我没抓牢，网袋滑落了。

它被一根树枝挂住了，里面的头就掉出来了，我没来得及——"

"不要紧，鲍尔，这个头已经损坏得很厉害了。"布朗特若有所思地凝视着那张脸，它因腐烂而变得狰狞，被鸟喙啄出了洞，成了一块肮脏的破破烂烂的肉——剩下的脖子——连着左边的下颌，那里明显地留有一个长长的、切开的伤口，从左耳一直延伸到下巴的下方。

警司又转向罗伯特·西顿："我想知道能否麻烦你给我几张牛皮纸和一个纸板帽盒，如果你家里有的话。"

# 第二部分

第 7 章　珍妮特·西顿坦白真相

"所以凶手把死者的头砍掉,还有一个可能的原因。"奈杰尔说。

"为了掩盖他被杀的方式?嗯……不过,不知道这对我们有什么帮助。"

"缩小寻找凶器的范围。"奈杰尔提出。

"任何锋利的工具都可以做到这一点。我估计,过了这么久,伤口也提供不了什么线索了。"

"也许是这样。但是,一旦凶手制造了这样一个伤口,你总归觉得他在砍下头颅的时候,会沿着这个伤口,而不是砍在伤口下面。你应该已经调查过剃须刀的问题了吧?"

"对。西顿先生和他的儿子用的是安全剃须刀;芬尼·布莱克不需要刮胡子;托伦斯先生有一把老式刮脸刀。"布朗特说。

"他有一把,是吗?"

"是的,但任何锋利的刀片都可以做到,比如切肉刀。"

"不可能吧，布朗特？所有的迹象都表明，奥斯瓦德·西顿回来时，是非常警惕的。等着他的不可能是好酒好肉，只可能是磨好的刀。"

头颅被发现的这一天的晚些时候，两人在布朗特警司位于辛顿·莱西旅馆的卧室里谈话。

奈杰尔继续说："奥斯瓦德完全是偷偷摸摸地回到了普拉什·梅朵之家。我们在这一点上达成共识了吧？"

"嗯哼。"

"那么，十年前，他的这个假自杀。当时警方没有抓到他任何把柄，不存在刑事指控的问题，所以他不会为了逃避什么指控而逃出国，对吗？"

"对。"

"但他很可能确实是离开了英国，而且伪造了一场非常有说服力的自杀。但是，从各方面来看——《雷德科特公报》的那位编辑肯定会证实这一点——除非因为极大的压力，否则奥斯瓦德不是那种愿意放弃他的钱、他的地位和他的一切的家伙。他是个卑鄙小人。基利先生说，任何事情他都能耍滑逃脱，如果被逼急了，他会拼命挣扎。"

"非常有可能。但这跟杀死他的凶器有什么关系？"

"我还在沿着那个方向想。我认为只有一种情况能让奥斯瓦德假装自杀并离开这个国家——他犯了罪，而且是非常严重的罪行，但却没有被警察发现。我认为，不止一个人知道这项罪行。如果只有一个人知道，奥斯瓦德会想尽办法让他闭嘴。但即使是他，也不敢去尝试弄死四个人。"

"为什么说是四个呢？"

"因为我有理由认为，有四个人知道一些非常不利于奥斯瓦德的事情。但现在我们先不谈这个。我认为是这些人中的一个或多个对他施加了压力：要么你离开这个国家，要么我们把你交给警察。"

"勒索，嗯？但他为什么不直接离开这个国家呢？为什么要假装自杀？你是说自杀是交易的一部分，是他为了让那些人保持沉默而付出的代价的一部分？"

"没错。"

"那么谁从奥斯瓦德所谓的死亡中获利了？"布朗特追问道。

"他的弟弟，还有珍妮特·西顿。间接上看，还有托伦斯父女。"

"主要还是他弟弟。然后呢？"

"嗯，发生了一些事情，这让奥斯瓦德觉得他回英国可能相对安全了；也可能他实在是走投无路了。"

"等一下。这里面有很多疑点，而且很含糊。"

"不完全是。我在托伦斯父女的工作室里注意到有一份社会报纸，上面有一张西顿夫妇和托伦斯父女在普拉什·梅朵之家外的照片，下面的文字说托伦斯父女住在这里。那张报纸是一年前的。你知道在国外到处都能找到旧的英国报纸——酒吧、旅店或者火车候车室里。我认为奥斯瓦德有可能看到了这本特殊的杂志，然后——"

"但为什么这群人在普拉什·梅朵之家的照片就可以让他觉得回到英国是安全的？你是在暗示，因为西顿一家和托伦斯父女现在住在一起，奥斯瓦德面临的危险——他的秘密被曝光的危险——就不存在了。我还是觉得说不通。"

"不一定是不存在了。但是，这个危险已经小到足以让他愿意冒着风险回来的地步。我得和玛拉·托伦斯再聊一聊，才能进一步解释这一方面。这算是一个假设吧。接下来是什么？奥斯瓦德挣到了回英国的船票。他到了布里斯托，然后在那里上岸。他可能和普拉什·梅朵之家的某个人沟通过，征求过对方的意见。他对自己会面临什么样的状况完全不确定。他在夜里来到这里，以最不引人注意的方式出现。他显然起了疑心，仍然保持着警惕。说到这里，我又想到了凶器。你能想象奥斯瓦德·西顿允许普拉什·梅朵之家里的任何一个人带着切肉刀接近他吗？你不可能把一把切肉刀自如地藏在身上，剃须刀，或者磨过的折叠刀，才可以。"

"但他担心的是被曝光，而不是被谋杀。"

"我同意。但是，当你紧张的时候，你会对一切都感到紧张。想想整个情境。他在夜里到了这里。有人见到了他，要么是约好的，要么是意外，我们无法判断是哪一种。那么，除非盖茨和他的手下都是天大的傻瓜，否则谋杀不可能是在房子里完成的，那一定会留下大量的血迹。"

"我可以向你保证，不是在房子里发生的。没有任何血迹，没有任何衣物、地毯、垫子被藏起来或者被送去清洗。"

"那么就是在房子外发生的。在哪里呢？花园或果园里？有可能。但凶手不可能指望所有的血迹都能被雷雨冲刷掉，而盖茨几乎肯定会发现一些残留的血迹。外围建筑？更不可能。但在奶厂里的话，就可以在雷雨声的掩护下把血迹都冲洗掉。凶手是怎么把奥斯瓦德带进奶厂的呢？应该是利用了他对被曝光的恐惧。躲在这里吧，老家伙，待几个小时，等我们搞清楚情况，想好接下来要做的事。但我不觉得奥斯瓦德会对这个人信任到不保持警惕的地步。这个人是男是女都有可能。我想，如果对方手里莫名地拿着一把切肉刀的话，肯定会让奥斯瓦德感到不安。"

"好吧，我放弃切肉刀了，但你的整个假设在动机上是不成立的。如果普拉什·梅朵之家的每个人都知道奥斯瓦德的秘密——"

"不一定是每一个人。我认为有西顿夫妇，还有雷内尔和玛拉·托伦斯。"

"——为什么奥斯瓦德必须要被杀掉？可以威胁他要曝光，让他再次消失啊。"

"如果他的秘密是他对这里的某人犯了严重的错误，那么就存在报复的动机。我们想象一下，在普拉什·梅朵之家中，A 准备原谅和忘记，并鼓励奥斯瓦德回来；但奥斯瓦德被 B 拦截了，而他最初的错是对 B 犯下的，B 仍然对他怀有根深蒂固的仇恨。"

"哎呀，这些 A 和 B——这一切都太玄乎了！芬尼·布莱克在当中又扮演了什么角色呢？"

奈杰尔沉思着吸了一口烟："你认为是芬尼干的吗？"

"没有证据。"

"树上的头？"

"任何一个人都能把它放在那里。"

"任何一个有足够的体能爬得上那棵树的人，"奈杰尔说，"都不会为此而冒险带上一个梯子。"

"我来告诉你我对芬尼·布莱克的看法。"布朗特坐在椅子上，身体前倾，"第一，我们想不出他有什么动机。第二，虽然他在雷暴天气下会变得很古怪，但没有记录表明他的古怪行为常常会演变成暴力行为。第三，如果真的是，那也是疯狂的暴力行为——他不会想到要去掩盖自己的痕迹；他不会把死者带到奶厂，而奥斯瓦德也不会乖乖地跟着他去那里。"

"同意。那么——"

"所以，如果不是凶手本人把头颅处理掉的，那他为什么要选择把它放到这样一个——呃——这样一个不靠谱的地方呢？那么唯一可能的解释是，芬尼·布莱克看到了谋杀的过程，或者说，他只是在凶手离开去处理尸体的时候，看到了那颗头，然后带着它跑到了树上。"

"巧的是，他还刚好有一个网袋可以把头放进去？"

"可能是凶手事先准备好的，这样他就可以把头带走，也不会把血弄到衣服上。"布朗特说，"他自然会先把尸体处理掉，因为它更难隐藏。他不敢把尸体留在奶厂里，但他可以把头暂时藏在那里，不会有太大的危险。"

"恐怕你是对的，"奈杰尔说，"当然，如果芬尼看到了谋杀——"

"唉，这个可怜的小疯子跑掉也许是对的。"

"他作为证人也不会有多大用处。他是个哑巴，不是吗？"

"是的，我查过了。但他不是弱智，他能听懂问题，也会写点字。"

警司重重地叹了口气,"不过,这个案子实在太让人不爽了。这栋房子,周围什么也没有;老厨师听力不好,她说那天晚上她在雷暴中睡得很香;芬尼·布莱克是个哑巴;有一个村里的女孩每天都来打扫,但她第二天早上没有发现任何异常。盖茨和我已经走遍了整个村子,但是除了那个看到西顿先生散步回来的人之外,没有一个人能给我们提供任何证据。如你所知,媒体上已经发布了请求,希望任何当晚去过人行桥附近的河里或河边的人能出来提供线索。结果一无所获。"

"看来这次所有的工作都得你自己来做,没办法让伟大的英国民众为你做了。"

布朗特草草做了个手势,把这句话撇在一边:"反正所有的线索都断了。尸体是在谋杀案发生三天后才被发现的,过了一整个星期,直到今天早上我们发现了头颅,才把调查方向确定在普拉什·梅朵之家。"

"真是不幸。你有什么计划?"

警司大略规划了一下,接下去的调查将会三管齐下。

首先,借助从罗伯特·西顿那里借来的老照片和被割下的头颅的照片,希望能制作出一张与奥斯瓦德·西顿的形象尽可能相似的合成照片。这张照片将在报刊上刊登出来,并按惯例呼吁最近见过这个人的人向警方提供线索。盖茨警官会拿着照片,试图追踪他前往费里·莱西的行程踪迹;还会把照片送去机场和海港,要求航运公司和航空公司协助追查照片上的人;要求布里斯托警方对所有的招待所和旅馆进行调查,因为现仅有的证据似乎仍然指向布里斯托,这是奥斯瓦德·西顿在国外旅居后前往费里·莱西最可能的交通路线。

第二（说到这里警司呻吟了一声），必须重启对奥斯瓦德·西顿的整个"自杀案"的调查。布朗特已经向助理局长申请调用一名刑事调查局的警探，他的一个性格顽固的下属，名叫斯林斯比，将被派去负责这项工作。"如果斯林斯比都没法挖出真相，就没人能做到了。"他告诉奈杰尔。现在显然有必要重新调查这起"自杀案"，尽管当时警方和遗嘱检验法庭都确信当初的调查结果；如果奈杰尔的假设是正确的，即这起事件是在一个或多个从中受益的当事人施压下发生的，那就更有必要重新调查了。

当然，调查的第三个方面是针对普拉什·梅朵之家的。在这里，布朗特的处境要困难得多，至少在找到芬尼·布莱克之前是如此。他已经对这两家人的每个成员都问过话了。玛拉·托伦斯在第二次问话中承认她可能搞错了她看到西顿先生和夫人穿过院子的时间。她当时可能没有看表，自己觉得是在她听到教堂的钟敲了12点半之后不久；但她现在确定，她听到敲钟的时间可能是1点差一刻。

至于其他人，他们的说法似乎无懈可击。那晚西顿夫妇没有看到或听到任何可疑的东西，这可以说是相当奇怪的。他们说，他们出了两次门，一次是去看母马凯蒂；然后，大约半小时后，当他们发现芬尼·布莱克不在卧室时，又去找他。他们确定，他们两次都经过了奶厂附近，但没有进去过，即使在找芬尼时也没有进去。不过，他们的说法并没有什么自相矛盾之处。奥斯瓦德·西顿很可能希望避开他们，甚至有可能在他们第一次出来之前，他就已经死了。或者，他可能在他们寻找芬尼回来之后才被杀。他们说,他们花了五到十分钟时间找人——当第二场更大的雷雨降临时,他们就没再找下去了。奶厂工人通常会在晚上挤完奶后把奶厂锁起来,这个工人认为他在凶案发生的那天夜里锁过门了,但他不能百分百确定。普拉什·梅朵之家的前门也是锁着的,但据罗伯特·西顿回忆,那天夜里,无论是在散步回来时,还是在他和珍妮特寻找芬尼后进来时,他都没有把通往后面院子的门锁上。

"还有最后一件事我想知道,"警司叙述到这里时,奈杰尔说道,"为什么第一场雷暴开始的时候,珍妮特·西顿在担心她的母马,而直到第二场雷暴才开始担心芬尼·布莱克?"

"我也想到了,"布朗特干巴巴地说,"但她解释得很合理。她说,第一场雷雨开始的时候,她去了芬尼的卧室看他有没有事,发现他睡着了,那是在午夜之后不久。她决定等她丈夫散步回来再睡,她估计他会早回来。罗伯特回来的时候告诉她,他听到母马在马棚里不安地踢来踢去。于是她和他一起出去安抚那匹马。到这个时候,他们两个人都反而清醒了,所以决定等雷雨结束再上床睡觉。他们在西顿夫人的卧室里坐下看书。大约半小时后,他们决定去睡觉。就在这时,第二场雷暴开始了,所以西顿夫人觉得应该再看一眼芬尼。这次,他不在房间里,于是他们就出去找他了。他们回来的时候没找到人,但他们还是上床睡觉了——如你所知,他们是分房睡的——很快就睡着了,两个人都是。"

"这个家的成员都很会互相保护。"奈杰尔起身离开时说。布朗特提出要开车送他回去,但奈杰尔更愿意在夜晚的空气中散散步,来让自己的头脑清醒一下。

"问题是,他们在保护谁呢?"布朗特说。

"哦,每个人都在保护其他每个人。罗伯特·西顿受到了所有人的保护,他是一整套收藏品中最珍贵的物件。莱诺疯狂地保护着瓦妮莎。芬尼·布莱克的异常引起了罗伯特和珍妮特的极端关注。还有玛拉·托伦斯——罗伯特把她当成自己的女儿对待;莱诺绝不会对她坐视不理,而是以他自己安静的方式关心她;珍妮特能忍受她,这已经说明很多了——他们都为年轻的玛拉编织了一张沉默的网。不,布朗特——问题不在于他们在保护谁,而在于保护这个人免受什么苦。我们不能被误导,以为他们都勾结在一起保护一个杀人犯。可能是这样,但我认为,在我们找到凶手之前,我们需要突破好几个保护层,这些保护层可能与这起犯罪没有什么关系。"

而我自己,已经加入了保镖的行列。奈杰尔想着,轻快地走回费里·莱西。在发现那颗头之后,他在普拉什·梅朵之家的身份可能会显得非常可疑。毕竟,他前一天晚上一直在监视珍妮特·西顿。像珍妮特这样凶狠又独断专行的人物竟然接受了他在那晚的事情中扮演的角色,而没有提出抗议或怀恨在心,这实在是个谜——当然,除了差点让芬尼把他掐死之外,但那可能不过是一个女人突然受到惊吓时做出的反射动作。不管怎么说,奈杰尔今天下午已经重新获得了她的好感,因为他帮忙应付了蜂拥而至的记者。这一大群记者出现的速度之快,就仿佛奥斯瓦德·西顿的头掉下来时,栗子树周围 50 英里的范围都能听到一样。

奈杰尔沉思道：所以我在这里，既在前面挡明枪，又在背后放暗箭。我想找出凶手吗？从对奥斯瓦德·西顿的了解来看，他的死可以说是虔诚祈祷得来的圆满结果。我真正想要的是，让罗伯特·西顿能好好写他的诗。事实上，我已经被卷进了珍惜和保护他的天才的合谋中。哎，为什么不呢？

路边的一棵树上，一只猫头鹰突然鸣叫了一生。

"你不同意？"奈杰尔对这个看不见的置疑者说，"你是说，罗伯特·西顿的天才是普拉什·梅朵之家里唯一能够安全地自得其所的东西？也许吧。但有一种必需品是天才不能自己为自己制造的，那就是时间。"

"呼！呼！呼！呼！"猫头鹰叫道。

"啊，到底是谁呢？好吧，明天我要揭开谜底的第一层……"

第二天上午 11 点半，奈杰尔走进珍妮特·西顿的起居室。房子里一片寂静。罗伯特吃早饭时心不在焉，吃完后立即回到自己的房间，神情十分专注，仿佛他的所有力量都集中在他的诗里那微妙的、看不见的线索上，而这根尚未断裂的线索是他从内心的黑暗中抽出、前一天刚刚布下的。莱诺和瓦妮莎去了河边。在紧挨着旧谷仓的小花园里，玛拉·托伦斯正在晒日光浴，她的父亲躺在躺椅上看报纸。

"我可以和你谈谈吗？"奈杰尔问。

西顿夫人从她的账目中抬起头来："当然了。我其实希望——我觉得我欠你一个道歉。他们有芬尼的消息了吗？"

"恐怕没有。"

"我不明白。他从来没有离开过这么长时间，西顿先生和我都觉得很焦虑。我不想在早餐时当着瓦妮莎的面说什么。"

奈杰尔不是第一次被西顿夫人的外表和举止之间的大相径庭所震惊了，就好像一个坚韧不拔的女猎手用简·奥斯汀式的老年贵妇的仪式感说话一样。

"恐怕那天晚上我有点昏了头了。"她继续说。

奈杰尔想，你的头昏了，倒是找到了别人的头。他说："应该道歉的是我。我一定把你吓坏了，像那样从暗处走出来。我做事总是喜欢搞得很戏剧化，而且似乎一直都改不掉这个习惯。"

珍妮特·西顿用她关节粗大的手突然做了一个手势，似乎要把这个轻巧的回答撇到一边。

"你知道另一个头在那里，在树上？"她问。

"这一切看起来好像是我在暗中监视你。但芬尼刚跑过院子的时候我恰巧看到，我当时正从窗户往外看——"

"往外看？但你的窗户是——"

"不是从我房间的窗户。雷暴刚开始的时候，我进了对面的房间——瓦妮莎告诉我，你一般把客人安顿在那里的房间——因为雷暴是从房子的那一边过来的，我想看看。"

珍妮特·西顿从她皱起的浓眉下，给了他一个有点可怕的眼神。

"你还没有回答我的问题，斯特雷奇威先生。"

"嗯，我确实怀疑另一个头可能在上面，是的。"奈杰尔停顿了一下，他淡蓝色的眼睛探询地盯着她，"我想，你也是这样想的吧？"

"我？你认真的吗，斯特雷奇威先生！"

"事实上，还不如说是你告诉我的——当然，不是有意的。"

痛苦的红晕笼罩着珍妮特·西顿的脸，她蜡黄的皮肤变得更暗了。她一下子从书桌边站起来，走过去躺在飘窗上，脸转向一边。

"我想你最好解释一下。"

"你介意我抽烟吗？……这事得从你丈夫的黏土头像说起。有人告诉我，你故意挑衅玛拉·托伦斯，让她做这个头像。"

"有人告诉你？是谁？"

"我猜想应该是这样的，"奈杰尔耐心地继续说着，仔细审视着靠在窗边的那个僵硬、壮硕的身影，"我猜你质疑玛拉，说她没有能力做一个直截了当的现实主义头像，还对抽象主义的非具象画派进行了一番抨击。至少她父亲是这么告诉我的。然而，前几天喝茶时，你对这一流派表现出相当深的了解和共鸣。这很自然地让我想到，你之前所做的抨击绝不是真心的。稍等一下，"见西顿夫人不耐烦地动了一下，奈杰尔说，"我接着说。我只是在解释我是如何推理的。如果你不是别有用心，如果你只是想让玛拉做你丈夫的头像，这个方式实在太迂回了一点。为什么不直接问她呢？然后，这个用相当曲折的办法得到的黏土头像，偏偏在一个雷电交加的下午，当着芬尼·布莱克的面，被放在茶桌上展示，而当时他已经出现了这种天气给他带来的轻微的精神错乱的迹象。"

珍妮特·西顿沉重的头稍稍地来回摇晃，就像一只被苍蝇折磨的小母牛。奈杰尔对她感到一阵怜悯，但他的好奇心更强，于是他继续说下去。

"所以我想到，整件事可能是你的一个计谋，目的是让芬尼带你找到死者的头。总之你怀疑，是他把头藏起来了。而且，如果他在谋杀案当晚这样做了，他可能会用这个——用一个假的头再次重复他的行为。"

"我想我知道你要问我什么。"窗边的女人用一种麻木的声音说道。有一个关键的问题确实已经在奈杰尔的嘴边了，但他决定先不问，而是问了别的："这不正是你所想的吗？而且这也是我没有被安顿在平时用的客房的原因吧？"

"你很聪明，斯特雷奇威先生。"珍妮特·西顿转向了他。她无法掩饰脸上宽慰，甚至几乎是解脱的表情。她拧在一起的手指在她的腿上松开了。"你是一个相当危险的客人，你知道吗？"她试图说点俏皮话。

"一切如你所料。"奈杰尔继续说，"一个雷鸣的夜晚，可以说，做诱饵的头已经就位，芬尼开始变得激动，危险的客人被安全地藏在房子的另一边——而且，顺便说一句，我忍不住注意到，那天晚上你有点坐立不安，当我上去睡觉时，你松了一口气。是的，我必须承认，我去另一个房间不只是为了看暴风雨。后来你出来了，站在院前的门口。然后芬尼从仆人的房间里走了出来，他之前大概已经把黏土头像从你丈夫的书房里拿出来，带到了自己的卧室。你守在那里，跟着他到了栗子树下。而我也跟着你。恐怕我完全辜负了你们的热情款待。"

珍妮特·西顿不确定地对他笑了笑："而我失去了理智，差点害你被可怜的芬尼勒死，完全辜负了作为女主人的身份。我可以抽一支你的烟吗？"

"哦，我很抱歉。"奈杰尔为她点好烟，注意到她的手仍然在颤抖，"你是不是怀疑是芬尼犯下了谋杀案？还是你认为他只是偶然发现了那颗被砍掉的头颅，然后把它藏了起来？"

珍妮特·西顿说话之前，明显地停顿了一下："我不知道，不管是哪种情况。你记得吗，当时没有任何证据表明，谋杀是在这里发生的，也没有证据表明受害者是谁。"她慢慢地说："我只知道那颗头消失了，而且芬尼很喜欢拿东西，在雷暴天气下会表现得相当异常。不知怎的，这两件事在我脑海中联系在了一起，所以我做了这个实验。"

"我明白了。你丈夫知道你在做什么吗？"

西顿夫人的脸上瞬间浮现出一副傲慢的神情，无疑是由于奈杰尔相当不敬地称呼了她的"实验"而触发的。

"他知道我心里在想什么。"

"而且赞成你所做的事？"

"当然了。"她升高的语调表明她并不习惯在自己采取行动前征求罗伯特的同意，莱西家族的血统再次占据了主导地位。

"我不明白的是，"奈杰尔温和地说道，"你为什么要花费这么大的力气来保护芬尼·布莱克。"

"保护芬尼？"

"对，从制作黏土头像的起因至今的整个过程，都相当隐秘。如果你只是认为芬尼可能与谋杀案和失踪的头颅有某种联系,为什么不向警察或我提出这个实验呢?"

"但我没有证据。"西顿夫人听起来有点慌乱,然后她恢复了镇定,以她最高贵的仪态说,"照顾自己家眷的利益肯定是很自然的。我们莱西家族一直引以为傲的就是——"

"哦,好吧,西顿夫人,这真的完全说不过去,"奈杰尔感叹道,他有时也会变得很难对付,"你是一位相当有智慧的女性,你不可能不知道警察会对你的行为作何理解。"

"我的行为?我不明白。"她冷冷地说。

"你把一切都藏得太深了。那么,我来告诉你,警察会怎么说。他们会说,你为了一个家眷——而且是一个半弱智的小矮子——的利益而做这一切是非常不可思议的。"珍妮特·西顿明显地畏缩了。

"他们会说,你的行为只能用一种方式来解释。"奈杰尔继续说,"你之所以这样保密,只有一种解释。那就是,你,或者你爱的人,杀了奥斯瓦德·西顿,把头砍了下来,防止死者被认出来。趁凶手暂时不在的时候,也许是在他把尸体放进河里的时候,芬尼·布莱克把头偷走藏了起来。你,或者说凶手,知道除非把头颅处理掉,否则是没有安全保障的。你怀疑可能是芬尼拿走的,但不敢公开要求他把头拿出来给你,因为那可能会暴露你自己。所以你精心设计了一个偷偷摸摸的方法,让芬尼带你找到人头,而他自己或其他人都不会知道到底发生了什么。警察会问,有哪一个人会让自己暴露出这种明显的、极其严重的嫌疑,而仅仅是为了一个——"

"别说了！"珍妮特·西顿几乎喊了出来，她的手指在腿上扭动攥紧，努力试图控制住自己。她的脸又转过去了，这时她说："你有没有觉得奇怪，为什么罗伯特和我没有自己的孩子？"

奈杰尔不解地摇了摇头。珍妮特·西顿的目光在她装饰精美的房间里扫视了一圈，仿佛是在那些熟悉的精品中寻求力量或安慰，又仿佛是第一次或最后一次看到它们——玫瑰木和胡桃木家具的亮面，壁炉架上手绘的布里斯托玻璃碗，上方挂着的像宝石一样发光的康斯特布尔的一幅小画——一切都是优雅、富有、尊贵的生活的象征和证明。

"你说一个人做这些——做我所做的事——这样保密——这一切的算计——只可能是为了所爱之人？"

奈杰尔点了点头。

"你想知道为什么我会为了保护可怜的芬尼而做这么多吗？"

奈杰尔再次点了点头。他几乎说不出一个字，因为这个方形的富丽堂皇的房间里的气氛正变得无比令人窒息。珍妮特·西顿刺耳地低语着。

"芬尼是我的孩子。"她说。

第8章　雷内尔·托伦斯透露内情

"西顿夫人的孩子！哦，好吧。太不可思议了！你能相信吗！毫无疑问，是个没有经验的女孩，不幸的失误。管教最好的家庭，最难堪的事情。哦，现在好了，接下来怎么办，我想知道？"

布朗特警司在某件事冷不丁地让他大吃一惊时，语言风格就会变得像金格尔先生[①]一样。现在的他就是如此，一边说一边还不停拍打着他的光头圆顶。

奈杰尔对在主人的屋檐下与布朗特讨论这个案子本能地感到隐隐不安，于是他退而求其次地去了凉亭。他们坐在那里的躺椅上，面对着花园和旧谷仓。

"具体内情我就不说了，你自己去向西顿夫人了解吧。"奈杰尔说。

警司看起来更不高兴了："我想我必须得去。真让人反感，哦，

[①] 英国作家查尔斯·狄更斯创作的长篇小说《匹克威克外传》中的人物。

天啊！"他不专业地抱怨道："而且这对我们一点帮助都没有。除非是那个小矮人杀的人。我猜她担心是他干的，这就是她告诉你这一切——告诉你她和他的关系的理由吗？"

珍妮特·西顿用冷漠而破碎的声音继续告诉奈杰尔，芬尼的父亲是她的一个表弟，后来在第一次世界大战中丧生了。她在18岁时被他诱奸。发现自己怀孕后，她去了多塞特郡一个村庄外的偏僻村舍，除了住在那里的她过去的保姆，没有人认识她。孩子出生后，渐渐显露出明显的异常，她就把孩子留给保姆照顾了。十年前保姆去世了，她在结婚前就向罗伯特·西顿坦白了这段经历，而罗伯特说他们必须照顾好芬尼。他们去远处的一个村庄度蜜月的时候，罗伯特过去看芬尼了，珍妮特没敢露面，结果发现芬尼的情况很糟糕，一贫如洗，还被村里的坏小子欺负。于是他们把他带回了普拉什·梅朵之家。

"所以你明白为什么罗伯特——为什么我不敢再生孩子。"珍妮特最后说。

奈杰尔把这个信息都传给了布朗特，布朗特这时评论道："都过了这么久的时间，她还会把他带回来，还会喜欢上这个孩子，我觉得这很奇怪。你会觉得对像她这么骄傲的女性来说，这是最无法忍受的事情——让他待在家里。"

"我估计，这主要是罗伯特的主意——如果这是真的。两个主要证人都死了，你很难证实她的说法。"

"但她为什么要编造这样一个让自己丢脸的故事呢？当然，除非——"

"正是如此。"奈杰尔说。他们互相交换了一个机敏的眼神。

"好吧，我们现在已经找到头了。那衣服呢？你们的人检查过莱诺·西顿在那个周末带走的行李了吗？"奈杰尔问。

"他走的时候带着一个大号行李箱，开车送他去火车站的园丁证实了这一点。而他回到家的时候还是带着一个大号行李箱。"

"那就好。"奈杰尔说。

"我一直在考虑这些衣服。想想看，斯特雷奇威，假设你手上有一套沾满血迹的衣服，靴子，内衣裤，所有的东西。假设你很机灵，知道不能把它们埋起来，或者扔到河里，也不能想办法烧掉，或者送去清洗，你会怎么做？"

对这个问题，奈杰尔想了一分钟。"把它们都包在一个包裹里，然后寄给某个完全不认识的人。"他回答说。

"太冒险了。有可能收件人会把沾有血迹的衣服交给警察，还有邮戳会暴露你的位置。"

"那就找个别的地方寄出去。"

"但除了莱诺·西顿，这家人在案发后都没有离开过。"

"嗯，你说莱诺带了一个大箱子，只为了过一个短暂的周末。"

"确实是这样。但收件人还是会把它们交给警察，难道不是吗？"布朗特满怀期待地停顿了一下，好像老师在鼓励优秀的学生接着往下说。

"我知道你在暗示什么。一个非常需要衣服的收件人，他不会因为一些血迹大惊小怪的。"

"好极了！好极了！"警司有力地摩挲着自己的头，对着奈杰尔喜笑颜开。

"某个流离失所的人，国外的人，德国人。"

"莱诺·西顿曾在驻德部队待过一阵子。"

"所以他可能把包裹寄给了他在那里认识的人？"

"或者把它交给了某个救济组织。我们已经开始朝这些方向调查了，还没有结果。"

"如果这就是答案，那么莱诺就是凶手；或者这个包裹是别人交给他的，他好心帮忙把它处理掉了。但是你知道，有一个更简单的解决办法。"奈杰尔慢慢地说。

警司歪着头问："什么办法？"

"芬尼在发现头颅的地方还看到了一堆衣服，他把它们带到了他的另一个藏匿点。"

"我让罗伯特·西顿带我去了他知道的所有藏匿点，一无所获。"

"该死，布朗特，什么都被你想到了。不过，这也未必，芬尼可能会有新的藏匿点。"

"这就是我担心的地方。我希望我们能找到他，他带着这个秘密到处逃窜，这对他来说不安全。"

"当然，你现在不需要担心。把衣服处理掉，大概是因为它们带着死者身份的线索，否则它们会和尸体一起被扔进河里，或者都不会被脱下来。但是，一旦头被发现了，凶手就没有必要为了保守衣服的秘密而杀死芬尼了。"

"但是,从芬尼失踪到发现奥斯瓦德·西顿的头,中间过了大半个晚上。在那段时间里,罗伯特·西顿和他的儿子出去找过芬尼。他们一起出发,然后分头行动,罗伯特去了院子和草地的方向,莱诺沿着河岸走。反正他们是这么说的。哎呀!桃乐丝来找我了。"

这个异国情调的名字属于每天早上来打扫房子的那个村里的女孩,布朗特显然已经和她建立了良好的关系。

"哎呀,桃乐丝,我的小姑娘,你都离不开我了!"当这个邋遢的小姑娘走近凉亭的时候,他感叹道。

"你真无礼!有电话找你。还是要我帮你把电话拿过来?"

警司笨重地向房子走去,和桃乐丝互相笨拙地打趣着。奈杰尔躺回躺椅上,闭上眼睛,他的脑海中浮现出今天上午与珍妮特·西顿的谈话。她的坦白告诉了他很多事情,但还是有很多疑点解释不通。他一直在回想一个最关键的问题——这个问题,恰恰是他从未问过她的。

"是盖茨,"警司回来时说,"他终于找到了一个证人,他在奥斯瓦德·西顿被谋杀当晚看到了他。是一个农场工人,住在离奇林厄姆站大约一英里远的一个村舍。他喝醉酒掉进了沟里,就决定等到自己清醒了再爬上来,他的老婆有点彪悍。顺便说一句,这就是他到现在还没有向警方提供线索的原因——他老婆叫他不要和警察扯上关系。总之,他看到一个人从奇林厄姆站快步走来,穿着短雨衣,没戴帽子,身高以及大致特征和奥斯瓦德·西顿相符,估计就是他。农场工人没跟他打招呼,没礼貌的家伙。不过,他看过表,时间是 11 点 15 分。所以我们几乎可以确认,死者乘坐的是 10 点 58 分从布里斯托来的那列火车，这就把我们的搜索范围缩小到了布里斯托和那列火车停靠的几个中转城镇。"

"奥斯瓦德·西顿有没有带什么行李？"

"据说没有。怎么了？"

奈杰尔皱着眉头，聚精会神地想着什么，最后说："我希望你能去奇林厄姆站的行李寄存处了解一下，有没有那晚留下的无人认领的物品，可能是一个便宜的手提箱。不过他为什么要把它留在车站？你看，如果他们那里没有，那就意味着奥斯瓦德来到这里时，除了能放进口袋里的东西——剃须刀、牙刷等等，别的什么都没带。"

"确实。但是——"

"你不明白吗？这意味着有人在等他来。这意味着他知道这里会有人照看他，帮他准备好生活用品。如果这个人没有和他联系，他怎么会知道呢？否则，从过去的历史来看，他有充分的理由相信自己会被撵出去。"

"你可能是对的，"警司谨慎地说道，"但为什么普拉什·梅朵之家会有人希望奥斯瓦德回来？我不知道法律方面的来龙去脉；但退一步说，房子的原主人本来被判定死亡，现在却被发现还活着，这很可能会让现在的主人感到很尴尬。"

"即使他们仍然手握当初迫使他消失的把柄？"

"是的，这一点是肯定的。不过是你认为，发生了一些事情——也许是他在旧的社会杂志上看到了那张照片——让他觉得回到英国是安全的。"

奈杰尔的眼睛紧紧盯着凉亭门口的斜阳下一只顺着自己吐的丝往上爬的蜘蛛。"归根结底，布朗特，是这样的，"他不紧不慢地说，"在这里找到那个能从奥斯瓦德的死而复生中获利的人，这意味着这个人知道他还活着，也许还意味着这个人在十年前奥斯瓦德的失踪中发挥了一定作用，在假自杀中，还有——"

"你已经找到凶手了？"布朗特问道，惊奇地看了一眼他的朋友。

"哦，当然没有。你只排除了一个嫌疑人，但你也已经开始破解这个案子了。"

他们又谈了几分钟，接着警司起身离开了。奈杰尔在忧思中走向旧谷仓靠近花园的那一面，雷内尔·托伦斯在那里睡觉，脸上盖着一张报纸。奈杰尔注意到，玛拉刚刚走进屋子，大概是去准备午餐了。这似乎是与画家私下交谈的好机会。

奈杰尔毫不客气地摇了摇托伦斯的肩膀。托伦斯嘟哝了一声，在椅子上直起身来，报纸从他脸上滑落。

"呃？什么东西？哦，是你。"

"对不起，把你吵醒了，但警司有个紧急消息叫我传达给你。他想在今天下午回来的时候见你，大约2点半。"

这人眼中闪过一丝忧虑。

"想见我？这是为什么？我已经把我知道的一切都告诉他了——"

"我表示怀疑。"奈杰尔愉悦地说。

"你是在暗示——"

"你误会了。在警方调查中，随着新的事实的出现，新的问题也会出现。因此，必须再次对证人进行审讯。有时会这样循环往复。"奈杰尔平静地注视着托伦斯头顶的天空中一片羽毛似的白云，"老布朗特是个相当可怕的家伙。一旦他开始全力追查一个案子，他会一直刨根问底下去，你知道，他就像一个拿着钻子的牙医一样。"

"这个比喻相当混乱，"托伦斯说，笑得喘不过气来，"但我明白你的意思。喝一杯吧，朋友。"

奈杰尔接过托伦斯递给他的金青柠鸡尾酒，继续观察着那片云。他们陷入了沉默，奈杰尔并不打算首先打破这种沉默。一只蜜蜂在远处传来的堰塞湖的低鸣中哼着轻快的高音。

"他现在在查什么？"画家终于开了口。奈杰尔垂眼打量着这个人蓬头垢面、放荡不羁的脸，那只举起酒杯时颤抖的胖手，那副想表示客观兴趣却难以令人信服的神态。

"布朗特？哦，当然是奥斯瓦德·西顿的过去。他所谓的死亡，谁从中获利，谁会因为他的归来而蒙受损失，诸如此类的事情。"

"他不可能需要我告诉他答案。"

奈杰尔又一次陷入沉默，就像在放诱饵。过了一会儿，托伦斯忍不住上钩了。

"嗯，我是说，当然，认识罗伯特和珍妮特的人都不会想到他们会这样做——但是，纯粹从理论上来看，他们能够从中获利。罗伯特确实继承了他的财产，而且确实需要它。"

"那么奥斯瓦德的复活会令他们极其尴尬吧？这其实并不那么难理解，对吧？然后，还有你自己。"

"我？别瞎说，朋友。我没有什么可失去的。"这句话触动了画家的自怜之心，"我没有像罗伯特那样的名声，也没有像珍妮特那样疯狂的自尊心。按照普世标准，我是个失败者。"他发出的笑声把小说家笔下的那种伪笑模仿得惟妙惟肖，"不是说我会宁愿选择做别的事情。我讨厌那些廉价的成功。在艺术领域，成功总是让人堕落，操守才是最重要的。按照这个标准，我的作品一定会留存下去——哦，是的，50年后，当我入土为安的时候，商人们会在我的画上标上高昂的价格，而且——"

"与此同时，你在阁楼里渴望食物。"奈杰尔一边说一边凝视着他的金青柠鸡尾酒。

画家给了他一个愠怒的眼神："你这么说可真是有失公允。人可以渴望食物以外的东西，比如说，渴望得到一点认可；而且没有人喜欢靠别人的施舍生活。"

"好吧，这就是奥斯瓦德的回归会害你失去的东西。难道他会允许你继续待在旧谷仓吗？"奈杰尔问道，把托伦斯牢牢地拉回了正题。画家也同样牢牢地抓住了这一点，他提高了声音，喊道："我的天！没有人会为了维护自己在一间老古董砖瓦房里的居住权而杀人。至少，"他补充说，眼里明显地闪过一丝怨恨："至少我不会。"

"你可别这么肯定，雷内尔。"一个温和的声音从他身后传来。罗伯特·西顿默默地走过来，举起他的烟杆向奈杰尔致意，然后盘腿坐在他们旁边的草地上。

"但我很肯定，相当肯定。我以前可以过苦日子，现在也可以。"

"我也一样，"诗人喃喃道，"虽然我希望最好不用。"他露出一种平和、超脱、仿佛飘浮在空中的神情，一种赏心悦目的疲惫。奈杰尔在过去的一周里经常注意到这个表情——他的诗仍然写得很顺利。

"你们两个在聊什么？"罗伯特问。

奈杰尔说："艺术操守。"

"哦，这样，天啊。"诗人挥了挥他的烟斗柄，不予置评。这对雷内尔·托伦斯来说相当尴尬，他松弛、沉重的身体因某种长期压抑的情绪引发的怒火而僵硬。（纯粹是嫉妒？奈杰尔想知道；还是恐惧，在这里找到了安全的出口？）

"你这个人一贯如此，鲍勃，"雷内尔说，"你已经成名了。你可以躺在你的桂冠床上，觉得操守很可笑，或者你认为你可以。但是，上帝！至少我也有作品。我也许靠施舍过日子，但我没有被奢靡的生活所腐蚀，没有衰退。艺术家过着资产阶级贵族的生活是很危险的，你很清楚这一点。总有一天会有人要求你解释你的才华去哪了，而你只能回答："我把它埋起来了，大师——把它埋在一堆玫瑰花下。""

他继续愤怒地发表着长篇大论的抨击。

等他说完后，罗伯特·西顿说："你怎么能这么说，雷内尔！我不相信这些关于操守和艺术创作者过什么样的生活才恰当的所谓的说法。它会耗费很多本该用于工作的精力。像你和我这样的人只需要为一件事祈祷——"草地上的小身影显得相当高大："耐心，耐心，和上帝的旨意。对前者，我们可以做点什么；后者，那是上帝自己的烦恼。"

"哦，呸！你接下来就要说，上帝有他自己神秘的安排，他肯定要花很长时间来——"

"确实如此,"诗人说,脸上泛过一丝古怪的幽默的涟漪,"一定有非常神秘的安排。但是,我们必须听从上帝的旨意。"奈杰尔能感觉到诗人散发出的威严。不,那不完全是威严,那是一种至高无上、由内而外的自信,这使得他,至少在这个时刻,不受损伤、不可侵犯。难怪他把雷内尔·托伦斯气得够呛,已经没有办法对付他了。

奈杰尔说:"你们说的都非常有趣,但我来这里是为了另一个谜团。"

"该死的谋杀案,"雷内尔·托伦斯说着,又喝了一口酒提神,"相当龌龊。完全不是我们莱西人习惯的那种事。"

"警察会问你的问题是,"奈杰尔用他惯用的套路追问,"你为什么会被那颗头颅搞得如此心神不宁。"

"那么警察就都是大傻瓜。一颗头从树上掉下来,就掉在那人的脚边,谁会不感到不安呢?"

"我不是指那个头,我指的是你女儿做的那个黏土头像,在她做改动之前,当它还带着那副恶魔表情的时候——奥斯瓦德·西顿的表情。"

"啊,对。它确实吓到我了,我是说那个表情。真是个奇怪的女孩,玛拉。"玛拉的父亲说。

"但再精巧的造型都不会让人心脏病发作,除非——"

"除非什么?"托伦斯赌气地打断了他的话。

"我只是告诉你警察会怎么想:如果一周之前,你杀了奥斯瓦德·西顿，摘下了他的头，然后在你的工作室里面对着他活生生的头像，这就能解释——"

"真是胡说八道！我——我们当时都想到了奥斯瓦德，这很自然，而且——"

"哦，不。在那个时候，没有人有理由猜测死者是奥斯瓦德·西顿。当然，除了凶手之外。"奈杰尔迅速地插话。

"拜托，太不像话了！你算什么，竟然这样来纠缠我们？一个该死的多管闲事的人，就知道搞些无聊的文字陷阱！"

雷内尔·托伦斯从椅子上艰难地站起来，摇摇晃晃地逼近奈杰尔。他几乎被愤怒冲昏了头脑，但这是一个恐惧的人露出的愤怒。奈杰尔想，尤其是在他说漏嘴之后。

"别这么大惊小怪的，雷内尔。斯特雷奇威只是告诉我们，从警察的角度来，我们的行为看起来是什么样的，我们应该感谢他。"罗伯特·西顿说，他一直在听着前面的交流，像鸟一样，热切而专注，奈杰尔已经越来越熟悉他的这种态度，"像这样的事情，最让人头疼的是，无辜者和有罪者同样隐身在黑暗中。警察进进出出，对每个人问的都是最普通、最单调的问题——这就像一出糟糕的戏剧，真的，你不知道这些角色下台之后心里在想什么。"

如果罗伯特·西顿说话是为了给托伦斯争取时间恢复镇定，那他相当成功。

"你说这件事让人头疼？确实是，虽然你倒是一直冷静得很。"画家抱怨道。他又坐下来，给自己倒了一杯酒，然后转向奈杰尔："我告诉你为什么玛拉做的头像让我觉得不安。我最后一次见到奥斯瓦德时,他确实看起来就是那个样子。确切地说,我最后一次见他就是看到了他的头。"

罗伯特·西顿意外地笑了:"雷内尔对恐怖故事有很大的兴趣。"他带着孩子般的欣赏评论说。

"奥斯瓦德在沙丘上走,"托伦斯继续说,"从其中一个沙丘的另一边爬下来的时候,他转过身,我看到他的头在沙丘顶上,回头看。他的身体被沙丘的线条切断了,像一个预言。"

"这是什么时候发生的?"奈杰尔问,"你不会是在说——"

"对,那是十年前,他——呃——失踪的那个晚上。我可能是最后一个见到他的人。"

"我们都在,"罗伯特·西顿说,"我是说,在附近。奥斯瓦德问过——"

"等一下,"奈杰尔打断道,"当初调查的时候这件事没人知道,是吗?"

雷内尔·托伦斯回答说:"我看过他?不,没人知道。"

奈杰尔发现自己对托伦斯透露的这件事感到特别的不安。他也有一种奇怪的感觉,西顿和托伦斯不只是在防守,他们还在抢跑;而且至少目前来看,他们之间有密切的共识,或者说,换个比喻,他们在缩短锋线?他们放弃一个重要的位置,是不是为了守住一些更关键的防守位置?

"为什么没人知道?"他相当无力地问。

"为什么没人知道？因为没人问我，我想。"画家说。

罗伯特·西顿在奈杰尔的椅子腿上敲落烟斗里的烟灰。"我觉得你应该更主动一点，雷内尔。"他说。

"好吧。所有的证据都表明奥斯瓦德是自杀的，有告别信什么的。如果我说我也在沙丘上，而且看到了他——那这可能会被误解，产生不必要的事情，使情况复杂化。"

"你是说，可能会有人怀疑你杀了他？"

画家简略地点点头。

"警察会发现你有杀他的动机吗？"

"每个认识奥斯瓦德的人都有杀他的动机，"托伦斯相当戏剧化地说，"如果你不介意我这么说的话，鲍勃，他是人性的脸上一块流脓的疤。"

"所以你的动机纯粹是为了社会卫生？"奈杰尔评论道，"哦，好吧，如果你决心要回避的话——"

"我很抱歉，但是——哦，该死的，这不是我一个人的秘密！会影响到其他人。"

奈杰尔有一种感觉，画家虽然刻意回避看罗伯特·西顿，但其实是在说给他听——是在恳求还是在挑战，奈杰尔无法确定。他听到西顿轻轻地喃喃自语：

"他对我最爱的女人，

做过最刻薄的事情。"①

"我想我们最好不要再用押韵的谜语说话了。"奈杰尔烦躁地说道,"但首先,可以告诉我关于你哥哥假自杀的所有事实吗?似乎有很多事情在调查中没有被发现,或者没有被刊登在报纸上。比如说,你在那里做什么?"奈杰尔问托伦斯。

一片寂静。奈杰尔想,所以这些抢跑的人有点慌了,他们已经站在板球场上了却还想互相偷偷商量几句,但如果我能阻止的话,他们就没机会。

最后,雷内尔·托伦斯开始讲述这个故事。他一边讲,一边不时请西顿佐证,或随着奈杰尔的问题展开去。稍后奈杰尔亲自把它写了下来,让布朗特交由负责该案的斯林斯比警探检查,内容如下:

托伦斯父女1937年开着房车来度假时中第一次见到了奥斯瓦德。他允许他们在普拉什·梅朵之家的草场扎营,并为他们提供了牛奶和水。第二年夏天,他邀请雷内尔和玛拉来他位于匡托克斯的度假别墅里小住,别墅离海边半英里。其他来参加聚会的人有罗伯特·西顿、珍妮特·莱西和她的母亲。

"自杀"就发生在这个假期的第二周,即8月的最后一周。两天前,当时年仅15岁的玛拉得了重病,似乎是一种精神崩溃。是珍妮特·莱西在看护她,但是,据雷内尔说,主要还是罗伯特·西顿对这个女孩

---

① 叶芝《1916年复活节》。

的照顾和关怀使她最终恢复了健康。当时的珍妮特·莱西，正处在信奉基督教科学派的阶段，她劝说雷内尔不要找医生。

奥斯瓦德·西顿本人从前一个星期开始就一直很紧张。这是自从两年前他父亲去世后他的第一个假期，但他的心思似乎离不开工作，他不停地给雷德科特工厂打电话，向罗伯特抱怨工作的压力、外国竞争的激烈等等，而且烦躁情绪和极度抑郁一直交替出现。这些情况因玛拉的病而加剧，他对这个女孩很有好感，经常用礼物来宠爱她；事实上，她是这场聚会中唯一似乎能够使他振作起来的人。玛拉生病之后，珍妮特·莱西忙得不可开交，因为除了照顾这个女孩之外，她还得照顾聚会的主人，奥斯瓦德认为他应对玛拉的病负责，因为前一天天气如此酷热，他却让她在外面待了那么久，害她中了暑。不管怎么说，他因为新的烦恼而求助于珍妮特，所以她不在女孩的床边看护的时候通常和他在一起。

在奥斯瓦德失踪当晚的晚餐后，他似乎有些心烦意乱。他对他弟弟说："我实在受不了这该死的房子了，我要出去散步。不要让任何人等我。"罗伯特上了楼，给玛拉读了一个多小时的书,然后去睡觉了；老莱西夫人已经就寝了；在罗伯特离开后不久，睡在玛拉房间里的珍妮特也上床了。晚餐结束后，雷内尔·托伦斯就出去散步了，毫无疑问他已吃喝尽兴。他在沙丘上离海100码左右的一个角落里睡着了。后来他被脚踩沙子的声音吵醒，在太阳的余晖下，他看到奥斯瓦德·西顿往他左边的方向朝着海走去。奥斯瓦德扭过头看了看，然后消失在沙丘的最后一道脊线后面，雷内尔·托伦斯无法确定奥斯瓦德是否看到了自己。这时,一直在海峡上空萦绕的海雾开始飘向近岸。雷内尔听到了一艘船从远处僻静的海湾下水的刮擦声。他以为奥斯瓦德去钓鱼了,因为他偶尔会在傍晚时分去钓鱼。

第二天,渔民们发现奥斯瓦德的小船在海峡里抛了锚,离岸边一英里。船上空空如也,只剩下他的衣服和夹在外套上的一封给罗伯特的信。据说奥斯瓦德游泳水平很差。沙丘和泥泞的滩头上留下的脚印痕迹证明,没有人和奥斯瓦德一起坐船。警方无疑对奥斯瓦德从自己的船转乘到另一艘船的可能性进行了详尽的调查。在他们最终决定把他的失踪认定为自杀时,有四个因素相当重要,在遗嘱检验法庭后来允许推定奥斯瓦德·西顿死亡时也是如此。

第一,奥斯瓦德的告别信绝非伪造。

第二,他举办的聚会上的成员提供的证词,说他前几天精神状态混乱,情绪一直受到生意上的事情的困扰,等等。

第三,他在前几周没有从银行提取任何大笔资金,如果他计划失踪,他肯定会这样做。

第四,在过去的三年里,在这段海岸线上溺水的两名度假者的尸体从未被找到。

正如奈杰尔和布朗特在当天晚些时候讨论雷内尔·托伦斯提供的信息时一致认为的,第三点是相当关键的一点。显然,奥斯瓦德·西顿没有钱是不可能出国的。他没有从自己的银行提取大笔资金,因此,一定得有人给他提供这笔钱。而这需要很大一笔钱,因为除了奥斯瓦德的个人开支外,似乎很明确的是,一定是当地的某个渔民或船夫把他从他自己的小船上接过去,在当晚的海雾掩护下,到海岸线的更远处登陆。这个人一定收到了一大笔钱,才会在随后的调查中保持沉默。

"一笔相当大的现金支出,"布朗特说,"我想,至少有两三百英镑。问题是,是谁支付了这样一笔钱?"

"罗伯特·西顿。从表面上看是这样,但事情并不那么简单。首先,据我们所知,当时他仍然很穷,他从哪里弄到的钱?其次,我不相信他是那种为了得到他哥哥的财产而策划这种阴谋的人。"

"这只是你的看法。另外——想想,斯特雷奇威,是你自己提出的理论,说奥斯瓦德是在某个或某些人的劝说或逼迫下消失的,这些人知道有关他罪行的秘密,知道他的某些至今仍未被揭露的刑事罪行。难道不是这样吗?"

"是的。"

"好吧,那么,你说罗伯特·西顿是个堂吉诃德式的人物。我今天下午和他谈话时留下的印象是,尽管发生了这么多事,他对他哥哥还是有真正的感情在的——他们之间有某种纽带。难道你不觉得罗伯特可能帮助他哥哥伪造自杀,不是为了他自己能从中得到什么,而只是为了让他哥哥免受更糟的事情——比如坐牢、破产、声败名裂?"

"是的,是的。我确实认为这是有可能的。"奈杰尔慢慢地说。

"这也能解释为什么托伦斯父女能靠他养老。当时雷内尔·托伦斯也在,他完全有可能发现其中有什么阴谋诡计。我们听到的只是他的说法,他那晚在沙丘上见到了奥斯瓦德·西顿的最后一面。他可能跟着他到了滩头,听到了他后来从一艘船转到另一艘的声音。无论如何，从 1945 年到现在，他一直在这里安逸地生活。你无法解释西顿夫妇为什么会容忍像他这样的懒汉一直待在这里，除非他发现了奥斯瓦德'自杀'的阴谋，并从那时起一直惬意地敲诈着罗伯特。你能解释吗？"

奈杰尔面露忧色，最后他回答说："嗯，我可以，虽然我可能是错的。不义之财不仅仅只有这一种……我猜，我现在真的要和小玛拉谈谈了，我已经拖了很久了。"

但这次谈话注定又要被推迟。当天晚上，6 点钟，就在奈杰尔穿过院子走向旧谷仓的时候，他听到了马蹄声。那是瓦妮莎·西顿，骑着凯蒂。她冲进院子，头发在她身后飘扬，她在奈杰尔身旁勒住马，兴奋地叫道："我找到芬尼了！"

第9章 芬尼·布莱克终于出现

奈杰尔牵着马的缰绳,领着它和它美丽的骑手到了离房子较远的地方。瓦妮莎相当笨重地跳下马,她身上背着各种累赘——野外背包、望远镜、水瓶、相机盒和一条老旧的弹药带——因此她看起来像大篷马车时代的某个勇敢无畏的先驱者。

"你一边把马具卸下来,一边把事情说给我听。"奈杰尔说。

"他在教堂里,我从梅尔登山上看到了他,他在塔楼上。你觉得他是在避难吗?现在的规定是什么样的?警察可以把他从祭坛上拽下来吗,还是必须先得到牧师的许可?"

"等一下,从头开始。你可以一边说话,一边把凯蒂的马鞍拿下来。听我的,她一直在流汗。"

"对,我一路快马加鞭回来的。如果珍妮特知道,她会很生气的。你不会告诉她的,对吗?"

"不会,但她肯定听到了你的声音,你听起来像重装旅的冲锋号一样。好吧，你在梅尔登山上——"

"对，就在那边。"瓦妮莎指着马厩天花板上的一个蜘蛛网，"我在望远镜里看到了他。"

"你在山上做什么？"

"我在培养我的主动性。中尉说，追踪是培养主动性的最好方法之一。她说，未来的母亲必须无所畏惧、自力更生，当然还得有真正的女人味。你知道吗？真实如钢，耿直如剑——英国男人就喜欢这样的伴侣，不是吗？"

"嗯,有些人是这样的,毫无疑问。"奈杰尔谨慎地回答,"但是——"

"我自己也不明白，追踪怎么就能让你的剑变直，毕竟你有一半时间都在马背上弯着腰。哦,这个该死的搭扣——我刚刚说到哪了？"

"在梅尔登山上。"

"哦，对。其实，自从芬尼失踪以后，我就一直在追踪他，在我有空的时候。一开始我以为他是只滴水兽。"

"滴水兽？"

"对，塔楼的每个角上都有一只，你知道的。我正用我那副强大的望远镜扫视着整片乡村，忽然看到了他的头，靠在教堂塔楼的墙顶上，有那么一瞬间我以为那是一只滴水兽。可怜的芬尼，他是够丑的，不是吗？"

"他动了吗？我是说——"

"哦，他没死，我去看过了。"

"真的吗？"

"对，我快马下山，上了塔楼的螺旋楼梯——当然，我把凯蒂留在了教堂外面——但他已经不在那里了，估计他听到我来了。猜猜我发现了什么。"

"我想不出来。"

"蛋糕屑，"瓦妮莎用令人毛骨悚然的气声宣布，"来，帮我把我的装备拿下来……非常感谢。我放在弹药带的口袋里了。侦探好像永远随身带着信封，用来放线索，但我没有——哦，在这里。"

她用中指抠出了几粒蛋糕碎屑。

"你认识这些蛋糕屑吗？"她问道。

"呃，不认识，我不觉得——"

"我认识。我发誓这是我前几天帮费奇夫人做的蛋糕上的。我敢打赌，芬尼晚上会进房子里来，去储藏室拿东西。你打算怎么做呢？"

"教堂里没有发现他的踪迹？"

"只有这些蛋糕屑。我发现的地方也很特别，猜猜看在哪里。"

"在牧师袍子的口袋里。"

"不是，你去过我们的教堂吗？嗯，有一些莱西家族的雕像，跪在那种石制的祈祷台面前，在墓穴上方的一个祈祷室里。这些蛋糕屑就在其中一张桌子上，就好像那位圣骑士莱西吃完茶点后在做祷告一样。"

"你在教堂的时候有没有喊芬尼的名字？"

"没有，当然没有。我在跟踪他，我告诉过你。"

"你有没有告诉其他人？比如说，当你穿过村子的时候。"

"没有。"

"好。现在我想让你做两件事：第一，委婉地向厨师打听一下，过去两天里她有没有发现储藏室里少了什么食物；第二，不要告诉她或任何其他人你见过芬尼，不能让任何人知道。好吗？"

"连莱诺都不行？"

"连莱诺都不行。这非常重要。"

"好吧，我尽力，"瓦妮莎怀疑地说道，"但我有什么秘密的时候，莱诺似乎总是能感觉到，而且他总有办法从我嘴里套出话。"

瓦妮莎一离开，奈杰尔就去了牧师的住处，牧师家就在村子另一头的教堂旁边。他之前没有见过牧师，就向牧师先介绍了自己，说他是西顿夫妇的朋友。他说，普拉什·梅朵之家的电话坏了，问可否用一下牧师的电话。

前两个电话都没接通，接着他终于打通了雷德科特警察局里布朗特的电话。他把瓦妮莎的发现告诉了布朗特，并要求布朗特在黄昏前暗地安插两个人，一个在教堂，一个在教堂院子里。不，不是叫他们去找芬尼，具体他明天早上再说。对，他可以保证芬尼不会逃跑。不，他自己还没有进过教堂，但大致知道芬尼被藏在哪里。对，就是这个意思——要么芬尼会出现，从普拉什·梅朵之家里再偷点食物，如果是这样，看守的人可以跟踪他；要么普拉什·梅朵之家里的某人会在黑暗的掩护下把食物带到教堂，如果是这样——不，他不知道这个人是谁。对，他非常肯定，如果普拉什·梅朵之家里有任何一个人把芬尼·布莱克藏了起来，那个人今晚就会曝光。

布朗特说他会和鲍尔警佐亲自处理此事。他问奈杰尔能否安排牧师在晚上 9 点左右接待他们，他们可以在牧师家等到天黑。

奈杰尔挂了电话后回到了牧师的书房，他觉得自己比以往任何时候都更像一条草丛中的蛇，如果这种爬行动物也会有良心上的顾虑的话。他提醒自己，此时此刻，他所做的一切都是为了保护芬尼的生命。真的是这样吗？从某种意义上看，似乎没有必要这样做。如果芬尼对 X 来说是个危险，如果 X 知道芬尼在哪里，X 就不会这么装模作样地让他继续活着。但是，也许食物是 Y 带来的，也许还有个 Y 安排芬尼藏在……

"我听说你的教堂里放着一些了不起的雕像，先生。"

"你是古董商吗，先生？"牧师问道，他是一个絮絮叨叨、近乎衰老的人。

"我对莱西家族很感兴趣。"

"那你必须让我带你看看，非常精美的 12 世纪的石雕作品。你能抽出十分钟吗？一点也不麻烦，我向你保证。我还有半个小时才吃晚饭。"

他们步入了那个散发着霉味的祈祷室。透过东南角被常春藤半遮掩着的窗户照进来的阳光泛着绿色。祈祷室里堆满了各种遗物，简直像个储藏室。桌子；骨灰瓮；斜倚的人像；杂七杂八的石腿和石臂，从它们原来的躯干上拆下来放着，多得似乎可以组装出整个奥兹曼迪斯王朝。有六个成对的人像靠着南墙，都是丈夫和妻子，各自跪在一个祷告台面前。

"请看看配饰上的凿痕。"牧师热情洋溢地颤抖着说道,"这些可能是最典型的——"

但奈杰尔在观察一扇小门,这个小门开在人像跪着的厚厚的石头底座上,从东边有三级向上的台阶,上面铺着的厚厚的灰尘上有脚印。

"12 世纪石匠们的常见技艺。"牧师说道。他蒙眬的眼睛意识到了奈杰尔的某种不专心,事实上,奈杰尔正在尝试把小拇指插进墓穴门的钥匙孔。

"啊,你对他们的家族墓穴感兴趣。请看看这里的纹章,上面刻着座右铭:'Quis Lacey Lacesset?'[①]是谁敢挑衅,甚至是,挑战莱西人?这里的同音词,或者文字游戏,用我们自己的语言很难表达。莱西家族是一个在历史上具有相当重大意义的家族。"牧师在脑海中摸索着,就像一个近视眼在寻找丢失的领扣一样,然后说出了,"Si monumentum requiris, circumspice。"[②]奈杰尔感觉,在当时的情境下,这句话的意思似乎不言而喻。

"你有这扇门的钥匙吗?"他问。

"我——呃——有。但是,没有西顿夫人或她的法律代表的授权,当然是不能打开的。毫无疑问,如果你想察看——检查墓穴,她会把她自己的钥匙借给你。自从她亲爱的母亲安息后,这个墓穴就没有被打开过,那是大约六七年前的事了。"

[①] 拉丁语,意思是"谁敢挑衅莱西人"。
[②] 拉丁语,意思是"如你为寻找丰碑而来,环顾四周即可"。

奈杰尔偷偷把小拇指上的油擦掉，对牧师的话表示信服。

一小时后的晚餐上，瓦妮莎刻意避开了他的目光。对他来说，很明显，她没能保守这个秘密。这正是奈杰尔所指望的。

他躺在床上，午夜过后不久，就听到脚步声小心翼翼地靠近他的房门，然后停了下来。他发出越来越响、越来越慢的呼吸声，嘴里咕哝了几句，好像已经睡着了。脚步声渐渐远去。奈杰尔把被子盖得更严实一些，为真正的睡眠做好准备。现在就看布朗特的了……

第二天早上，瓦妮莎走进他的卧室，满脸的不高兴和不服气。

"你得在床上吃早餐了，"她通知他时仍然避开了他的目光，"楼下正一团乱呢。"

"芬尼？"

她呆呆地点点头，然后大哭起来："不是我的错！"她抽泣着说："我忍不住在塔上看到了他，忍不住告诉了别人——告诉了你。莱诺气疯了。"

"你把这个秘密也告诉他了？昨天晚上？哎呀，瓦妮莎！"奈杰尔温和地说。

"他听到我问费奇夫人有没有什么食物丢了——你知道要对她大声喊话，她才听得见——然后他就逼着我说了实话。"

"那到底有没有丢呢？"

"有，哦，我讨厌这一切！"她凄凉地呼喊道，"为什么这些事情要发生在我们身上？我一直都很期待假期到来，但现在一切都糟透了。每个人都想对我隐瞒一些事情，要是我问问题，他们就对我大发脾气。

爸爸太忙了，不能像以前那样和我说话，也不能去探险。还有莱诺——为什么每个人都变了这么多？哦，我真的觉得好难受！我帮他们找到了芬尼，他们应该高兴才对，但是——"她哽咽着，又大哭了起来。

"听着，瓦妮莎——过来在床上坐一会儿。好了，我知道这对你来说确实很糟糕，但你必须要经历这样的坏日子。每个人都是这样。迟早有一天，坏日子会结束的，而你会发现你还活着，等那时候你回首往事，就能真正明白它们的意义了。在你这个年龄，你很难相信这样的日子不会永远继续下去，对吗？这就像有些梦里，你梦见你迷路了，你知道自己在做梦，却醒不过来；但你总是会醒过来的。"奈杰尔抚摸着女孩的头发，"我的妻子在战争中死了。在一次闪电战空袭的时候，她开着一辆救护车出去，不肯下车找掩护。我以为那是我人生的终点。你明白吗？她在某些方面很像你。她非常勇敢，是一个探险家，也许你长大后也会成为这样的人。她的探险经历使她成了一个名人。我记得她有一次告诉我，她在离家很近的一个树林里迷路了——她那时大约13岁，和你的年龄差不多。她吓得惊慌失措，情况越来越糟，她一直在兜圈子，不停地撞到树上。真的，就好像是树故意在撞她，树枝故意要擦到她的脸，荆棘故意把她绊倒。她完全找不到路，一切都好像在跟她作对。很快就要入夜了，你知道她做了什么吗？"

瓦妮莎摇了摇头，透过她凌乱的卷发侧脸瞥了他一眼。

"她背靠着一棵树坐下来，下了三个决心：第一，今后永远带着指南针；第二，记住没有一片树林是没有边界的；第三，睡一会儿。

后来当她成为一名探险家，遇到让她有些惊慌的场面时，她一直都是这么做的。"

"那次在树林里发生了什么？"

"哦，她睡了一觉，一个多小时后醒了，然后径直走出了树林，轻而易举。"

瓦妮莎用闪着泪光的眼睛凝视了他一会儿，然后用胳膊搂住他的脖子，由衷地亲了他一口，跑出了房间。

三个小时后，当奈杰尔在果园里散步，想在与布朗特定于中午的会面之前理清思路时，他遇到了瓦妮莎·西顿。她正背靠着一棵树。奈杰尔蹑手蹑脚地走过去，发现她正安详地沉睡着，腿上放着一个小小的袖珍指南针。"做个好梦。"他轻声说道，然后掉头回去了。可怜的瓦妮莎！她不久就要用上这东西了。

"对，我们找到他了。"一小时前他们见面时，布朗特匆匆说道，"他从墓穴里出来，口袋里有一把钥匙。我们在那里发现了奥斯瓦德·西顿的衣服，上面有很多血迹。为什么盖茨没有想到去那里找呢？为什么我也没有想到呢？"

"你们这代人都不爱去教堂。"奈杰尔说。

"嘘！能想到出现的人是谁吗？罗伯特·西顿。他说，他是出来夜游的，反正他身上没带食物，听到教堂里有声音——他当然会听到。我正在想办法控制住那个小矮人，他打起架来像个魔鬼一样，然后西顿进来叫他，他就像羊羔一样安静了。"

这时，奈杰尔想对普拉什·梅朵之家冷静的面容呼喊：你还为我准备了什么？你的袖子里还有多少把戏，你这个迷人的幻术师？你什么时候才会停止对我的欺骗呢？

几分钟后，奈杰尔走进餐厅时想，普拉什·梅朵之家为他准备的把戏，似乎是一次董事会会议。罗伯特、珍妮特和莱诺，雷内尔和玛拉·托伦斯围坐在桌前，按照每人各自的性情，或是焦躁不安，或是嘀嘀咕咕，或是不露声色。坐在上座的是董事主席，由布朗特扮演。布朗特身后坐着他的机要秘书鲍尔警佐，他膝盖上放着打开的笔记本。莱西家族祖先的目光从壁炉架上方阴郁地注视着他们，似乎在说，公司跟我还是常务董事的时候比，已经大不如前了。

"啊，你来了，斯特雷奇威，"布朗特说，"坐下吧。我想在我审问芬尼·布莱克时，你们最好都在场。如你们所知，昨晚我们发现了他。他一直藏在……"布朗特轻咳一声，"或者说被藏在家族墓穴里。我很高兴地说，他虽然——呃——被关了很久，但是毫发无伤。当然，在他袭击斯特雷奇威先生后逃跑的那个晚上，你们中一定有人给了他钥匙，而且给他提供了食物。如果那个人现在能站出来，就会省去很多麻烦。"

在随后令人尴尬的停顿中，董事会成员们转换着坐姿重心，轻声嘀咕着，躲避着彼此的目光。奈杰尔想，他们看起来心虚得可笑，特别是罗伯特·西顿，他那天使般的无辜表情，就像一个可爱的小唱诗班男孩对着牧师虚张声势。

"当然也有可能是芬尼自己拿了钥匙，晚上来我们的储藏室里偷了食物。"珍妮特·西顿提出。

"恐怕不可能。"布朗特回答,"他肯定会留下指纹,但这里没有找到。至于钥匙的问题,现在……如果没有人愿意主动说出事实,我就只能问芬尼本人了。鲍尔,请你——"

"我不会让芬尼受欺负的。"珍妮特特别强调说。

布朗特颇有风度地回答说:"你们都在这里,就是为了保证他不受欺负。"

"我认为——"罗伯特·西顿开了口,他的儿子却打断了他——莱诺躺在椅子上,眼睛看着天花板,冷冷地说:"哦,好吧。我把芬尼藏起来,充当了他的补给线。"

玛拉·托伦斯的手一下子捂住了嘴,扼住了惊呼。珍妮特对她的继子蹙起了浓眉。

"你?莱诺,为什么——"

"是我把芬尼藏了起来,给他带去了食物,"莱诺更大声地重复,"我——"

"该死,鲍尔,回来吧!现在还不用叫他来。"布朗特对警佐喊道,鲍尔刚才已经走到了门口,聪明地预见到了他上司的命令,并打开了门。只见芬尼·布莱克正坐在外面,紧挨着一个身着制服的警察。

当门再次被关上时,布朗特转向了莱诺:"你知道你的所作所为妨碍了警察的工作吗?"

"我想是的。"年轻人平静地回答,"我很抱歉,我只是想给他一个机会。"

"一个什么机会?"布朗特果断克制住自己的气愤,问道。

"哦，重振旗鼓，重新振作。那晚发生的事情后，他完全吓坏了。我很快就找到了他，在河边。我以为他可能要投河自尽了，所以让他去教堂等我，然后我就回到了这里。那天晚上，我又带着一些食物和墓穴的钥匙溜了出去。我告诉他，如果有人来了，就赶紧进墓穴里。他以为这是个新的游戏。"

"这真是个奇怪的藏身之处，西顿先生。"

"没错，"莱诺说，"但可怜的芬尼不会介意看到几副莱西的骷髅，你知道的。而且我想到他会被警察追得在乡里到处逃窜，就觉得生气。"

警司不加掩饰地开炮："你不是已经用墓穴藏过东西了吗？你不就是因为这样，才马上把它当成藏匿芬尼·布莱克的最佳地点吗？"

"我不明白你的意思。"

"我昨晚在墓穴里发现了奥斯瓦德·西顿血迹斑斑的衣服，难道不是你放在那里的吗？"

"血迹斑斑的——天哪！"

整个公司明显受了当头一棒。雷内尔·托伦斯的眼睛鼓了起来；珍妮特的手伸向了她的喉咙；罗伯特紧紧抿着嘴唇，似乎要吹口哨；玛拉直勾勾地盯着莱诺；而只有莱诺，在发出刚才的感叹之后，变成泰然自若的样子。

"这完全说不通。"他说，"首先，如果我谋杀了奥斯瓦德，我绝不会愚蠢到把芬尼藏在我藏有受害者衣服的地方。其次，如果我谋杀了奥斯瓦德，我根本就不会把芬尼藏起来，至少不会让他活着。把芬尼留在这里太危险了。我会把他推到河里——他不会游泳，你知道的——或者杀了他,把他锁在墓穴里。难道不是吗?"这位出众的年轻人平和地注视着布朗特。"我猜,"他补充说,"你们为了芬尼到处忙活了这么久,就是因为你觉得他知道谁谋杀了奥斯瓦德。"

奈杰尔突然确信,这场表演有一部分是给玛拉看的。这个女孩现在当然在注视着莱诺,好像对他有了新的认识。布朗特警司也是如此。

"那很好,"布朗特说,"我一会儿再让你接着说。现在把芬尼·布莱克带进来,警佐。"

当矮人登场时,舞台上的剧情总是会发生离奇的转折,现在的场面也是如此。这是什么情境?一个侏儒正在面试一个关键岗位?一个古代祭司正在接受请教?不是,奈杰尔心里想着,看着这个粗野的小矮人爬上了布朗特警司身边的一把椅子,坐在那里,他的腿直直地向前伸,他的方嘴像个盒子一样豁开,两边脸颊上都泛着一块红晕——不,这是一场口技表演。听到每个问题时,芬尼的头都会机械地转向布朗特,他嘴里不时发出怪异的咕哝声和咯咯声,这一切都巩固了奈杰尔的幻觉。

"芬尼,你明白你必须告诉我们真相,对吗?"布朗特说,"西顿先生希望你说实话。是这样吗?"

"是的,芬尼必须说实话。"罗伯特·西顿说。

"我要问你一些问题。"布朗特接着说,"你可以点头表示'是',摇头表示'不是';如果你不知道答案,就把两只手都举起来;如果你听不懂问题,就举起一只手。你明白吗?"

芬尼发出咯咯的声音,使劲地点头。

"好。芬尼,有些问题之前问过你,这没关系。你知道这里有个人被杀了吗?"

芬尼点了点头。

"是你杀了他吗?"

芬尼口齿不清地嘟哝着,猛烈地摇着头,仿佛快把头从脖子上甩下来了。

"有雷暴的那天晚上,你看到这个人了吗,活着的?"

摇头。

"你是不是发现了他的头,带着头爬上了栗子树,把它藏在那里?"

芬尼一脸疑惑,用手在脸上抹了一把,然后犹豫地举起另一只手。

"你不明白我的问题?"

"我想他有点搞不清那两个头。"罗伯特·西顿提出。

"啊,对。芬尼,我不是在说那个黏土做的头、那个西顿先生的头像,那是你逃跑前拿走的。我说的是真正的那个——"布朗特有了一点恐怖的灵感,"脖子上有血的那个。"

芬尼的脸亮了起来,他欢快地点点头。

"你把那颗头拿走,藏在了树上?"

点头。

"你是在——呃——在房子里的某个地方发现的?"

摇头。

"在外面?"

"哦,看在上帝的分上!"玛拉·托伦斯几乎呜咽着叫道,"我们一定要听吗？这简直就像在玩 20 个问题[1]。我受不了——"

"安静点，托伦斯小姐！"警司强硬地说着，继续问芬尼，"你是在——呃——可能是在奶厂里发现了这个头，这个带血的头？"

芬尼咯咯笑着点了点头，在椅子上轻轻地蹦了一下。

"奶厂，原来如此。头是装在网里的吗？"布朗特像个魔术师一样拿出一个网状的购物袋，举到芬尼面前，"像这样的东西？"

矮人点了点头。

"当你在奶厂发现头的时候——我们待会儿出去，你可以告诉我你到底是在哪里发现的——你看到那个人的身体了吗？"

摇头。

"没看到。奶厂的灯亮着吗？电灯？"

芬尼摇了摇头，但看上去很苦恼。他做了一个写字的动作，布朗特马上把纸和笔放在他面前。芬尼撇着舌头，费力地描出了一个词。"哦，我明白了。'灯笼'，有盏防风灯笼，亮着？"

点头。

"非常好，芬尼，你做得很好。你知道你发现头的时候是什么时间吗？"

芬尼举起了双手。

"你还记得，你进奶厂的时候在下雨吗？"

---

[1] 参与游戏的一方在脑海里想出一样东西，其他参与者向他提问题，问题的答案只能用"是"或"不是"回答，最多只允许提 20 个问题。提问者通过推理，逐步缩小范围，直到猜出答案。

芬尼的大脑袋在他的脖子上左右转动。他开始举起两只手,然后,他在椅子上站直了,表演了一出小小的哑剧,把观众吓了一跳。他的眼睛抽搐着,喉咙里发出咆哮一般的吼声。

"闪电和雷鸣。"莱诺·西顿说。

"太棒了,芬尼!很好!你去奶厂的时候有闪电和雷鸣,没有下雨,对吗?"

小矮子点了点头,满脸狰狞地笑起来,为自己的聪明才智笑着拍手。然后他又坐回到了椅子上。

"你发现头的时候,有没有看到一堆衣服?"

点头。

"你是不是把那些衣服拿走了,藏在了别的地方?"

摇头。

"你确定吗,芬尼?不是你把它们放在教堂的墓穴里吗?就在我昨晚找到你的地方?"

芬尼·布莱克使劲地摇了摇头。雷内尔·托伦斯发出了一声嘶哑的叹息。

"你完全没有碰过奶厂里的那堆衣服?"

摇头。

"很好。那么,芬尼,你那天晚上出去,进了奶厂,把头藏了起来,然后一个人去散步的时候,你有没有看到什么其他人?有你认识的人吗?"

布朗特的语调发生了极其细微的变化,但没有暴露出这个问题有多么要紧。桌子周围的人几乎快要化成石头了。鲍尔握着笔的手在记事本上就位。芬尼看起来非常烦恼，他的目光转向罗伯特·西顿，仿佛在求救。

"你必须说实话，芬尼。"诗人温柔地说。

芬尼咯咯叫着，皱着脸，在椅子上不安地晃动着。然后，小矮人做了一个点兵点将的手势，让奈杰尔想起了玛拉在6月的茶会上所做的一个类似动作。芬尼的手臂和伸出的手指在公司员工之间慢慢移动，指到雷内尔·托伦斯时，停了下来。

画家猛地站了起来。"他在撒谎！"他吼道，"他不可能看到我，我在——"

"马上坐下，托伦斯先生，不要再插嘴了，否则我只能请你离开房间。"布朗特严厉地说道。他又转向被托伦斯的爆发吓得缩了回去的芬尼，继续他耐心、安静的问话。他得到的信息是，芬尼看到雷内尔·托伦斯就站在旧谷仓的落地窗外，这是他"散步"回来时发生的。罗伯特和珍妮特已经作证说，芬尼是在他们出去找他大约一个小时后回来的，"浑身湿透了"，也就是说，大约在凌晨2点。

"很好，"布朗特说，"我们待会儿再讨论这个问题。那么，芬尼，那晚你还见过别的人吗？"

小矮子摇了摇头，但相当不确定。他犹豫了一会儿，然后，指了指自己的耳朵。

"哦，你听到有人，但没看到是谁？很好，芬尼，我们聊得很好，对吗？"

令人毛骨悚然的问答游戏继续进行。芬尼似乎听到有人从河的方向向房子走来。据他所知，这似乎是在他从树上下来不久后发生的，当时他正在离河边最近的果园尽头闲逛。这里的时间没法得到更精确的认定，芬尼也不知道他听到的脚步声是男人的还是女人的。小矮子现在显然已经很累了，他的手更频繁地在脸上涂抹，而他的大脑，也似乎有逐渐变得混乱的迹象。

"我只剩下两个问题了，芬尼。"布朗特摸了摸自己的眉毛，说，"你表现得很棒。但是，你知道，我一直在问你的这些事情——嗯，你本来之前就可以告诉我们，省去我们很多麻烦。你为什么不说呢？是不是有人告诉你不要回答警察的问题？"

芬尼点了点头，眼中闪过最后一丝智慧——或者是得到满足的自尊心？

"是谁呢？"

芬尼毫不犹豫地指了指珍妮特·西顿。

"哦，芬尼！"珍妮特用深深受伤的声音喃喃道，"哦，芬尼，你怎么能这样？"

"还有我的最后一个问题，是谁给了你墓穴的钥匙，告诉你要藏在教堂里？"

芬尼的目光里露出惊恐的神情，他盯着并排坐着罗伯特、珍妮特和莱诺的那一边，仿佛因为说不出话而极度痛苦。他的嘴唇上冒出了泡沫，像一个口技表演里的假人一样瘫倒，从椅子上摔了下来。

第10章　玛拉·托伦斯回忆过往

那天下午，当布朗特和奈杰尔在辛顿·莱西附近的河岸上坐下时，布朗特阴沉着脸说："我不知道这里的每个人在玩弄什么把戏。比如说，那个年轻人西顿，他坚持他的说法。好吧，我想我应该把他抓起来。但这有什么用呢？还是解决不了这个案子。他居然告诉我，他不介意在牢里待一段时间，还说不会比部队里更糟。"

"我们已经老了，布朗特。我们不理解年轻的一代。"

"你认为是莱诺·西顿把芬尼藏起来的吗？"

"我有所怀疑。这就是为什么芬尼今天早上晕倒了，他有一副非常原始、非常忠诚的心肠。顺便说一句，你把他处理得很好。但是，你看，罗伯特·西顿告诉他，他必须说实话；同时，芬尼听到莱诺宣称是他给芬尼提供了钥匙和食物——你的警佐正好在莱诺坦白这番话的时候打开了门。"

"该死的傻瓜，鲍尔！"警长嘟囔道。

"于是，在芬尼的脑海中出现了忠诚的冲突，他就昏了过去。这表明不是莱诺把他藏起来的。"

"那么，他究竟为什么要说是他呢？"

"我想是为了保护他的父亲。但真正神奇的问题是，为什么要让芬尼活下来？"

"真是浪费我们的时间！如果西顿小姐昨天没有发现他，我们可能得让半个牛津郡的警察花好几个星期去追踪他。"

"这正是问题所在，"奈杰尔说，"有人拖延时间。是凶手吗？如果是这样，为什么不杀了芬尼，把他关进墓穴里？这可以达到同样的目的，还可以解决掉一个极其危险的目击者。如果不是凶手，那么他在玩什么花招——这个把芬尼藏起来的人？"

"我怎么知道。"

"忏悔的时间。喝茶的时间。时间，你这个老吉卜赛人[1]。现在的时间和过去的时间。时间——"

"哦，不要再嘟嘟囔囔了！你这是怎么了？"

"哦，我的天！"奈杰尔喃喃道，"我觉得我想到了。"

"想到什么了？"

"正确的时间,可以这么说。你在周末会听英国广播公司的节目吗，布朗特？"

"哦，你又在胡说八道了。不，我没听过。"

---

[1] 英国诗人拉尔夫·霍奇森的《时间，你这个老吉卜赛人》。

"我敢打赌,莱西旅馆里那些高谈阔论的乡巴佬都会这样做,你问问他们就知道了。如果我猜对了,"奈杰尔沉思着继续说,"我们可能马上会等到一连串的神秘事件。"

"嗯哼?比如说——?"

"哦,我不知道。失踪,绑架,匿名信。不一定。不过你等着看吧。"

"那我该做点什么呢?"

"听我的建议,布朗特,不要理会他们,不要被激怒。"

"你今天的精神状态很奇怪,很轻浮。我就不打扰你了,得去给布里斯托打电话。"

一刻钟后,奈杰尔仍然躺在河岸附近,他听到下游传来发动机的轰鸣声。这时,可以看到瓦妮莎褐色头发的头,看不到她的身体,只有她的头仿佛在一条高于水草的轨道上平稳地向右边滑行,在那里,河水向后弯了一个长长的圈。然后,可以看到一艘机动独木舟绕过那个弯驶来,瓦妮莎笔直地坐在船尾,莱诺和玛拉并排懒洋洋地躺在船中的垫子上。当他们靠近时,奈杰尔坐了起来,挥手示意。瓦妮莎转动她身边的方向盘,独木舟径直冲着奈杰尔疾驶而来。女孩拉动了一个控制杆,发动机进入倒挡,独木舟像发烧病人般剧烈地打了个战,然后猛烈地撞向奈杰尔脚下的岸边。

"干得好,胖子!"莱诺说。

"我估计错了。"瓦妮莎回答说,从独木舟里站了起来,"船头撞扁了吗?准备操作水泵!"

"准备上岸走回家吧,亲爱的。"莱诺说,"玛拉和我想跟斯特雷奇威先生谈一谈，私下里。你可以走了，真是个好孩子。"

瓦妮莎不情愿地爬上了岸。"他们在河上一直牵着手，"她转身离开时对奈杰尔奸诈地说，"缠绵得很，都这个年纪了。"

奈杰尔把独木舟停泊好，爬了进去，他注意到玛拉已经改变了她四肢摊开躺着的姿势，换成了一个更得体的姿势。

"你从哪里弄到这艘漂亮的独木舟的？"他问。

"之前被谢尔福德的一些朋友借走了——那个方向往下三英里。"莱诺在他的肩膀上竖了个大拇指，指着下游的方向，"希望你没有异议。"

"别说蠢话。"

"如果你被认定和警察是一伙儿的，就会有这样的麻烦，"莱诺平静地说道，"人们往往会从你的每一句话中读出一种阴险的含义。"

"是的，我想是这样。"奈杰尔叹了口气。一片云从太阳上掠过，把河面从蓝灰色变成了橄榄绿色。水流拍打着岸边，发出闷闷的响声。奈杰尔暗暗希望玛拉能摘下遮住她眼睛的太阳镜，而她好像读懂了他的想法，在那一刻摘下了它。

"听我说，"她说，"你到底是哪一边的？"

"你有多少边？"

"我是认真的。"

"我也是。这不仅仅是什么控方对阵普拉什·梅朵之家和旧谷仓的问题。你看，你们中间有太多的利益冲突，嫌疑人之间。"

"比如？"莱诺问道，他那张敏锐的年轻脸庞紧紧盯着奈杰尔的脸，仿佛在看某个强大而危险的发动机的压力表。

"好吧，就拿玛拉来说。她在对你父亲的爱和对自己父亲仅存的忠诚之间左右摇摆。她对你的感情使她的处境更加复杂。自从她看到你为保护你父亲所做的努力后，她显然喜欢上了你——我是说，彻底地喜欢上你，而不是什么猫和老鼠的那一套——"

"喂！说什么呢！"玛拉举起双手，既欣喜又惊慌失措。

"除此之外，"奈杰尔继续说，"她还有自己要担心的事情，假设是她杀了奥斯瓦德呢？"

"我们不会这么假设。"莱诺带着危险的平静说。

玛拉把她的手放在他的手上："可以，我们会的。我为什么要杀奥斯瓦德？"

"6月的那天，喝茶的时候你告诉过我们你的动机。你说只有你会为一件事而杀人，复仇。"

奈杰尔仿佛把两人的呼吸都掐掉了，他们张口结舌，无言以对。在随后的沉默中，一只水鼠扑通一声跳入水中，像深水炸弹一样吓了人一跳。

"复仇？但究竟为什么玛拉——？"莱诺终于开口。

所以你不知道这件事，奈杰尔想，好吧，我不会做那个告诉你的人。

"哦，玛拉一直很讨厌——她是那种必须要对别人发泄出来的人，你应该知道。"奈杰尔含糊地继续说，"但是，回到你的第一个问题，如果你这样说——我最不愿意你们中的哪一个因为谋杀奥斯瓦德而被绞死，我会直接告诉你，罗伯特·西顿。"

他注意到莱诺紧张的神情有所放松。"嗯,这很重要,"年轻人说,"我想,不是说有什么危险——"他的声音低了下去。

"不过,恐怕是有的。除了你的继母之外,你父亲做这件事的动机比任何人都强烈,而且——"

"但他是出去散步的,他不会——"

"如果他在等奥斯瓦德,就不会去散步了?他可能会去见他。他走在去奇林厄姆的路上,他忘了奥斯瓦德不知道穿过树林的小路已经装上了铁丝网,他以为他会沿那条路过来。"

玛拉脸上痛苦的神情逐渐加深。她捏得泛白的拳头就像一团被泪水浸泡过的、皱巴巴的手帕。

奈杰尔继续说:"如果警察找到了奥斯瓦德到达英国时在布里斯托或其他地方的住处,如果他们发现任何与罗伯特有关的东西——比如说,一封罗伯特的信,邀请他去费里·莱西,叫他偷偷前去——那么,这对罗伯特来说真的会非常难看。你应该明白的。"

"但我父亲并没有在路上遇到他,"莱诺说,"所以——"

"没有证据表明奥斯瓦德是在普拉什·梅朵之家被谋杀的,没有证据表明他到过那里。"

玛拉·托伦斯将她的右手慢慢放入水中。泰晤士河并没有沸腾,但这一姿态莫名其妙地让奈杰尔想起了中世纪的一种酷刑。

她说:"如果、如果那晚有人在普拉什·梅朵之家看到他——奥斯瓦德,会有帮助?"

"有可能,要看情况。"奈杰尔仔细观察她转过去的脸,"但作伪证绝对没有帮助，从长远来看。"他补充说。

"别做傻事，玛拉。"莱诺喊道，突然充满敌意地瞥了一眼奈杰尔，"你不能相信他。"

"我没法相信任何一个人，"她阴沉地回答，"你最好让我和斯特雷奇威谈谈，亲爱的。走吧，我必须和他单独谈谈。"

"不，我认为这是个错误。"

"走吧。求你了，拜托你了。"

"哦，好吧，如果不需要我——"这一次，莱诺的声音听起来非常年轻，他闷闷不乐地从独木舟上下去。

"你走之前有一件事，"奈杰尔说，"我已经想问你好几天了。你说有雷暴的那晚你睡得很熟；但在芬尼·布莱克攻击我的那个晚上，我大声呼救，你说你被吵醒了，马上跑了出来。这些说法似乎有些矛盾。"

莱诺·西顿双手叉腰，从岸上向下凝视，他的脸色很难看。"我只能说，"他说，"雷声不会吵醒我，而呼救声会。你想怎么认为就怎么认为吧。"他转过身去，大步走过草地。

"你不会是觉得——？"玛拉说。

"真相可能很简单，他是个军人。"

他们之间陷入了寂静。他们单独在一起，玛拉似乎觉得很难开口。奈杰尔仔细看着那头黑色的长发，头发上泛着光泽，那张苍白的脸，在眼睛下面有像瘀伤一样的黑色污点，她的嘴唇是鲜红色的。

"你爱上他了吗？"

女孩回过神来。"这不是重点。"她拍了拍旁边的垫子,给了奈杰尔一个大胆的、不良少年的眼神,"过来坐在这里。哦,没事的。"她不耐烦地补充道,"我不会勾引你的。为什么每个人都害怕我?你这样隔着一张桌子像精神病专家一样看着我,我没法跟你说话。"

奈杰尔挪到她身边:"这样好点了吗?"

"嗯,很好,善良的斯特雷奇威叔叔。"仿佛是不由自主般,她悄悄地靠近了他。他能感觉到她的整条腿都贴着他的腿。她目光转向别处,开始非常快地说话:"我想是的,我是说,爱上了莱诺。当然,我想和他上床,这好像是我唯一擅长的——和别人上床。但他想让我嫁给他,而我不敢。我不是个好女孩,你看,我是个无药可救的人。我不在乎,如果只是莱诺,我愿意冒这个险,但是——"

她突然语塞了,就像是作为暴雨前奏的短暂阵雨。

"但你害怕会伤害到罗伯特·西顿,因为莱诺是他的儿子?"奈杰尔提示道。

她呆呆地点点头,使劲扳着奈杰尔的手。一艘内河汽船驶过,甲板上三个小伙子吹着口哨发出嘘声。

"你看到了吧?人们理所当然地认为我是个轻佻的女人。"

"这太荒唐了,他们看到一个戴眼镜的救世军女孩都会吹口哨的。"

汽船的尾流掀起的波浪把独木舟托了起来,把他们推到了一起。奈杰尔感觉到她的胸部碰到了他的手臂,她仿佛被烧到了一样,一下子缩了回去。

"我不知道怎么说。"她喘着气说。

"我觉得应该从头开始,"奈杰尔温和地说,"从奥斯瓦德开始,在匡托克斯的那一天。那时你15岁。"

玛拉的身体开始变得僵硬,就像紧闭的牙关一样。一只云雀在草地上无休止地唱着尖锐的歌。最后,她喃喃道:"所以你知道?"

"我猜的,这是最可能的解释。他——?"

"哦,对,他强奸了我。"她凄凉地说道,"该死的云雀!那时候也有一只在唱——"

"所以你病了,罗伯特陪你渡过了难关,奥斯瓦德也不得不消失。这都是很久以前的事了,不是都算完账了吗?两清了?"

玛拉露出一副相当诡异的表情:"两清?你认为是我杀了奥斯瓦德?"

"我不是这个意思,但别在意。所以罗伯特把奥斯瓦德解决了,谋划了他的'自杀'?"

"罗伯特他——我无法描述他对我有多好。他没有犯过一丁点错,我现在明白了。温柔,可靠,恰到好处。你能理解吗?我变成什么样的人——不是他的错。他几乎一直都陪着我。那之后的几天,他整天都陪着我。到了晚上——珍妮特睡在我的房间里,但我经常尖叫着醒来——我会做很可怕的噩梦,罗伯特总是会从隔壁房间过来,进来安抚我。珍妮特不是个好人,我父亲——"她耸了耸肩,动作很难看。

"他们是唯一知道这件事的人?不包括莱诺?"

"我从来不敢告诉他。"

"这意味着你确实爱他。好吧,我想你已经把这一切都压抑得太久了。"

"压抑？哦，我不相信弗洛伊德的那一套——都过时了。"她说道，又恢复了她以前那种尖利的态度。

"你没明白我的意思。"奈杰尔凝视着头顶上毛茸茸的云朵，非常谨慎地说道，"你知道你为什么这么不开心吗？不是因为当时发生了什么，而是因为你有一半是喜欢的。"

"不！不！不！不！"她发出哭喊，仿佛血液从断裂的动脉中喷涌而出。她的手在他的手中蠕动，指甲刺入他的手掌。

"是的，"奈杰尔坚定地说，"凭什么你不能有这样的感觉呢？这没有什么不正常，没有什么可羞耻的。是的。"

"不，"她呜咽着说，"不，不。"

奈杰尔声音平稳地、舒缓地继续说："这就是为什么你的那个罗伯特的头像会做得有问题，还有你那件木雕里的人物。你想让它成为罗伯特，但奥斯瓦德从你的潜意识中走了出来，把罗伯特推到一边，占据了你的艺术之手，并按照他自己的形象制作了那个黏土头像。如果你丝毫不愿意，如果你完全讨厌——奥斯瓦德对你所做的事情，就不会发生。它的发生是因为一部分的你喜欢它，而另一部分的你则对它感到非常震惊和羞耻。想一想，亲爱的，回想一下。对自己要绝对诚实。当时有一只云雀在唱歌，记得吗？不要害怕它。那是一个幽灵——一个你这些年一直封闭起来的内疚的幻影。它一直在毒害你的生活，你不明白吗？"

"是的。"在沉默了几分钟后，玛拉终于说，她的声音很不一样。

这是奈杰尔第一次敢于转过头去看她。泪水顺着她的脸流下来，她的表情平静、疲惫，甚至有些快乐，好像她一直在听伟大的音乐。"对，你是对的，确实是这样。我现在想起来了。"

"听着，"奈杰尔急切地说道，"你怎么会陷入这种矛盾的？当时有没有人说，你是个邪恶的女孩？你的父亲吗？"

"哦，不。他不知道这件事，直到奥斯瓦德消失之后才知道。"

"你确定吗？"

"当然。"

"那就是别人了？"

"我还得继续说吗？"她孩子气地问。

"对，就这一件事，亲爱的。"

玛拉无力地抽泣了一会儿，然后她说："事情发生后，我从他那里逃走了，回到了房子里。珍妮特在。我不想和她说话，但她抓住了我，她逼着我说出来。我很害怕——我告诉她的时候，她看起来很生气。她一直在问问题，可怕的问题，细节。对，是她把这一切搞得看起来好像是我的错。她让我觉得我做了一件极其可恶的事情。如果不是罗伯特进来了，我想我当时就要发疯了。他打断了她。他对我很好，就像你一样……哦，你听！云雀没在唱歌了！"

"它今天已经发挥完作用了，而且发挥得相当好。"

"在斯特雷奇威先生的帮助下。"玛拉对他咧嘴一笑，那是一个简单的、冒失的笑，不再有一丝不良少年的样子，"哦，天，我想我正在实现一次彻底的移情——是这么说的吗？你最好小心点！"

"天啊，这可不是什么深度精神分析的疗程，亲爱的！是你自己做到的。我们只是选择了合适的时机，是你自己有胆量唤出幽灵，勇敢面对它。"

"是的，"她在长时间的沉默后说，"我是爱着莱诺。也许现在一切都会好起来的。我要去洗澡了。"她在独木舟上站起来，脱掉了她的裙子。裙子里面是一件泳衣。

"毕竟，成千上万的人都会遇到这样的事情，至少是性欲正常的女孩。"她站在他面前，午后的阳光使她洁白的皮肤显得更加柔和，她从来没有像现在这样落落大方，也没有像现在这样中性。她爬下船，入了水，游走了。

"当然。"奈杰尔喃喃自语，疲惫地闭上了眼睛，"也许我还送别了一位有前途的雕塑家。"

这时，玛拉爬到了岸上。她让奈杰尔把她的毛巾和裙子递给她。当她擦干身体，穿上衣服，回到独木舟上时，他问她想和他私下里谈些什么。

她抠着天鹅绒坐垫上的一颗纽扣。"这真的很难，但——"她深吸了一口气，把目光从奈杰尔身上移开，说，"好吧，我想你应该问问雷内尔，那晚他在楼下和谁说话。"

"奥斯瓦德被谋杀的那晚？"

她点了点头：" 你说过，如果有人——如果有人在普拉什·梅朵之家看到他，这可能很重要。"

奈杰尔逐渐从玛拉那里了解到了事实。她在 11 点半上床睡觉，留下雷内尔继续抱着一个威士忌酒瓶——他醉得厉害，但没到不省人事的地步。大约 12 点 15 分，她被开始作响的雷暴惊醒，听到下面的工作室里有声音。她现在能确定的是，那是男人的声音，其中一个是她父亲的声音。他们说话时压低了声音，听起来不生气。她当时以为另一个人是罗伯特·西顿。之后，当她知道罗伯特出去散步了，她就以为来者一定是莱诺，但当她问他时，莱诺否认了。她又问了她父亲，她父亲一笑置之，说他一定是在酒后自言自语。直到几天后警方开始调查，她才想起这件事。五分钟后，声音停了，她觉得她听到了落地窗打开和关闭的声音。

"他们都出去了吗？"

"不，雷内尔没有，至少我推测他没出去。我听到窗关上之后，有人在下面走动，发出哼哼唧唧的声音，就像雷内尔那样。"

"但他当时并没有上去睡觉。"

"没有。"玛拉又紧张地抠了一下纽扣，"如果这些事情有任何的可能性会让他遇到麻烦，我就不会告诉你。我是说，如果来的人是奥斯瓦德，他离开工作室的时候肯定还活着。"

"但芬尼·布莱克在凌晨 2 点左右看到你父亲站在落地窗外。"

"嗯，我没有听到他出去，而且我一直醒着，直到——直到芬尼在奶厂发现了那颗头。再说了，雷内尔为什么要谋杀他呢？"

奈杰尔扬起眉毛。

"替我报仇？"玛拉刻薄地笑了起来，"哦，我的天，如果你这么想，你显然不了解他。而且，他可以把奥斯瓦德交给警察来报仇，效果是一样的。"

"他那时为什么没这么做？"

玛拉看起来相当困惑："这一切都发生在很久以前。当然，雷内尔当时一副气势汹汹的样子——把事情告诉他的时候——但是……"

"但他从中得到了好处？免费食宿？"奈杰尔说，他故意表现得很冷酷。

女孩扮了个鬼脸："我想是的。但是，你不明白吗？即使从这个角度来看，既然奥斯瓦德重新出现了，让他活着也符合雷内尔的利益。"

"说得直白一点，他现在可以从奥斯瓦德而不是罗伯特那里榨取封口费？假设奥斯瓦德会要回他的财产？"

"是的。像这样谈论自己的父亲，是不是很可怕？他不是一个坏人，真的——只是很懦弱，很懒惰。而且他不是个天才。说实话，我不觉得他敲诈了罗伯特，只是罗伯特觉得他必须为他的兄弟作出补偿。"

奈杰尔对此没有评论，他正试图弄清玛拉的说法的含义。奥斯瓦德有可能在当晚 12 点 15 分或稍早一点到达普拉什·梅朵之家。但他为什么要先去旧谷仓？要么是因为雷内尔和他约好了；要么是因为普拉什·梅朵之家的其他人和他约好，但爽约了；要么是因为奥斯瓦德在最后一刻放弃了直接去房子里，决定先找雷内尔试试看到自己复活的反应；还有第四种可能——凶手指示奥斯瓦德去旧谷仓，以把雷内尔·托伦斯牵连进来。

第一个解释似乎是最简单的，但这意味着奥斯瓦德把自己返回英国的消息告诉了雷内尔。这一点显然有点说不通。

"听着，玛拉，你得再回忆一下。"

"越来越冷了。"她说着，目光带着疑虑，停留在他身上。

"你是在听到楼下的声音后过了大约半小时，看到罗伯特和珍妮特穿过院子的？"

"不是，应该是差不多一刻钟。"

"但是，当时是1点差一刻，当——"

"哦，见鬼，我把时间搞混了。我真的以为我看到他们的时候是12点半。但警长说15分钟后有人看到罗伯特走过村子，所以一定是在1点差一刻。"

"但这两件事之间似乎更像是隔了一刻钟而不是半小时？"

"嗯，是的，我是这样觉得的。"

"我祈求上帝能让我们把这个时间表确定下来。但是，你是在一道闪电下看到他们的。你确定那是珍妮特？"

"当然。"

"仔细想想，她穿了什么衣服？"

"她穿了一件雨衣，里面还穿了一条裙子。"

"你怎么知道里面有一条裙子？"

"嗯，我看到的。雨衣下面露出了一大截裙子？"

"那罗伯特呢？他穿了什么？"

玛拉蹙起了眉头："我看不太清楚，因为他走得比珍妮特远，而且他看起来更小。一身深色的衣服，好像。"

"没穿雨衣？"

"没有，我现在想起来了，我觉得她一定是借了他的衣服。我看到他的手臂在摆动，看起来是深色的布，但我不能确定。"

"他戴帽子了吗？"

"我没有注意到。"

"嗯。"奈杰尔陷入了沉思，他那双出神的眼睛盯着玛拉·托伦斯。这时，她说："我还待在这里，而且我越来越冷了。"

"什么？哦，对，你得回去了。关于那晚，你完全没有其他可以想起来的事情了吗？不管它看起来多么微不足道。没有神秘的声音、动作，光怪陆离的鬼火什么的？都没有？"

"没有……对！我真是太傻了！那个场景很熟悉——虽然我从来没有想过——罗伯特拿着一盏防风灯笼。你说的'鬼火'提醒了我。在闪电过后的黑暗里，一个很微弱的光芒闪了一下，然后他们就走出我的视线了。"

"朝向奶厂？"

"不是，他们是去凯蒂的马棚，你不记得了吗？"

"当然。那之后你在窗边又待了一段时间吗？"

"是的。"

"但你没有再看到那盏防风灯笼了？"

"没有，我——哦！"她发出了小小一声恐慌的哀号。玛拉咬着指关节，用惊恐的眼神盯着他："芬尼说奶厂里有一盏防风灯笼，亮着的。但这并不意味着有什么坏事，对吗？"

"你现在回去吧，亲爱的。"奈杰尔温和地说，"你会操作这个独木舟吗？"

"你不去吗？"

"还不行，我必须走到辛顿·莱西去。你能不能帮我个忙，告诉他们我不去吃晚饭了？"

奈杰尔爬出独木舟，解开了停泊的绳子。玛拉一动不动地坐着，凝视着她的前方。当她说话时，并不是奈杰尔所期望的那样。

"我要告诉莱诺吗？"她幼稚地问。

"防风灯笼的事情？呃——"

"不，不是！去他的灯笼！你想去追踪鬼火就去吧。我是说奥斯瓦德和我的事情。"

"要，但还不是时候。你不希望他因为怜悯而娶你，或者让他觉得从现在起他要变成一个男护士。你今天才发现自己对于奥斯瓦德那件事的感受，等到你自己心里完全适应了这种感受再告诉他。他肯定会有相当激烈的反应。你不可能这么多年来一直对自己否认真相，却指望一旦承认了，就能坦然面对一切。"

奈杰尔一直在用缆绳的绳头做一个套索。他熟练地把它抛过去，套在了玛拉的头和肩膀上，然后用脚蹬了一下，把独木舟推离岸边。当女孩松开绳套，跪在启动手柄旁时，她抬头看了看他。

"你会把防风灯笼的事处理好的，对吗？"她说着，挤出一个微笑……

20分钟后，奈杰尔正在与布朗特警司谈话，向他简要介绍玛拉提供的信息。

"所以这就是他们把奥斯瓦德弄出国的原因，"布朗特说，"为了私了一桩重罪。哈！"

"算不上是'他们'一起，布朗特！如果托伦斯小姐告诉我的事实是准确的，她的父亲直到奥斯瓦德'自杀'后才知道他做的下流事。我现在非常肯定他没有参与到奥斯瓦德失踪的阴谋里。他可能怀疑这里面有什么猫腻，但我不觉得他有什么可以用来勒索西顿夫妇的证据。"

"你可能是对的。但无论如何，西顿夫妇彻头彻尾地涉事其中。"

"我不同意。我敢打赌，整件事情都是珍妮特·西顿单枪匹马安排的。你可以叫你安排的人——斯林斯比警探，对吗？——把调查重点放在她身上。"

"你怎么证明呢？"

奈杰尔用手指一条条钩出要点："第一，罗伯特是个穷人，不可能有足够的现金。第二，我相信他是个正直的人，他绝不会想到利用奥斯瓦德的罪行替自己牟利。第三，奥斯瓦德的'自杀'需要大量的时间和金钱来安排。现在，从玛拉提供的证据来看，在那件可怕的事发生后，罗伯特几乎一直和她在一起，直到奥斯瓦德失踪。珍妮特只有晚上和她在一起。而雷内尔·托伦斯告诉我，珍妮特那阵子和奥斯瓦德走得非常近，他说的是'照料他'，我觉得应该是'威逼他'。第四，这一切都符合我们对珍妮特的了解。她曾想嫁给奥斯瓦德，但被拒绝了。然后她发现了奥斯瓦德对玛拉做的事，就像是在她的伤口上撒盐，布朗特。那天她如此激烈地批判这个可怜的孩子，咄咄逼人地刨根问底，她表现出来的态度很能说明问题。我们就不重复那些病态的心理学观点了——这相当明显。除此之外，她是一个意志坚定、野心勃勃的女人，对她祖上的房子有着偏执的狂热。如果罗伯特能继承这处房产，她就能把罗伯特弄到手，易如反掌。她会这么做，她也确实做到了。证明结束。"

布朗特使劲按摩着他的光头："我打算明天去萨默塞特，你和鲍尔留下照看这里的事情。"

"非常谢谢你。"

"你不会要玩什么把戏吧？"布朗特说，严厉地瞥了他一眼，"说到那个防风灯笼，情况很糟糕。"

"我想你已经问过罗伯特·西顿了，它怎么会出现在奶厂里？"

"他说他们出去看那匹母马的时候，把灯留在马棚里了。"

奈杰尔扬起眉毛："也许确实是这样。可能后来被别的人用过，凶手，或者奥斯瓦德。有指纹吗？"

"已经清洗过了。不过这没有什么可疑的，西顿太太喜欢把东西都打理得很干净。顺便说一下，这个案子有一个奇怪的地方，就是完全没有找到受害人的指纹。如你所知，盖茨一开始就把所有可能的表面都试了个遍，但是——"

"这完全都是因为奥斯瓦德的谨慎。人们总是忘记他是个罪犯。他一定是非常小心地避免碰到任何东西，以防这里有人告发他，他就不得不再次逃之夭夭。"

布朗特警司拖着沉重的步伐走过房间，坐在飘窗上，看着外面的夜空。"有的时候，"他叹了口气说，"我会想，那个小伙子到底有没有存在过。"

"奥斯瓦德？"

"嗯哼。"

"我知道你的意思。"

"一具尸体，一个脑袋，还有一个下流的故事，这好像就是他的全部了。要是我们能追踪到他的行动，稍微把画面填满一点就好了。"

"你做得不赖，你知道。"

"除了他的头和尸体这个小问题之外，他的消失没留下一点踪迹。他在火车站下车，走过一片树林——然后就人间蒸发了。"布朗特打了个响指。

"好家伙！有一件事我完全忘记告诉你了。玛拉在那天晚上12点15分听到她父亲和一个陌生男人说话。"

还没等布朗特说话，旅店老板的鼻子就从门外伸进来，说有人打电话来找警司。

两分钟后，布朗特回来了，说："是雷内尔·托伦斯，他想提供一份供述。"

第11章　莱诺·西顿偷听审讯

警司打算到第二天早上再听取雷内尔·托伦斯的供述,他称之为"施压步骤"。如果托伦斯有罪,不管他是打算认罪还是编故事,这一夜的拖延会让他神经紧张;如果不是,布朗特对收到的消息表现得如此不放在心上,会使他明天更加主动坦白,努力给警司留下深刻印象。不过,布朗特把一直干脏活累活的鲍尔警佐派了过去,让他在夜里盯着旧谷仓,以防托伦斯改变主意,决定跑路。本着让每个人都有活干的原则,他要求奈杰尔回去后让普拉什·梅朵之家的人都知道托伦斯第二天要提供一份供述。

"如果他们中的任何一个人做贼心虚,就会受到刺激。"他说。

"希望鲍尔能保持清醒,"奈杰尔说,"如果托伦斯今晚被清算了,那你会显得很傻。"

"我对鲍尔警佐很有信心。"布朗特有点生硬地说。

从警司那里离开后,奈杰尔决定去看看保罗·威林厄姆。他发现他的朋友坐在客厅的桌子旁，埋在一大堆纸头里。

"家务事，"保罗说，"给我十分钟。那里有一些啤酒，还有一瓶荷兰金酒——很贵，对肝脏非常好。"

奈杰尔给自己倒了一杯荷兰金酒，借了一张纸，开始着手制作一份时间表。他已经花了很多时间来厘清那个周四夜里各人的行动，但每份时间表似乎都比上一份有更多的空白和问号。然而，根据他今天从芬尼·布莱克和玛拉那里听到的情况，有些空白也许能填补上了。

他工作的时候，农场里的各种声音从打开的窗户外传进来，令人很是惬意。

这时，保罗喃喃自语道："接下来是峪口所得税，然后就都搞定了。"他翻开税表，开始计算他的农场工人每周的扣除额。当他完成后，他放下了一直在做记录的自来水笔，拿出一本支票簿，在桌子上的文件中翻找着。

"你在找什么？"奈杰尔问。

"我的蘸水笔。"

"自来水笔写完了？"

"没有，但我要签支票。"

"我没明白你的意思。"

"嗯，"保罗抽象地说道，"去年在一家旅行社，我要用自来水笔签支票，那个家伙让我换一支笔。那是旅行社的支票簿。他说，自来水笔会在你签的那张支票的后面一张上留下印记；这样的话，犯罪分子可以在后面那张支票上描出你的签名，然后看情况给自己签一张几百或几千块钱的支票——啊,在这里——所以,既然你在这间屋子里,我想我最好还是注意一下安全。"

"你把自己的生活搞得非常复杂。"

保罗·威林厄姆把支票和扣税卡装进一个信封里,把信封粘起来。

"对了,你的谋杀案查得怎么样了?"他一边问道,一边往他的酒罐里倒啤酒。

奈杰尔给了他一个简短的概述,省略了玛拉·托伦斯的私事。

"你怎么看?"说完后他问道。

"显然是团伙作案。"保罗欢快地评论。

奈杰尔把头埋在双手中,呻吟了一下。

"我猜是某个神秘的东方人团伙?"

"不,不,我是很认真的,我一直在考虑这个问题。是这样的,奈杰尔,权当是辩论。我们都同意,奥斯瓦德是在奶厂被分尸的对吧?那么,有哪些事情要做呢?首先,必须把他弄进奶厂;然后割断他的喉咙;然后脱掉他的衣服;然后把他的头从身体上割下来;然后找到一个网袋把头装进去,这样就能把它带走,藏在某个地方;然后把尸体包在雨衣里,运到河边,估计是一个强壮的、很会游泳的人把它拖到下游的某个地方;然后把那一叠衣服藏在教堂的墓穴里;然后把奶厂冲洗干净。当然,不一定按这个顺序。我有没有遗漏什么?"

"应该没有了,你简直像是自己参与了一样。"

"再加上一些零碎的工作——翻查衣服的口袋,看里面有没有什么罪证;把工具洗干净,放回去,或者藏起来。所有这些都需要时间,伙计。单独的任何一个人都没有这么多时间。而且，谁负责把风？你想想，即使是在夜里，即使是每一个细节都事先计划好了，如果没有另一个人帮忙把风，有谁能做完所有这些动作？风险会很高的。这就是为什么我说是团伙作案。"

"对，我想到过两个人涉案的可能性。"

"还有，"保罗越讲越起劲，"你有没有考虑过血迹的重要性？"

"但没有留下血迹。"

"重要的就是这个，老伙计。我不相信一个人可以把一具刚被砍了头的尸体从奶厂扔到河里，却没留下任何血迹，即使是在雨衣包住脖子、扣好扣子的情况下。"

"血迹可能都被雷雨冲走了，你要知道；而且，那时尸体已经不再流血了。但我同意，如果有两个人抬尸体，那就简单多了。"

"好啊！我很高兴你能接受我的思维方式。"

"但是哪两个人呢？"奈杰尔问道，脸上露出了担忧的神情，"在普拉什·梅朵之家里，没有多少可能的排列组合。我无法想象他们中的任何两个人策划了这样一起复杂的事件。罗伯特和珍妮特？莱诺和玛拉？雷内尔和罗伯特？莱诺和珍妮特？玛拉和雷内尔？随你挑，但我觉得没有一种可能的组合是说得通的。"

"你太执着于两个人的可能了，老伙计，"保罗冲奈杰尔挥舞着他的烟杆说道，"为什么不能是他们所有人一起安排的？这个奥斯瓦德对他们每个人在不同程度上都是个威胁，不是吗？"

奈杰尔点了点头。

"嗯,所以啊,整个队伍都为了'奥斯瓦德行动'倾巢出动。他们看起来完成得很好,或者说本来看起来很好,如果芬尼没有搅和到里面的话。而且我不觉得他们当中的任何一个人会因为他们做的事情担惊受怕。"

"不,不,保罗。我们不要把事情搞得过于天马行空。没有人会成群结队地实施谋杀。其他罪行,有可能的,但谋杀不可能。"

"我想你是对的,"保罗说,他的目光显得疏离,"但谋杀不都是虚构的吗?你还记得那天我们喝茶的时候,罗伯特说的导火索吗?好吧,要么你在幻想中策划了你的谋杀,事先考虑好了每一个细节,想好了你的不在场证明等等,要么就是毫无预谋的——疯狂的时刻。但是,在某种程度上,它们都是一样的。谋杀不可能有程度之分,因为没有冷血杀手这回事,不同的只有导火索。策划谋杀的人从不相信自己真的会实施谋杀。一般来说,他最多也就走到策划这一步,不会更远了,每年肯定有数以千计的谋杀是在幻想中发生的。但是,时不时会出现幻想占据主导地位的情况,把这个家伙推入深渊。我想说的是,这个家伙对他的这种行为所负的罪孽,跟他在愤怒得失去理智的情况下杀死一个完全陌生的人是一样的。我说得有点道理吗?"

"我不同意你的观点,但你说得非常有趣。"

"这就是为什么我说所有的谋杀都是虚构的。或者这样说——每一起谋杀案都是一种支配,瞬间的还是逐渐的都不重要。凶手受到了某种不是他自己的东西的支配——比如内心的一个陌生人——这迫使他对自己施暴,就像他对受害者施暴一样。而事后——你知道吗,我可以想象自己杀了人之后，过了一年就完全搞不清楚那到底是梦还是现实。一旦对自己施暴后造成的伤口愈合了——一般都会很快愈合——我就会像普通公民一样无忧无虑地过日子了。"

奈杰尔在走回费里·莱西的路上，一直在思考保罗·威林厄姆的话。他在农场吃了晚饭，还和保罗商量好，如果普拉什·梅朵之家的情况如奈杰尔所担心的那样变得很糟糕，保罗就邀请瓦妮莎·西顿来他这里。当然，保罗这时才承认，自己之前一直在信口开河。但他又一次间接地切中要害了。

预谋与否？假设奥斯瓦德·西顿的谋杀是有预谋的，接下来是什么？首先，凶手一定是事先已经知道奥斯瓦德还活着并回到了英国。第二，如果凶手知道奥斯瓦德和玛拉的事情，他就能确定奥斯瓦德会出于自我保护而隐瞒自己的身份。那么，在普拉什·梅朵之家里，不知道那件事情的人是芬尼·布莱克、瓦妮莎，也许还有莱诺。瓦妮莎可以排除。芬尼在智力上无法策划一场谋杀。莱诺没有动机，除非他发现了奥斯瓦德和玛拉的秘密。第三，一个熟悉这个秘密的杀手，可以说有一个理想的受害者——一个被认为多年前就已经死亡的人，一个不敢暴露自己身份的人。那么，为什么——奈杰尔猝不及防地想到——为什么要在普拉什·梅朵之家谋杀他？这是世界上唯一一个有可能把无名氏的尸体和十年前的奥斯瓦德·西顿联系起来的地方。以最无可置疑的逻辑来看，因为奥斯瓦德是在普拉什·梅朵之家被谋杀的，所以他的谋杀不可能是有预谋的。

一下子，所有复杂而不尽如人意的案情碎片在奈杰尔眼里呈现出了不同的模式。有预谋的犯罪是不可想象的，除非凶手是出于保障安全或实施报复的欲望。但是，没有预谋的犯罪却带来了新的可能性——比如说，一场突然的争吵，或者一场意外；甚至，奈杰尔奇怪地想到，纯粹是因为惊吓——在那个可怕的、雷雨交加的夜晚，凶手完全有理由相信自己看到了鬼而大惊失色……

第二天上午10点，奈杰尔漫步到旧谷仓。他很早就醒了，发现有一句话在他的脑海里响起，几乎就像刚刚有人对着他熟睡的耳朵说过一样。"我们当时都想到了奥斯瓦德。"雷内尔·托伦斯用这句话来解释他在面对玛拉做的罗伯特的黏土头像时表现出的惊恐。奈杰尔当时就指出这种说法完全不合理，这令雷内尔十分狼狈，因为当时除了凶手之外，并没有人知道被谋杀的人是奥斯瓦德。那么，如果雷内尔事实上在凶案发生的那晚见过奥斯瓦德，那么他在看到这个如此相似的头像时表露的惊慌就解释得通了。但是，"我们当时都想到了奥斯瓦德"——这个"都"字只是用于防卫的措辞，还是说出了事实，证明了保罗·威林厄姆荒唐的看法，即普拉什·梅朵之家的所有人合谋除掉了奥斯瓦德？

不，奈杰尔想，这可不行。昨晚我已经说服了自己，奥斯瓦德的谋杀是没有预谋的。好吧，谋杀可能没有预谋，但为了掩盖谋杀而采取的大费周章的行动仍可能是多人共同参与的。没有预谋并不意味着没有合谋。那么，他们中有多少人是事后的共犯？而且肯定是事后没多久。"哦，天哪，这太不可思议了。"他喃喃自语，想起一小时前他吃的那顿愉快的家庭早餐——莱诺和瓦妮莎温和地相互打趣；珍妮特·西顿聊着今天去河边野餐的计划；她的丈夫在桌前，对他的孩子们微笑，和奈杰尔聊着保罗·威林厄姆，咖啡刚喝了一半就溜上楼，继续写那首不耐烦地等待着他的诗。奈杰尔前一天晚上告诉过他们，雷内尔·托伦斯将在今天早上向警方提供一份供述，但他们中没有一个人显得忧虑，甚至是好奇。他们唯一担心的似乎是阴云密布的天气可能会打乱野餐计划。当奈杰尔走进旧谷仓时，有几滴雨开始落下。

布朗特警司已经在那里了，还有盖茨警官的一个手下来接替了鲍尔警佐。布朗特在工作室里一张乱七八糟的桌子上腾出了一片空间。雷内尔·托伦斯瘫坐在一把藤椅上，在奈杰尔进来时刻意地无视他。楼上可以听到吸尘器的声音，雷内尔所作的浮夸而拙劣的油画在墙上泛着尴尬的红晕，仿佛是他虚度的人生的遗迹。

"我们开始吧。"布朗特说完后，宣读了警方的官方警告。

这简直像一场大手术，奈杰尔想，布朗特的问话方式如此的不置可否、不近人情，气氛如此的紧张，雷内尔·托伦斯那张松弛的、死白的脸如此的像被麻醉的病人。这是一场为了拔除一直毒害着病人身体的一段真相而进行的外科手术。"在星期四的晚上——""供述"继续进行，提问、回答、提问、回答，慢条斯理得令人窝火。

那天夜里雷内尔·托伦斯一直坐到很晚，玛拉已经睡觉了。午夜过后大约十分钟，他听到落地窗被轻拍了一下。落地窗没有上锁，打开后，一个男人走了进来。有那么一会儿，他没有认出他来——雷内尔承认他喝得几乎烂醉了，而且，他以前从未见过奥斯瓦德·西顿没有胡子的样子。不，他没有在等奥斯瓦德——为什么，该死的，他怎么会呢？大家都一直以为，十年前奥斯瓦德已经死了。不，他没有和他联系过。奥斯瓦德出现的时候，他震惊得目瞪口呆。

"对，是我，"这是奥斯瓦德的开场白，"死而复生了。我想，对所有人都是个大麻烦吧。喝一杯怎么样？我走了很长一段路。"

"自便。但你是从哪里冒出来的？"

雷内尔注意到，奥斯瓦德在倒酒的时候没有脱下手套。

"你很清楚，我没有自杀。"奥斯瓦德接着说，"我在世界各地转了一圈，改了名字，我在马来西亚干活的时候日本人来了。我在战俘营里待了三年。我现在已经不那么害怕监狱了，托伦斯。我建议过去的事情就让它过去吧。你会知道，我跟我亲爱的兄弟一样乐善好施。我得靠你来让——她叫什么名字来着？——让玛拉闭嘴。"

奈杰尔注意到，头顶上吸尘器的声音在这一刻停止了，巧合得瘆人。透过落地窗，他看到已经正式开始下雨了，珍妮特·西顿穿着深蓝色的长款雨衣，正沿着车道向外走去。奈杰尔把目光转回到雷内尔·托伦斯身上。

"我意识到，"他在说，"奥斯瓦德相信我一直都知道他的自杀是假的，而且认为我从那时起就一直在敲诈罗伯特。"

"他认为的事情是真的吗？"布朗特问。

"当然不是了。如果你不相信我，可以问罗伯特。玛拉昨晚告诉我，她已经跟斯特雷奇威谈起过奥斯瓦德的事，所以你知道他为什么要出国吧？"

"接着发生了什么？"

"我告诉他,敢来这里算他有胆量,他最好马上滚蛋,否则我就要狠狠打他一顿。我说他毁了我女儿的人生,我真想马上把他交给警察。"

"你为什么没有那样做?"

"他把右手放进雨衣口袋里的样子让我有点担心,我怕他有枪。"画家沉重的身体不安地转了个方向。

"他真的威胁你了吗?"

"没有,不完全是,但是——"

"但他指出,也许,"奈杰尔插话说,"现在他回来了——即使你真的把玛拉的遭遇告诉了警方——你手里这只下金蛋的鹅就要被扼杀了?罗伯特会失去他的财产。"

"嗯,他暗示了类似的东西。"雷内尔最后嘟囔道,一副毫无风度的样子。

奈杰尔恍然大悟,奥斯瓦德先去了旧谷仓,是希望有人能见证他的存在。他可能还希望和雷内尔·托伦斯达成一个交易。但他此行的主要目的是,如果他后来在普拉什·梅朵之家遇到麻烦,他就能告诉对方:"别碰我,别以为你找到了谋杀的最佳受害者,还有别人知道,今晚 12 点 15 分,我在这里,活着。"他显然很鄙视雷内尔,但他宁愿冒被他揭发的风险。那他不愿面对的风险到底是——是谁?这个走投无路的危险的人害怕的普拉什·梅朵之家里的 X 是谁?还是说,奥斯瓦德的天性就是不信任任何一个人?

"他有没有说他为什么要回英国?"布朗特问,"他有没有说是谁邀请他的?"

"没有,但他看起来够狂妄的,我说不清楚,好像谈笑自若的样子。"

"你怎么会有这种印象?"

"呃,我命令他出去之后,他说:'好吧,但如果事情顺利的话,从现在开始我们会经常见面的。'他停顿了一下,然后说:'罗伯特总是有点软弱,即使你不高兴看到我,他也会很高兴的。血浓于水。'"

布朗特警司继续追问托伦斯,试图发现一些被他忽略的信息碎片,但似乎一无所获。奥斯瓦德没有对托伦斯说过关于他从哪里来或者他为什么回到英国之类的其他事情。画家喝了酒,又受了惊吓,显然只有四分之一的神智还清醒着。他估计,奥斯瓦德只在工作室待了七到十分钟。

随着布朗特继续问话,奈杰尔的思绪再次飘远。在落地窗的勾勒里,普拉什·梅朵之家的西角看起来,只能用法语里的一个词形容——morne[①]。雨斜落着,破碎的云在头顶上低低地飘着,风对着树叶和玫瑰絮絮叨叨;夏天即将过去,花园无助地哭泣着。这座童话般的房子,在他第一次见到时就那么不真实,而今天则更不真实——当时是令人迷醉的盛夏,玫瑰花繁茂到了极致;现在就好像普拉什·梅朵之家饮下了太多恐怖,正饱受宿醉之苦。

突然间,奈杰尔审视了一下自己的思绪。荒唐,那该死的房子似乎能把它的情绪强加于人。但事情的真实情况是,就像现在正在它的屋檐下工作的诗人一样,它天生有一种本事,能强化、照亮一个人当

[①] 阴沉的,暗淡的。

时所处的任何情绪,能使自己适应每个人不同的个性。奈杰尔想知道,那天晚上,它向奥斯瓦德·西顿提供了它多变的自我里的哪一面。但奥斯瓦德本人也是一个完全不真实的人物,雷内尔·托伦斯的供述也丝毫没有让他变得活灵活现起来。雷内尔现在说的很可能全是实话,但实话是不够的——尤其是他说的那种实话。奈杰尔一边想,一边仔细观察着画家那张松垮的、泄气的脸,他瘫在椅子上的身体就像一个麻袋,里面装的所有意义早已漏光。

有什么东西在奈杰尔的脑海中躁动,就像风在挑逗窗外凋零的玫瑰。在布朗特和托伦斯无休止地编织的问答之网中,奈杰尔意识到了一种沉默。有一种沉默站在背景里的某处,就像有个人正屏住呼吸、专心致志地偷听。当然,吸尘器早就停了。但玛拉当时肯定还没有做完家务劳动吧?应该肯定能听到她在头顶上走动的声音吧?或者,如果她已经完成了楼上的家务,为什么还不下来呢?这里只有这一个楼梯,从室内阳台通往楼下。好吧,奈杰尔想,她可能在上面听我们说的话,这没什么大不了的。

"所以接着他就离开了这个房间。"布朗特提示道,"你看到他出去了吗?"

"不完全是,我不喜欢离他太近。但是,他走到外面之后,我走到落地窗那里,把窗关上了,在那里看了一会儿。"

"你看到他去哪里了吗?"

"他一定是走到房子那边去了,至少,我又看到他了。那时有很长的一道闪电闪过,我看到他离那边的院子门很近了。"

"你看到是谁让他进去的吗？"

"没有。但我猜他一定是进去了，因为下一道闪电来的时候，已经看不到他了。"

"看不到他了。"警员嘀咕着，一边全部记了下来。

"很好。然后你做了什么？"布朗特问道，像个不知疲倦的跑步者一样保持着他的节奏。雷内尔·托伦斯擦了擦额头，他的头疲惫地晃动着，又一下子直挺挺地抬起来，仿佛下一秒就要睡着了。

"我把窗锁好，又坐了下来，喝了一点酒。我觉得我还不能去睡觉。我很不安,想把事情弄清楚。说实话，"他用梦游般的声音继续说,"过了一会儿，我开始怀疑我是不是在做梦。我完全没法适应奥斯瓦德还活着的想法。"

"然后呢？"

"过了一会儿我就去睡觉了。"托伦斯没底气地回答。

"那么，你怎么解释芬尼·布莱克的供述？他说看到你站在落地窗外的时间是——"布朗特故意翻了翻一叠文件,"2点左右。"

托伦斯似乎已经筋疲力尽，甚至连义愤填膺的怒气都发不出来，他疲惫地说道:"我是在那之后去睡觉的,我只是想呼吸一下新鲜空气。就这样。"

"你去散步了吗？"

"没有，我在窗外站了几分钟。我上次告诉过你。"

"是这样。但我上次问你的时候，你没有告诉我奥斯瓦德·西顿来见过你。"布朗特的声音中带着一丝锋芒，"你——呃——后来还记起什么了吗？还有什么你当时忘记告诉我的吗？"

"没了。"

这是奈杰尔第一次感觉到雷内尔在隐瞒着什么。他的否认太干脆了——带着一丝抗拒。布朗特肯定也有同样的想法，因为他用来回应雷内尔的是长久的、镇定的注视和满腔疑虑的沉默。他等着这种回应在画家身上起效，而奈杰尔则躺在椅子上，漫不经心地将目光投向上方。

他就坐在室内阳台的边缘下面。他的眼睛捕捉到了一个深色的金属物体，它从阳台栏杆的两根支柱之间伸出来。奈杰尔花了整整三秒钟才意识到，那是一把枪的枪口。在沉默的间隙里，雷内尔·托伦斯无力地爆发了："你想让我说什么？"上面的枪口向下倾斜，似乎指着画家的后脑勺。

"我只是想让你说实话。你站在落地窗外时，没有看到什么人在走动吗？比如说，你有没有看到西顿先生和夫人在找芬尼·布莱克？"

"好吧，既然你问我——"

"停！"

"停！"

神奇的是，就在奈杰尔喊出警告的时候，阳台上面的人也发出厉声喝令。布朗特警司站了起来。奈杰尔冲到工作室中间，站在雷内尔·托伦斯和那把长管毛瑟手枪之间，莱诺·西顿卧倒在室内阳台的地面上，他的脸在栏杆之间清晰可见，正对着楼下的人。

"年轻人，不要做傻事！"布朗特严厉地说，"马上把枪放下！"

莱诺没有理会他："我在和你说话，托伦斯。你已经说得够多了，你明白了吗？很够了。我一直在听。如果你再多说一个字，不管是现在还是任何时候，我都会回来干掉你。"

奈杰尔不由自主地从雷内尔的椅子边移开了一点。画家面如土色，浑身发抖，莱诺说话时，他吓得脸都扭曲了。这时他从椅子上滑了下来，躬着身子躲到了椅子后面。莱诺·西顿透过栏杆怒视着他，他再次开口："你看到那边那幅该死的画了吗？"

莱诺挥着手里的毛瑟枪一指，四双眼睛都转向了枪口所指的方向——那是雷内尔·托伦斯的自画像，挂在落地窗左边的墙上。

"看好了，托伦斯，这就是你的下场。如果你——"

一声震耳欲聋的枪响。莱诺·西顿似乎根本没有瞄准，但一个黑洞出现在了自画像青白色额头的正中央。雷内尔·托伦斯吓得直呜咽。

"抓住他！"布朗特喊道。他英勇地冲向楼梯脚下，警员紧随其后。奈杰尔紧跟在他们身后，突然停下脚步。他转过身来，看到玛拉·托伦斯在落地窗前。他还没跑到那里，她已经打开了窗，拔出钥匙，从外面把窗锁上。奈杰尔跑出工作室，走的时候瞥见布朗特被莱诺从楼梯上扔下的一把沉重的椅子撞倒。旧谷仓的前门也被从外面锁上了。这两人计划得很好。毫无疑问，玛拉用梯子从她卧室的窗户爬下来，锁上了前门，然后等待莱诺的信号———声枪响——在工作室里的人的注意力集中在莱诺身上时，锁上了落地窗。

"愚蠢的年轻人！"奈杰尔上楼时嘀咕着，随即对身后的雷内尔叫道，"有别的钥匙吗？"

"没，恐怕没有。天啊，玛拉究竟在搞什么鬼？你必须阻止她。"

在楼上，布朗特和警员撞开了玛拉的门，门锁碎裂，他们跌跌撞撞地冲进了卧室。窗户是开着的，下面的地面上躺着一个梯子。莱诺几乎不可能有时间爬下去。他一定是跳了下去，然后把梯子从下面拉开了。莱诺作为一名空军军官，已经接受过这种训练，但无论是布朗特还是另一名警员，都不敢冒险从20英尺高的地方跳下去。

他们跑了出去，在门口和奈杰尔撞在了一起。当他们走到落地窗前时，一辆汽车从车道上呼啸而过。莱诺·西顿欢乐地挥手致意，玛拉·托伦斯坐在他身边。等布朗特砸开玻璃，到了外面时，他们的车已经开远了。

"他们不会走远的。"布朗特面色阴冷地说，"我要去对面打电话，在这里等我。"

五分钟后，他回来了。"好了，托伦斯先生，接下去，"他说，"我们就从刚刚被——呃——被打断的地方继续。"他给了警员一个眼神，警员翻开了他的笔记本，毫无感情地读道。

"'比如说，你有没有看到西顿先生和夫人在找芬尼·布莱克？''好吧，既然你问我——'"

在间隙中，雷内尔·托伦斯喝下了几杯烈性威士忌，他的胆量也有所恢复，开始摆出气势汹汹的样子。

"我说，警司，这太过分了！我被一个拿着枪的小疯子威胁了，而你却还——"

"一件事情一件事情地来，托伦斯先生。你正要告诉我们，你在凌晨2点看到了可疑情况，是吗？"

画家的脸上浮现出一丝朦胧的狡黠。

"你在给我下套，嗯？我不喜欢你的方法。罗伯特和珍妮特是在1点钟出去找芬尼的，对吗？那么我怎么可能在2点钟看到他们呢？"

"那你看到了谁？"

雷内尔的目光游移到墙上那幅额头上留下了一个洞的自画像上。

"我谁都没看见。天黑了我什么都看不见，你知道的。那时闪电已经停了。"

"你不需要考虑莱诺·西顿的威胁。如果确实有必要的话，我们会给你提供保护。"布朗特赫然逼近画家，"我必须警告你，你现在处于一个非常尴尬的境地，因为你隐瞒了有关奥斯瓦德·西顿的证据。我强烈建议你不要再隐瞒其他事情了。"

"但我没有隐瞒任何事情，"雷内尔回答的语气像个闹脾气的孩子，"我们被打断的时候，我正想告诉你，我听到了什么声音。我听到脚步声从果园的方向穿过院子，向我的左边走来，然后我听到仆人房的门开了又关。估计我听到的是芬尼·布莱克的声音。"

雷内尔·托伦斯坚持这一点，而布朗特无论做什么都无法让他改口。奈杰尔无法确定他是否说了实话。

眼下，奈杰尔和布朗特正坐在凉亭里聊天。

"我想知道那个年轻的傻瓜在玩什么！"警司咆哮道，"他已经把托伦斯吓住了，真该死！"

"你有什么想法？"

"好吧，我想他在那个时候让托伦斯沉默，要么是为了保护自己，要么是为了保护别人。而他选择这种露骨的方式，只能引起别人对他的怀疑。不，我估计他以为托伦斯正要说出一些和西顿夫妇有关的事情，也许他确实要说这个。"

"还有第三种可能。所有这些戏码——如果莱诺想让托伦斯闭上嘴巴，他肯定能找到威胁他的机会，私底下，昨天夜里或今天凌晨——都是在拖延时间，我觉得他想转移你的注意力——"

"该死的！"布朗特爆发了，"这就是你昨天下午暗示的吗？'一连串的神秘事件'？小西顿用手枪指着我们，这没什么神秘的。到底拖延什么时间？"

"写诗的时间，布朗特。"

"听我说，斯特雷奇威，这个案子已经够疯狂了，即使没有你——"

"我是很认真的。这个家里最重要的东西就是罗伯特·西顿的诗歌。最近他开始写一些东西，据我们所知，这可能是一部巨作。我们在处理这个案子的时候，必须从与普通人完全不同的价值观方面来考虑。西顿夫妇——我相信还有玛拉也是如此——对他们来说，艺术比任何警方调查都重要得多得多；或者说，更真实得多。为了罗伯特的诗歌，他们会不惜一切代价，不惧牺牲一切。"

"你不会是在告诉我，奥斯瓦尔德·西顿是因为他弟弟的诗歌而被谋杀的吧？这可说服不了我。"

"这并非不可能。但我的看法是，年轻的莱诺可能有理由怀疑他的父亲参与了谋杀。他知道，这场戏迟早要落幕，他想尽可能地推迟它，以便他的父亲完成手头上的工作。因此，莱诺策划了这场声东击西的行动。他想让你在他身上浪费时间和猜疑。这就是为什么他会告诉我们，是他把芬尼·布莱克藏在墓穴里并给他提供食物的。"

"我只能说，如果你真的连这都相信，你就什么都信了。现实生活里没有人会这么做。天，这可是荒诞无比，愚蠢至极！"

"年轻人有时会有些堂吉诃德式的想法，甚至到了愚蠢的地步。而且有这种堂吉诃德式性格的不止莱诺一个人。玛拉开始觉察到莱诺是为了罗伯特而把自己置于危险下的时候，她对他的整个态度都变了；而她自己也会为罗伯特做任何事。顺便说一句，布朗特，如果你想快点找到他们，我建议你给所有的婚姻登记处发个警告。"奈杰尔的目光在普拉什·梅朵之家迷人的线条上游移，"你说的是现实生活，布朗特。看看那座房子，难道你没有怀疑过，它会像一个梦一样，在这一刻和下一刻之间，就那样消失了吗？"

"没有，"布朗特说，"说实话，我从来没有产生过这个念头。但你说的其他建议我记下了。"

"为美丽的苏格兰欢呼！"

布朗特忍俊不禁，嘴角微微抽动了一下："你能在这里坚守阵地吗？你得告诉西顿先生他儿子的事。我得去雷德科特见盖茨，然后可能会去布里斯托待一晚上。我会把鲍尔留在这里。"

"所以你不打算开着快车在乡下到处追赶莱诺和玛拉？"

"哎呀，要把他们抓起来还不容易吗？"

事实证明，这个预言离谱得很。

第 12 章 奈杰尔·斯特雷奇威继续调查

奈杰尔上楼走向罗伯特·西顿的书房时想，自己非常不愿意仅仅为了告知他的儿子成了逃犯而打断诗人的思路，而这正是普拉什·梅朵之家所代表的意义。然而，他还是敲了敲门，勇敢地走了进去。罗伯特·西顿正在书桌前弯着腰，翻阅着一本黑色的小记事本，他的姿势如此僵直，如此专注，以至于奈杰尔几乎以为要看到一些镶着宝石的花朵或昆虫从他眼前的空白页上钻出来。诗人坐了一两分钟，仿佛被那张白纸催眠了，然后他写了几个词，停了一下，改了一个词，又改了一下，翻到前一页，划掉了什么，随即叹了一口气，坐了回去。

"很抱歉这样闯进来，"奈杰尔说道，"不过发生了一些事情。"

罗伯特·西顿的眼睛终于注意到了他，它们似乎很难聚焦在他身上。给奈杰尔的印象是，他的目光一直拥抱着无限遥远的远方，现在正试图在广阔的全景中对焦到某处一个微小的物体。

"我亲爱的朋友，进来吧，请坐。"罗伯特热情地说，"我注意力不太集中,实在抱歉。你刚才说什么?发生了什么事?"

奈杰尔把事情告诉了他。诗人坐在那里,脸上挂着忧虑的皱纹,当奈杰尔说到雷内尔的自画像上的弹孔时,他挑起了眉毛。

"哦,我的天,"罗伯特最后说,"他不该那么做。"他的语气完全像是一个人在优雅地接受一份过于昂贵的礼物。他沉思了片刻:"你告诉我妻子了吗?"

"她去村里了。她回来的时候我会告诉她,除非你想自己告诉她。"

"你说吧。非常感谢……哎,天啊!还有玛拉也是?我说,你觉得这两个人现在互生情愫了吗?"诗人欢欣地搓了搓手,然后又把它们扣在了桌子上。

"如果是,我也不会觉得意外。如果坐牢的危险都没让他们冷静下来的话。"

"哦,噗!胡作非为,真是像小孩一样。当然,我说,斯特雷奇威,我想你那位警司的脑子不会因此产生什么荒谬的想法吧?"

奈杰尔现在已经习惯了普拉什·梅朵之家的提法,仿佛布朗特是一条奈杰尔还没有完全驯服的大狗。

"人的耐心是有限的,即使是布朗特。"他回答说,"而且,莱诺在取证的关键时刻恐吓证人,他不能置之不理。"

"对,我想他不能。但你的那位警司是个聪明人,他一定意识到,没有一个凶手会这样行事。"罗伯特·西顿敏锐得令人钦佩。

"布朗特会告诉你,根据长期经验,不能对凶手的手段作任何臆断。"

"'臆断'。真好,家里有一个词汇量大的人,真是让人神清气爽。你知道吗,斯特雷奇威,我每天都在读牛津词典。这是诗人唯一真正需要的书。"

"写作还顺利,是吗?"奈杰尔问道,并看了一眼打开的笔记本。

"相当顺利,谢谢。"

"还需要多久?"

诗人奇怪地看了他一眼,一半带着怀疑,一半像是找到了共犯。"啊,对,这就是问题所在,不是吗?已经是组诗了,而且组诗似乎没有任何理由结束。"他高兴地咧着嘴笑,"尽管有些组诗有各种理由不应该开始。是的,说实话,我这辈子从没有写得这么快过,这实在是非同寻常。"他犹疑地看了看笔记本,"但似乎还不错……你刚才问,我还需要多少时间?嗯,我还有多少时间?"

这最后一句话完全震住了奈杰尔。他几乎是目瞪口呆地注视着罗伯特·西顿,罗伯特现在正双目直视着他,表情中带着无与伦比的睿智。

"我的意思是,可怜的奥斯瓦德死了,迟早有人得做些什么,不是吗?"

奈杰尔抽搐着咽了一下口水,并表示在这件事上很多人已经做了很多。

"是的,是的,当然了。但是,即使最终发现我们这里没有人和谋杀案有牵连,恐怕他当初失踪的事情还是会闹得沸沸扬扬——你知道的,本来以为他是自己淹死的。我不知道有关这些财产的处置会是什么样的。但是,一旦所有的事情都曝光了,我觉得我在相当长的一段时间里都不会再写任何东西了。如果我们不得不离开,这对可怜的珍妮特来说会是非常难熬的。"

奈杰尔忍不住了,问道:"你能不能给我读一小段呢?"

"为什么不呢?"罗伯特·西顿打开抽屉,"这是我誊清的稿子。嗯,这一段吧。对,我想你会喜欢这个……"

诗人读完后,奈杰尔沉默地坐了一会儿,泪水刺痛了他的眼睛。

"写得好吗?相信我,太好了!好得——什么都值得。"

奈杰尔回到自己的房间,在那里坐了一刻钟,什么也入不了他的眼,罗伯特·西顿天赐般的诗句仍在他脑海中回响。"荣耀归于上帝!"他终于喃喃道。接着,他叹了口气,拿出昨晚在保罗家制作的时间表,又在上面写了几条,然后仔细研究了一下。

1	10:58	布里斯托来的火车到达奇林厄姆	站长
2	11:15	醉汉在距离奇林厄姆1英里的路上看到奥斯瓦德	醉汉
3	"午夜前不久"	杰克·惠特福德在狐狸洞森林看到奥斯瓦德	杰克·惠特福德
4	"午夜后不久"	雷暴开始,珍妮特去芬尼房间,发现他在睡觉	玛拉等,珍妮特
5	12:10	奥斯瓦德出现在旧谷仓	雷内尔/玛拉
6	12:20	奥斯瓦德朝普拉什·梅朵之家走去	雷内尔
7	12:30 (?)12:30 但大约12:45	雷雨开始 珍妮特和罗伯特穿过院子 准爸爸看到罗伯特在路上走	玛拉/园丁 玛拉/珍妮特和罗伯特 准爸爸

8	12:55	"雷雨停后",看到罗伯特和珍妮特又穿过院子	瓦妮莎
9	大约 1:00 (？) 1:00	第二次雷暴 罗伯特回来后过了半小时,珍妮特发现芬尼失踪,和罗伯特出去找人	园丁 珍妮特和罗伯特
10	1:05–1:10	第二场更大的雷雨开始 珍妮特和罗伯特又进屋	园丁 珍妮特和罗伯特
11	大约 1:20	第二场雷雨下完	园丁
12	大约 2:00	芬尼"浑身湿透"地出现 他刚看到雷内尔在落地窗外	珍妮特 芬尼

老问题依然存在——罗伯特·西顿是什么时候散步回来的？奈杰尔凝视着这些在他的时间表上如此针锋相对地呈现着的矛盾。玛拉起初确信,当她看到罗伯特和珍妮特穿过院子时,已经是 12 点半了,他们自己也确认了这个时间。另一方面,准爸爸的证词表明罗伯特是在 12 点 45 分回来的,玛拉承认她可能搞错了时钟敲的是哪一刻。但同时,第八项和第九项之间也有出入。瓦妮莎看到她的父母在外面时看了表,是 12 点 55 分。根据她父母的证词,他们是在罗伯特回来后过了半小时出去找芬尼的。如果罗伯特直到 12 点 45 分才回来,这就意味着他们是在 1 点 15 分出去找的,而这与瓦妮莎的 12 点 55 分之间的出入太大了。但是,如果罗伯特在 12 点半返回,你只需要把他的"大约半小时"变成 25 分钟,而且寻找芬尼的时间也和瓦妮莎的证词相吻合,还有,这样也能证明玛拉的第一份供述是对的。

证词的效力似乎就取决于罗伯特是否 12 点半回来。不过,奈杰尔还不完全满意，既然不知道奥斯瓦德是什么时候被杀的，那么前后差一刻钟的时间的确是没有什么区别。但奈杰尔无法不去考虑准爸爸的供述，因为这位证人是唯一无利害关系的——罗伯特、珍妮特和玛拉则可能有理由伪造罗伯特返回的时间。奈杰尔对自己说，那么，让我们假设罗伯特直到12点45分才回来，有什么可能的原因会让他断言当时是12点30分？又有什么可能的原因会让珍妮特和玛拉支持他的说法？

奈杰尔绞尽脑汁想了足足十分钟，却徒劳无功。然后，他回到了时间表上提出的另一个问题上。芬尼·布莱克在奶厂找到了那颗头，把它藏在栗子树上，不久后听到河边传来的脚步声，这一切发生在什么时候？奥斯瓦德在12点半时还活着，即使假设他在进入房子后的下一分钟就被杀了——但不，那是不可能的，盖茨和布朗特已经确认他不是在那里被杀的。那么，必须有人劝他进入奶厂，割断他的喉咙，脱掉他的衣服，砍下他的头，把他的尸体带到河里去。这一切似乎不可能在不到半小时的时间内完成。那么就是说，芬尼最早可能在12点50分在奶厂发现那颗头和那叠衣服，但尸体不在。他自己只说了当时有雷电，但没有下雨；而且假设他听到的脚步声是凶手把尸体放进河里后回来的声音，似乎是很合理的。第一场雷雨是在12点半开始的，在12点55分之前就结束了，当时瓦妮莎注意到"雷雨过后"草地上湿得发亮。第二场雷雨大约在1点钟开始，五到十分钟后，一场更大的雷雨随之而来。这样看起来，似乎芬尼是在1点钟和1点10分之间发现了那些东西。但在这种情况下，他听到的脚步声完全有可能是罗伯特和珍妮特在找他。

事实上，芬尼·布莱克的证词完全没有用。但是，据珍妮特说，他是在凌晨2点左右回来的，"浑身湿透了"。根据这是一场没有预谋的凶杀案的理论——也许纯粹是因为受到了惊吓——也许完全有可能是芬尼干的？他会不会是因为把尸体拖到河里而浑身湿透？不，那是不可能的，莱诺·西顿曾明确表示，芬尼不会游泳。当然，他可能在撒谎。但为什么呢？无论如何，这很容易被证实。

奈杰尔的目光消沉地转向窗外，看着不断滴落的雨珠。就在这时，毫无由来地，他的第一个问题有了答案。乍一看，这个答案是如此令人震惊，如此离奇，以至于他的想象力极其愤慨地拒绝了它。但它无法被拒绝。他越是思考得久，越是严苛地把它和本案的全部证据一一验证，这个答案看上去就越是坚不可摧。在凝神思考了半小时后，奈杰尔终于确信，他知道为什么罗伯特·西顿断言凶案发生的那晚自己在12点半回到了普拉什·梅朵之家。

但还是缺点什么——能够使整条推理链变得完整的一环。奈杰尔知道他已经得到了这一环，只是他也许没有意识到，而现在他一时找不到这一环了。今天上午布朗特审讯雷内尔·托伦斯的时候发生了一些事情——是他听到了什么还是看到了什么？——这将让整个理论都变得完满。但是，无论他怎么努力，都无法找回那神出鬼没的一环。他沮丧地对自己承认，一定是他对这个强行出现的真相太过厌恶，所以他才想不起来。他拼命地、像雅各布与天使搏斗一样地挣扎着，想摆脱这个霸道的真相对自己的控制，但他做不到……不需要有恶人。

不过，奥斯瓦德·西顿是个恶人。而邪恶会滋生邪恶，腐败会孕育腐败，没有人是安全的。但这不是重点——那首诗是怎么说的呢？

"现在是早晨，但没有一个早晨能修复

我们所失去的。我没有看到罪恶。

你我都有过失。在悲剧的生活中，上帝知道，

不需要有恶人！激情织就阴谋。

我们被内心的虚伪所背叛。"①

但是，什么样的语言能够描述一个人被内心的真实所背叛的悲剧，以及被内心两种善因之间的战争所摧毁的困境呢？

门开了，珍妮特·西顿走了进来，站在奈杰尔的椅子前，像一个黑暗的审判天使前来控诉。

"我听说莱诺的事了，是怎么回事？"

"你听说了？是罗伯特告诉你的吗？"

"村子里到处都在传。你为什么没有阻止他呢？"

"我们试过了，但是——请坐下，好吗？"

西顿夫人没有理会。奈杰尔已经起身，站在了壁炉边。他简单地描述了在旧谷仓发生的事情。

---

① 节选自英国维多利亚时代的小说家、诗人 George Meredith 的组诗《Modern Love》第 43 首。

"看来情况还不算最糟。村里的人都说他枪杀了托伦斯先生，还打伤了一名警察。我们永远也忘不掉这事情。这孩子着了什么魔，怎么会有这样的行为？"

"警方自然会推断，他是想阻止雷内尔·托伦斯说出一些对他，或他希望保护的人不利的证据。"

珍妮特·西顿走到窗前，扭过头说："那雷内尔说了吗？我是说后来？我估计警察会对他施压吧。"

"没有，他什么也没有透露。他说他没有什么可说的，只是说他凌晨2点出去时听到了脚步声，他觉得是芬尼回来了。"

西顿夫人叹了口气，在扶手椅上坐了下来。"这一切都让人很困惑，"她以一种模糊的、主人一般的方式评论道，"警察现在一定已经形成一些理论了吧？"

奈杰尔没有回答。珍妮特做了一个烦躁的手势，继续说道："玛拉也牵涉其中，真是太不幸了。恐怕这个女孩有些精神错乱，我认为她对莱诺有非常不好的影响。坦率地说，斯特雷奇威先生，如果整件事情都是她炮制的，我也不会感到惊讶，我的意思是说，她诱导他胡作非为。"

"玛拉的事情我都知道。"

"你——？"

"她和奥斯瓦德·西顿的事。"

珍妮特的脸颊不合时宜地染上了红晕。"你的意思是说她自己告诉你的？"她用愤怒的语气喊道。

"是的。当然，我稍微诱导了一下，我之前已经猜到了。"

"那么，你可以理解，为什么我不愿意让莱诺与她有太密切的联系。"

"既然你让托伦斯父女住在这里，这很难避免。"奈杰尔圆滑地说。

"那是我丈夫的主意，我从来没同意过。"

"她是十年前一起故意伤害案的受害者，这不一定就说明这个女孩是个——呃——不受欢迎的不良少女。"

"这取决于你对'不受欢迎'的解读。"珍妮特·西顿的嘴像守财奴的钱包一样紧闭，但她的眼睛里却闪过一丝阴冷的幽默。

"我很能理解，"奈杰尔停顿了一下说，"在发生了那件事之后，你就觉得奥斯瓦德在这里是不受欢迎的。"

从不斜倚在椅子上的珍妮特·西顿，这时似乎坐得比以往任何时候都更笔直端正。她关节粗大的手紧紧攥住扶手。但是，如果奈杰尔想让她恐慌，那他没有成功。

"你在暗示是我策划了他的失踪吗？"她端庄而镇定地问。

"总有人策划了这件事，他不可能自己一个人做成。当然，你知道警察现在正在调查这方面的情况吧？"

"警察可能在做什么与我无关。但是你真的认为我会纵容一个——一个对我照顾的女孩犯下如此恶行的人逃跑吗？真的吗？这种指责太不像话了！"

"一定是你和罗伯特把事情掩盖下去了。为什么不直接让奥斯瓦德直接接受指控呢？"

213

"这不方便。"珍妮特仿佛是在谈论一个社交约定,她皱着眉头看着奈杰尔脸上的古怪笑意,"家族丑闻被掩盖并非什么闻所未闻的事情,不是吗,斯特雷奇威先生?而且,掩盖这个丑闻和策划奥斯瓦德的失踪之间有很大的区别。"

"哦,是的,我同意你的说法。如果只是把骷髅锁在橱柜里的话——但你得知道,警察感兴趣的是你和你丈夫从奥斯瓦德的推定死亡中获得的利益。"

"我请你有话直说,不要暗箭伤人。"她怒气冲冲地喊道,"你是说罗伯特和我让奥斯瓦德消失,是为了让罗伯特能够继承他的财产?现在又要指控我们敲诈,是吗?接下来,我想该指控我们在普拉什·梅朵之家杀了奥斯瓦德了。这真是让人无法忍受!"

奈杰尔钦佩地注视着她。"说到这个,"他说,"你和罗伯特出去照看凯蒂的时候,罗伯特是不是穿着他的雨衣?"

这是第一次珍妮特看起来有些惊慌失措。

"他的雨衣?为什么?多么奇怪的问题!我看不出有什么关系。"

"我想知道。那时刚开始下雨,对吗?你穿了一件雨衣,也许你借了他的衣服?"

"不,当然不是。我为什么要这样做?"珍妮特相当尖锐地回答。

"我之所以提到它,是因为玛拉认为她看到你们俩穿过院子时,罗伯特没有穿雨衣。你还记得罗伯特散步回来的时候穿着他的雨衣吗?"

珍妮特·西顿的头做了一个奇怪的躲闪动作,她的声音有点慌乱。

"我真傻！我完全忘记了。是的，他穿了。他走进来，说他感觉听到凯蒂在马棚里乱踢，于是我们马上出去了。雨刚开始下，还不算大，所以我穿上了罗伯特的雨衣——感觉没必要去拿我自己的。对，我现在想起来了。"

原来是这样。奈杰尔注视着这个疲惫不堪的高大女人笔直地端坐在他面前，她的双手在腿上紧紧攥在一起，那双凸出的眼睛此时低垂着。他想，她坐着的样子就好像她终于决定去看专科医生，向医生吐露长期困扰她的，或她拼命想要忽视的一些令人不安的症状。

"雷内尔说，他看到奥斯瓦德从他那里离开的时候，是朝这里走，当时大约是12点20分。你当时刚刚坐起来，我想你没有听到什么声音吧？奥斯瓦德到这所房子里来——走了这么远——然后什么人都没见就又走了，这似乎很奇怪。"

"他不会想见我的，"珍妮特阴郁地说，低头盯着她的手，那双手像两块石头一样躺在她的腿上，"这就是为什么——"她没有说下去。

"什么？"

"我想我可以解释。我没有告诉警察，因为我把它给忘了。事后，我想起来的时候，觉得这太微不足道了，而且，我当时认为那一定是我的想象。"

"是吗？"

"嗯，我丈夫散步回来的大约十分钟前，我觉得好像听到了开门声——院子里的门。我当时正坐在卧室里。我走到卧室门口，轻轻地叫了一声：'是你吗，罗伯特？'你看，我知道他马上就要回来了，但没有人回答，所以我自然而然地认为我弄错了。多么可怕啊！你认为那个人真的想进屋里吗？"

"这是个解释。他认出了你的声音，不想让你知道他在这里，于是又溜走了。"

"但我不明白，他要见谁？他来这里到底是为了什么？"

"我们没有什么别的选项了，不是吗？"奈杰尔温柔地说，"他不太可能是来见莱诺，或者瓦妮莎的吧？"

珍妮特凸出的眼睛惊恐地睁大了，然后她又闭上眼睛，终于倚在了椅子上，双拳紧握放在扶手上——这是拳击手在结束了一个遭受重挫的艰难回合后坐在角落里的姿势。她虚弱地说："不是罗伯特，我不相信，我不相信。罗伯特不会疯狂到邀请那个人到家里来的。一定有其他的解释。"

而在这一切之后，一天过去了，又一天，又两天，奈杰尔觉得越来越扫兴。这个案子似乎被搁置了，布朗特那边没有消息。令人费解的是，没有找到莱诺和玛拉，他们彻底消失了，就像他们自燃了一样。鲍尔警佐把事情的进展都告知了奈杰尔。在他们逃离后的第二天早上，在狐狸洞森林里发现了他们的车——车从大路上开了出去，沿着一条车道开进了森林深处，然后用蕨类植物和树枝巧妙地伪装起来遗弃了。警方的看法是，这两个逃犯在树林里一直休息到天黑，然后步行离开了。在他们离开普拉什·梅朵之家的半小时内，这一地区的公路和火车站就都设置了警哨，也通知了车站工作人员。虽然人手不足，但盖茨警官还是立即着手对他们在附近的所有朋友的房子都进行了调查，这一次也没有忘记教堂的墓穴。但是，主线或支线上的任何一个车站都没有任何发现，没有发现汽车被租用或被偷。四天以来，没有找到逃犯的一丝踪迹。盖茨警官只能认为他们在头天晚上搭上了一辆货车。在普拉什·梅朵之家的调查显示，他们携带了两个背包、必需的洗漱用品和大约三天的食物。

第四天，布朗特从布里斯托给盖茨打了电话，建议他终止在当地的搜寻。莱诺和玛拉被列入了《警察公报》的通缉名单，这意味着英格兰的每个警察的目光都会关注这两个人。除此之外，将不会在这两人身上浪费其他时间。

第五天，在隔壁郡的一个集镇上发现了一个年轻人，他长着短短的胡须，看起来像个流浪汉，但其他方面与莱诺·西顿的特征相符。他跳上一辆停在人行道上的自行车，躲开了前去盘问的警员，在一片追捕的叫喊声中再次逃走了。正如鲍尔所说，"那些受过空降兵和突击队训练的年轻小伙子，要拿下他们真是不容易。"两人似乎明显已经分开了，在奈杰尔看来，莱诺正在上演一出"红花侠"[①]的戏码，目的只是想妨碍警方查案。不管这是怎么回事，奈杰尔现在相信，这个年轻人的胡作非为——如果只把它看成胡作非为的话——除了是为了打动玛拉，还是为了获得他父亲的欣赏。毫无疑问，罗伯特·西顿是一个可爱而光明的人。但是，参天深根的天才一定会遮蔽周围更小一些的植物，使它们生长的土壤变得贫瘠：一个如此神圣、如此自强的

---

① 出自奥尔瑞男爵夫人的《诡秘的红花侠》，形容隐藏身份、暗中行侠仗义的英雄。

人的孩子不可能完全正常；有时，父母越是强大，他们就会采取越激烈古怪的行动伸张自己的个性。当一个父亲受到爱戴时，就像罗伯特那样，孩子采取的这些行动会倾向于打动他，而不是忤逆他。当莱诺·西顿在旧谷仓里像荒野西部的孤胆英雄一样，"承认"是他把芬尼·布莱克藏了起来的时候，他实际上是在说："看，父亲，我也是个男人，我可以为你做点什么。"而他的回报，如果他能听到的话，就是罗伯特用忧虑、慈爱、钦佩的语气说："哦，我的天，他不该那样做。"

第六天，布朗特回到了费里·莱西。警司看起来很严肃，却带着凯旋的得意。

"我们终于找到了，"他对奈杰尔说，"奥斯瓦德·西顿到英格兰之后待在哪里。我们还发现了一封邀请他到这里来的信。是的，我看这个案子要结束了。"

"一封信？谁写的？"

"罗伯特·西顿写的。"

第13章　罗伯特·西顿作出解释

奈杰尔·斯特雷奇威仔细察看了布朗特放在他面前的那张信纸。"不存在伪造的可能，"布朗特说，"我们的笔迹专家已经检查过了。"

"哦，对，这是他的笔迹，我现在能看出来。"

"你看，这是一张廉价的薄纸，从一叠纸上撕下来的，不是他们这里平时用的、上面印着地址的那种。他是在保护自己——以防万一。"

这封信上当然既没有地址，也没有日期。

亲爱的奥斯瓦德：
这对我来说真是个惊喜。我当然不会为难你，但你为什么不早一点写信让我知道你还活着？无论如何，我们见面吧。有一列从布里斯托开来的火车，晚上10点58分到达奇林厄姆枢纽站。星期四乘这趟车来吧。院子的门不会上锁，我在客厅等你——除非你看到客厅的灯灭了，否则不要进屋——不过我会设法让珍早点睡觉的。你知道她不会欢迎你的到来，而且可能会让你感到非常尴尬。因此，在你和我好好谈一谈之前，我不会向她提及你的回归。你当然有你的权利，我同意，但由于十年前的那件事情，这件事非常棘手。我会试着说服珍，还有雷内尔和玛，但同时我们必须非常谨慎地行事。因此，你必须销毁这封信，不要宣扬你的到来。我希望你能遵守这些指示。

爱你的弟弟

罗伯特

"愿者上钩。"奈杰尔读完信后，布朗特说。

"这看起来确实很糟糕，怪不得奥斯瓦德如此小心谨慎。"

"不过，他还是不够小心，"布朗特冷酷地回答，"除了留下了罗伯特·西顿的信，但这并没能帮他保命。"

"你是怎么找到的？"

根据警司的描述，奥斯瓦德·西顿在来到费里·莱西的上一个星期六抵达了布里斯托。他是以罗杰·雷德科特的名字从北非乘坐流动货船来的——他一定用这个名字生活了一段时间，因为证件都很齐全。抵达布里斯托后，他在一栋名声不太好的楼里租用了一个房间，房东太太和当地警察有矛盾，这就是为什么他们一开始没追查到他。最后，凭借着这位女房东的一个年轻客户迟来的证词，才知道"罗杰·雷德科特"在奥斯瓦德·西顿被谋杀前几天住进了这间房子。布朗特对这位女房东问话，她很快就在诱导下拿出了一个属于罗杰·雷德科特的手提箱,她一直保留着这个手提箱,作为未付账单的替代。她还告诉布朗特,她的房客在星期三收到了一封信(显然奥斯瓦德让罗伯特给他写信时用他的化名),然后在第二天晚上失踪了。

在强行打开行李箱后,布朗特在一件外套的口袋里发现了罗伯特·西顿的信。

"你在手提箱里还发现了什么?"奈杰尔问。

"除了那件外套,还有一条长裤,两双袜子,一件衬衫,一些廉价的内衣,一本《没有布兰迪什小姐的兰花》,一双拖鞋,睡衣,一条粗糙的毛巾,一条领带——都很破旧。"布朗特一口气把东西都说完了,仿佛已经熟记于心。

"就这些吗?"

"就这些。"

"啊。"

"没了。"布朗特敏锐地看着奈杰尔说。

"但奥斯瓦德在这个时候没有留胡子?"

"没错。"

"他认为到了普拉什·梅朵之家后有人会给他提供生活必需品。他懒得带他那些破旧的衣服。但是没有把剃须用品留在布里斯托,也没有把牙刷留在那里——如果这个可怕的怪物用牙刷的话。"

"有个女孩给我们提供了线索——她告诉我们他用的是一把老式刮脸刀。"

"嗯,这就是你的凶器。"奈杰尔说,"毫无疑问,他把它放在口袋里了。"

"我必须得说，你很平静地接受了这一切。"

"你想让我喊战斗口号吗？我很喜欢罗伯特·西顿。很显然，当电闪雷鸣的时候，他对奥斯瓦德说：'朋友，你能不能把剃须刀借给我用一下？我不小心把我的落在家里了。'"

警司看起来很受伤："哦，别这样，斯特雷奇威，你这样可帮不上忙。"

"我只想让你告诉我，凶手是如何拿到奥斯瓦德的剃须刀的——就这样。记住，奥斯瓦德在这里不相信任何一个人。"

"估计奥斯瓦德在某个时候脱下了雨衣，罗伯特在衣服口袋里发现了剃刀。"

"在我看来，这很蹩脚，而且这表明谋杀是没有预谋的——罗伯特是在发现剃刀时才想到的。但除非那封信是把奥斯瓦德弄到这里并杀死他的计划的一部分，否则它就不能证明罗伯特有罪。你不可能两全其美。"

"好吧，如果你能找到任何其他理由解释为什么罗伯特会鼓励奥斯瓦德回来。他会因为他哥哥的复活而失去一切——该死的，斯特雷奇威，他完全可以不理会奥斯瓦德的信！奥斯瓦德不敢在这里出现，因为那项刑事指控还悬在他头上，但罗伯特却给他回信说：'我当然不会为难你。'你怎么解释？"

"你最好问他本人。但如果我的理论是正确的，即十年前是珍妮特勒索奥斯瓦德，逼他出国，而罗伯特对她在这一事件中起到的作用没有怀疑，直到奥斯瓦德重新出现，那么罗伯特最近的行为就说得通了。"

"你是说，他只是想体面地物归原主？"

"部分是这样，"奈杰尔说，"还有一部分是想保护他的妻子。他很快就会意识到，奥斯瓦德可能会给珍妮特带来麻烦，因为她是他在'自杀'案中的共犯，就像她也可以给奥斯瓦德带去麻烦。我认为罗伯特的想法是让所有人都坐到一起，谈谈如何能达成妥协。无论如何，他想确保奥斯瓦德不会把珍妮特供出去；同时，若奥斯瓦德对此保持沉默，作为回报，他将承诺不会对玛拉的事情采取任何行动——可能还会给他一些封口费。你和斯林斯比在萨默塞特没有发现什么吗？"

"有，而且能支持你的理论，但还是不够有说服力。"

布朗特总结了这方面的调查结果。

斯林斯比警探在萨默塞特沿着十年前的线索——在奥斯瓦德失踪后，警方最初调查时，这条线索已经断了——在奥斯瓦德的海边小屋所在的村里讯问了几十个人。奥斯瓦德失踪时住在那里的每一个人都被问过话，没有发现任何与最初调查的结果不一致的地方。斯林斯比于是开始顽强地追踪后来离开该村的各人。他的辛勤工作终于得到了回报，他查到了一个叫伊丽莎·汉纳姆的人的行踪。这个女人在1942年哥哥去世后，搬到了布里奇沃特附近的一个村庄——她哥哥属于皇家海军后备队，他在战争开始时被召回海军，结果所在的船队在地中海遭到俯冲轰炸，他被炸死了。伊丽莎·汉纳姆本人几周前死了，但在她住的村舍里发现了一沓钱——近150英镑的小面额钞票。她和她的哥哥都是出了名的吝啬,哥哥拥有一艘小型机动渔船,奥斯瓦德和他的客人有时会租用这艘船。进一步的调查显示,伊丽莎·汉纳姆卖掉了她哥哥的船,用所得的钱买了她住的村舍,除了哥哥死后留给她的养老金外,她没有其他收入来源。在她房子里发现的那些钱的来源找不到别的解释,只能说这些钱是十年前她哥哥为奥斯瓦德提供服务得到的报酬,从那时一直存到了现在。当时,警方向这位约翰·汉纳姆问过话,但他和他的妹妹都说,奥斯瓦德失踪当晚,约翰·汉纳姆在家里睡觉;当问他为什么珍妮特·莱西在两天前到访过他家时——这是某些邻居报告给警方的——约翰·汉纳姆解释说,她是来讨论为奥斯瓦德的家庭聚会安排出海钓鱼的。在奥斯瓦德失踪后的一段时间里,警方必然一直留意当地是否有哪个船夫开始相当可疑地大手大脚花钱。但是,约翰·汉纳姆相当机警,没有这样做。

到目前为止,证据是相当负面的。兄妹两人都死了——这两人活着的时候也很少与人来往——不管是通过讯问还是打探小道消息,都无法证实伊丽莎存的钱的来源。然而,斯林斯比随后从另一头追查,在奥斯瓦德和罗伯特·西顿、珍妮特·莱西的银行账户中寻找佐证。这个方向的努力一开始毫无进展。最初的调查已经涵盖了这一方面,斯林斯比没有发现任何与调查结论相矛盾的地方——在奥斯瓦德失踪之前,这三人中没有一个人进行过大额取款,而且他们中没有一个人有其他私人账户可以提取这笔钱。布朗特警司在这时出现,建议斯林斯比接下来应该调查莱西老夫人,即珍妮特的妈妈的事情。在他看来,这是警方记录中唯一没能涉及的一点。斯林斯比又开始工作了,老莱西夫人在雷德科特银行开了账户，于是他找到了当时的银行经理，在询问了他和现任经理后，发现了一个非常重要的事实。据说在奥斯瓦德失踪的两天前，雷德科特分行接到了莱西老夫人从萨默塞特打来的电话。这位老太太听起来对战争的迫近感到恐慌，要求将她现有账户上所有的钱，约 300 多英镑，取现钞寄给她。经理试图说服她，即使战争下周就爆发，她的钱放在银行里也比放在床底下的袜子里安全得多，但她是个顽固的老太太，所以，银行收到她的确认信后，就把钱寄了出去。

这些证据仍然只能被称为间接证据。老莱西夫人已经死了，没有证据表明她的 300 英镑在把奥斯瓦德·西顿送出国的阴谋中起了作用。但奥斯瓦德确实被送走了，珍妮特·莱西在这之前确实拜访过约翰·汉纳姆，他的妹妹也确实得到了解释不清楚来源的 150 英镑。因此，有理由认为有人，也许是奥斯瓦德本人，更可能是珍妮特，利用了莱西老夫人对战争的恐惧，诱使她把钱取出来，然后把钱"借"或偷走，用以支付给约翰·汉纳姆，并为奥斯瓦德提供了一些现金。布朗特推测，老太太得到了保证，奥斯瓦德"自杀"后，当时已经与她女儿订婚的罗伯特将会继承奥斯瓦德的财产，她也会从中受益，因此她保持了沉默。

"好吧，"布朗特在结束时说，"我们现在该摊牌了。"

"对西顿夫人？"

"对她丈夫。阴谋的事可以等等，我要先把谋杀案解决掉。"

"你介意我旁听吗？"

"自便，但不要胡闹。如果西顿需要帮助，他得带上他的律师来。"

"有件事，布朗特，我觉得你该问问他或珍妮特。"奈杰尔解释了关于雨衣的问题，"一个像珍妮特那样关心丈夫健康的女人，竟然允许他在雷雨交加的时候和她一起出去，而且还不穿雨衣。"

"她说她借了他的雨衣，嗯？好吧，我会提到的，但在我看来这无关紧要。"

五分钟后，他们来到了罗伯特·西顿的书房。鲍尔警佐坐在诗人的书桌前，他舔了舔笔。书桌的一侧放着一本黑色的小笔记本，里面是罗伯特的不朽之作——这首诗是在两天前完成的。奈杰尔坐在飘窗上。警司坐在办公桌旁边，面对着罗伯特和珍妮特·西顿。奈杰尔知道，他已经摆出了最难对付的架势，然而，珍妮特的存在和她丈夫与生俱来的高贵气质如此强大，甚至连布朗特魁梧的身躯都相形见绌。他就像一名来为警察义卖寻求帮助或检查枪支许可证的当地警察。

"鉴于某些新的证据，西顿先生，我需要你就之前的供述作进一步说明。你所说的内容将被记录下来，并可能被用作证据。你有权拒绝回答我的问题。如果你需要的话，你有权要求你的法律代表在场。"

"我认为没有这个必要。"罗伯特说。

"很好。你能不能告诉我，你是在什么情况下给你哥哥奥斯瓦德写的这封信？"布朗特庞大的身躯走到罗伯特身边，在他眼前展示了一会儿那封信。

"所以，这个傻瓜终究没有把它销毁？"诗人喃喃道，"好了，你不需要给我看，我的记忆力很好。"

"你承认这封信是你写的？"

"这是什么，亲爱的？"珍妮特问。

"是的，当然是我写的。"

"但你对盖茨警官和我本人隐瞒了这个事实，为什么？"

"哦,拜托,警司！这个问题可不太聪明。"罗伯特轻松地回答,"一旦确定死者是奥斯瓦德，如果我告诉你我曾写信邀请他到这里来，事情显然会对我不利。"

珍妮特·西顿深吸了一口气："罗伯特！你怎么会有这种想法？你邀请他来这里？"

她的丈夫看起来有些难为情——不是内疚，而是既抱歉又固执。这可能是他的一个重大决定，知道会招致她的不快，但又相信自己这样做是对的。普拉什·梅朵之家的催眠气氛再次在奈杰尔身上蔓延开来。现在是谋杀案调查的关键时刻，而面前的两个主要嫌疑人却表现得好像只是邀请了一位不受欢迎的客人，别的什么事都没有。

"你为什么这样做，西顿先生？"布朗特轻声问。

"邀请他来？哦，他毕竟是我的兄弟。"

"我不完全是这个意思。这封信清楚地表明，你意识到西顿夫人不会欢迎他的出现。那么你为什么不去布里斯托见他？在这种情况下，这样做不是更合常理吗？"

"合常理？"罗伯特·西顿似乎把这个词举在空中，从各个角度审视它，仿佛它能成为某句诗里的修饰词，"啊，不，那只是在拖延。我想推动这件事情。"

"请你解释一下。"

"奥斯瓦德必须拿回财产,但我的妻子会反对,我知道。此外,还要考虑雷内尔和玛拉,他们可能会提起旧事来对付奥斯瓦德。"

"你是说他对托伦斯小姐的暴力伤害?"

"是的。"

"而当你在信中说,'我当然不会为难你',你的意思是不会因为他要拿回财产而为难他?"

"是的。"

"你准备放弃一切,回到贫困中去,让你的妻子和孩子失去这一切,"布朗特用手做了一个半圆形的手势,"而没有一丝怨言?"

"我敢说情况不会到那么糟糕的地步,奥斯瓦德应该会照顾我们。但我必须做我认为正确的事。"

"嗯。那么,你说的'推动这件事情',是指邀请奥斯瓦德到这里来,强迫你的妻子和朋友接受这个情况?"

"或多或少。"

布朗特突然向前倾身:"那为什么要保密呢?为什么要精心策划,让他在你妻子不知情的情况下,在晚上偷偷到家里来?如果你想推动这件事,更——呃——更有效的方式不应该是直接宣布奥斯瓦德还活着,并且你打算进行赔偿吗?或者在你邀请他来这里之前,与其他人讨论这个问题?比如说,你必定要先听听托伦斯先生的意见,问他是否准备放弃之前对你弟弟的指控?"

"人不可能总是做最有效的事。"罗伯特·西顿好看的眼睛平视着布朗特有些赌气的目光,"我想先和他私下谈谈——了解他的立场——然后再公开。你所说的'保密'只是为奥斯瓦德采取的预防措施。"

"你认为需要保护他免受谁的威胁呢?"

"我刚刚告诉你——"

"你想的不是要保护他免受——比如说,免受你妻子的伤害吗?"

"珍妮特?但亲爱的伙计——"

"你不知道十年前是你的妻子安排了奥斯瓦德的假自杀吗?"

"警司!你怎么敢这样说——"西顿夫人惊呼。

"因此,她作为共犯有可能受到严重指控。所以,奥斯瓦德这个唯一活着的证人对她来说是个威胁?"

珍妮特·西顿威武地站了起来:"警司,我要求你对这一可怕指控作出解释。"

"恐怕是你需要作出解释,夫人。比如说,在奥斯瓦德失踪的前几天,从你母亲的账户中提取的 300 英镑,以及约翰·汉纳姆提供服务后给他的一大笔酬劳。"

西顿夫人坐下时和她刚刚起身时一样突然,她表情僵硬,瞪着面前的墙。罗伯特正端详着自己紧紧攥在一起的双手,他的小身板似乎缩得更小了。警司再次转向他。

"你是否断言对你哥哥的'自杀'一无所知,毫无怀疑?在此之前,你不知道是你的妻子策划了这一事件,目的是将你哥哥的财产送到你和她手中?而她手中的筹码就是玛拉·托伦斯的事——事实上这是勒索,对吗?"

"我不能回答这个问题。"诗人显得很弱小,病快快的样子。

"他不需要回答,"奈杰尔说,"他给奥斯瓦德的信里的第一句话就是答案。'这对我来说真是个惊喜。'如果西顿先生知道他哥哥失踪的真相,那么当奥斯瓦德再次出现时,他假装惊讶是没有必要、毫无意义的。西顿先生后来可能会怀疑什么,那是另一回事了。"

布朗特耸了耸他沉重的肩膀:"那么,让我们回到你的信上。这是给你哥哥的回信,他的信你还留着吗?"

"没有,我把它销毁了。"

"好吧,你能完全回忆起他说了什么吗?"

"没办法每个字都记得。他说他在布里斯托,给了我一个回信的名字和地址,问我打算怎么做。"

"他有没有——呃——威胁你?"

"没有,除非你把最后那句话称为威胁。"

"他没有说起过他的'自杀'?"

"没有。"

"那就是说,他以为你知道这件事的真相。"

"我不知道他是怎么想的,反正那封信很短——只有几行。"

布朗特在椅子上弓起了背:"下面的事情很重要,西顿先生。这里有其他人知道你邀请你哥哥来吗?比如说,你在寄出你给他的回信之前,有没有把它放在什么地方?"

"没有,我在收到他的信的当天就给他回了信。无论如何,除了芬尼——当然还有珍妮特——没有人会进入我的书房。"罗伯特笑着说,"从最严格的意义上说,这是一个神圣的地方。"

"是你自己寄的信吗?"

"是的。"

"我可以问一个问题吗?"奈杰尔说,"你是用你的自来水笔写的吗?"

"怎么?是的,当然是。"

"但你没有用平时用的印有抬头的纸。"

"没有。"罗伯特看了奈杰尔一眼,仿佛在说"你应该是明白的","这——这可能会显得不体面,让他想到我篡夺了他的财产,这可能会戳到他的痛处。"

"我猜这种细微的——呃——情感表达在奥斯瓦德·西顿身上可能是个浪费,"布朗特干巴巴地说,"不过,你小心翼翼地安排他在你的家人都上床睡觉后,在晚上暗中前来,你却根本不打算在这里等他,反而去散步了。对于这一计划的改变,你能给出什么解释?"

"我在最后一刻改变了主意,我想我可以走一点路去见他。我完全没想到他会抄近道来。"

"我明白了,而当你最终见到他时,在你再次回到这里之后——"

"哦,但我没有。你可不要给我设陷阱,警司。"罗伯特·西顿温和地说道。

"你愿意在法庭上宣誓,说你那晚从未见过你哥哥?"布朗特极其郑重其事地问道。

奈杰尔注意到珍妮特·西顿的眼睛紧闭着,她的头向后压在椅子上，仿佛处于最煎熬的境地。

罗伯特·西顿平视着布朗特，脸上露出了孩子般的、几乎是天使般纯真的表情："我愿意发誓，从十年前，奥斯瓦德失踪的那一天起，我从未见到过活着的奥斯瓦德。"

"但你看到过死了的他，嗯？"布朗特尖锐地问。

"如你所知，我得去——呃——辨认尸体，发现那颗头的时候我也在场。"

布朗特让沉默像黄昏的阴影一样在房间里延伸开来。珍妮特靠在椅子上，像一具尸体一样毫无生气。诗人轻快地搓着手，抬头看了看布朗特，然后又看了看鲍尔警佐，他的铅笔正随时待命。

"很好，"布朗特终于有些疲惫地说，"你散步回来了，你还在等着你哥哥的到来。然而，在接下来的半小时内，你和西顿太太一起到院子里去了两次，尽管奥斯瓦德随时都可能出现。你说你想对他的出现保密，这两者怎么说得通呢？"

"我承认，局面确实很难应付。但是珍妮特那天晚上很烦躁——不愿意上床睡觉——你知道的，有雷暴。所以第一次出去的时候，我不得不冒着碰见奥斯瓦德的风险。但我推测如果他看到珍妮特，一定会避开她，这就是为什么我带了防风灯笼——作为危险信号。第二次，我们去找芬尼的时候——嗯，我想一定是奥斯瓦德被什么事情耽搁了，那时已经很晚了。"

奈杰尔不得不佩服布朗特在他的案子受到重挫时那种坚忍的态度——又一个疑点，防风灯笼，被自然地、可信地处理掉了。奈杰尔开始意识到，就目前的情况来看，根本没有足够的理由来逮捕罗伯特·西顿，而布朗特也意识到了这一点。

"当你第一次和西顿夫人出去的时候，正在下雨，她借了你的雨衣？"警司问。

"是的。"

"那么告诉我，西顿夫人，你允许你的丈夫在下这么大的雷雨时出去——"

"只是去院子对面，我自己的雨衣在楼上。"

"你说的是你唯一的[①]一件雨衣吗？"奈杰尔说。

"不是。但是既然你问了，我只有那一件。"

"是莱诺和玛拉出走的那天，我看到你穿的那件长雨衣？"

"应该是的。"

罗伯特·西顿终于显得相当担心了："这有什么意义，奈杰尔？你不会想说这就是尸体穿着的那件雨衣吧？我自己只有一件，而且就挂在大厅里。"

"不，我有别的想法。你出去散步的时候，有没有带着你的雨衣？"

"对，我想我带了。"罗伯特的回答不像他平时那样干脆利落。

一阵自行车铃的狂响从下面的院子里传到他们的耳朵里。

"你看，"奈杰尔慢慢地继续说，他的眼睛盯着罗伯特的眼睛，"这会解释一切——小路上的那个家伙是怎么在1点差一刻看到你的，奥

---

① 英语中"自己的"和"唯一的"发音相近。

斯瓦德是如何被杀的,为什么,被谁——哦,一切,如果——"

脚步声在楼梯上飞奔,一个声音喊道:"爸爸!爸爸!"

"如果什么?"罗伯特·西顿问道,目光从未如此热切。

"如果不是你的雨衣——"

还没等奈杰尔说完,门猛然打开了,就像是被一股强大而急促的风吹开了一样,面色粉红、发丝飞舞的瓦妮莎气喘吁吁地宣布:"爸爸……我找到了……玛拉!"

第三部分

第 14 章　永别了，玫瑰

几分钟后，布朗特开着车去了辛顿·莱西。瓦妮莎的说法是，她早上早些时候骑自行车到那里，去保罗·威林厄姆那儿拿之前订购的几只鸡。在等着鸡去毛开膛的时候，她一个人待在客厅里。她坐在一张大扶手椅上，数着她的钱，然后发现少了一个六便士的硬币。她想可能是掉进了坐垫和椅子边上的缝隙里。她把手指伸进缝隙，带出来的不是六便士，而是一块女人的手帕，她一眼就认出那是玛拉的。这时，保罗·威林厄姆走了进来，相当不客气地从她手中夺过了手帕，说一定是玛拉上次来的时候留下的。瓦妮莎问这是什么时候的事，保罗说是两星期前。但瓦妮莎知道这条手帕是玛拉在失踪没几天前买的，因为玛拉当时给她看过。

瓦妮莎没有被强烈的好奇心和侦探的冲动冲昏头脑，保持住了镇定。她拿了鸡，付了钱，把它们放进自行车篮子里，然后骑车走了。但她没走远，而是去了村里的旅馆，把自行车留在那里；然后，她调动起作为一个追踪者的所有智谋，回到农场，开始谨慎地侦察。她立即得出结论，保罗·威林厄姆一定把玛拉杀了，然后把尸体藏在了农场的某个地方。但是，当她隐蔽在外屋，四处窥视，寻找有哪片土地刚刚被翻动过时，她注意到农舍的一间备用卧室的窗帘是拉着的。这让她感到很好奇，因为保罗在白天通常会把所有的窗帘都拉开。她继续专心地盯着这个窗户，半小时后终于有了收获——她看到窗帘被小心翼翼地拉开，玛拉·托伦斯的脸在窗前出现了一会儿。

"所以我推断，是保罗把玛拉藏起来了，总归没把她杀掉，"瓦妮莎总结说，她的声音里带着淡淡的失望，"也可能是他把她囚禁起来，出于他的某种险恶用心。"

"做得好，小姑娘。"布朗特说，"我必须请你们都待在屋子里，直到我回来。"

当布朗特离开房间时，罗伯特·西顿疲惫地用手抚摸自己的脸。"这一切都该结束了。"奈杰尔听到他嘀咕道。

珍妮特站了起来："鸡在哪里，瓦妮莎？"

"还在我的自行车篮里，要我把它们拿给厨师吗？"

"是的。还有，瓦妮莎，你要知道，偷窥别人并不是什么值得骄傲的事情。"

瓦妮莎盯着她的继母，她的脸因震惊而发白。接着她的眼里噙满了泪水，她冲出房间，砰的一声关上了门。

"珍妮特，你不应该这么说，这太不可饶恕了。"罗伯特的声音很不近人情。他直视着他的妻子——眼神中没有爱意，甚至没有因爱被辜负而产生的愤怒。珍妮特对他来说就像是个陌生人,奈杰尔一边想,一边走回了自己的房间……

当听到布朗特的车回来时,奈杰尔走到对面的旧谷仓。他看到玛拉和她的父亲以及布朗特在工作室里。

"你真是个傻瓜,玛拉。"他进去时雷内尔正在说,"警司已经告诉过你,莱诺被抓到只是一个时间问题,你还是告诉我们他在哪里吧。"

"因为我真的不知道!"女孩用愤怒的声音说,"哦,你好,奈杰尔。我希望你能叫这些人别再纠缠我了。我好像没法让警司明白,我压根不在乎我会不会因为妨碍警察执行公务而被关进监狱,或者别的什么无聊的事情。"

"你可能不在乎,"她父亲大叫,"但是——"

"但是没有人能给你做饭了。那就太糟糕了,不是吗?"

"你让我恶心!除了你自己,还有那个跟你纠缠在一起的年轻暴徒,你就没想过其他任何人吗?"

玛拉偷偷地对自己笑笑,没有理会。

"罗伯特已经完成他的诗了,亲爱的。"奈杰尔说。

女孩的脸一下子亮了起来,几乎容光焕发。"你见过了?"她急切地问,"但我知道它很精彩,它一定是的。"她叹了口气,在椅子上放松了下来,"这很值得。哦,我觉得太高兴了!现在我不介意会发生什么了。我已经还清了我的债,不是吗,奈杰尔?"

"啊,是的,"她父亲说,他那张胖乎乎的脸因怨恨而扭曲得几乎不成样子,"只要罗伯特能写出他那没用的诗句,其他都不重要,甚至连谋杀都不重要。好吧,让我告诉你,我的姑娘,他干不了了。"

"他不能再写诗了吗?为什么不应该——?"

"他不能再杀人了,所以也不能再写诗了。"

"父亲!你疯了!你这是什么意思?"玛拉站在他身边,她的拳头紧握着。雷内尔被赤裸裸的嫉妒所逼出的话语仿佛吓到了他自己,他把目光从她身上移开,不愿回答。

"好了,托伦斯先生,"布朗特说,"你有责任告诉警察任何——"

"他什么都不知道,"玛拉喊道,"不要相信他说的任何一个字——"

"闭上你的嘴,姑娘!"警司一下子失了控,"带她离开这里,斯特雷奇威,她已经够讨人嫌的了。"

玛拉让奈杰尔带她上楼到她自己的房间,扑到床上,抽泣起来。

"这不是真的!这不是真的!他一直都恨罗伯特。哦,上帝,我——"

"听我说,玛拉,"奈杰尔坚定地说,"振作起来!有一个问题你必须回答,有关你那晚看到的。"

接着,奈杰尔问了一个问题,玛拉听完,眼睛睁得大大的,她的身体似乎被钳住了。

"是的,"她最后低声说,"是的,有可能是,但是——"

"这就是我想知道的一切。不,不要问问题,跟我讲讲你自己的探险历程,一时头脑发热了,是吧?"

"我愿意为罗伯特做任何事。"

玛拉很快就说出了她的故事。在她与奈杰尔谈过话,乘坐机动独木舟返回费里·莱西后,她认为似乎应该让雷内尔知道这件事。过了一会儿,她听到她父亲打电话给警司,说他希望提供一份供述。她马上找来了莱诺,他们决定必须想办法偷听他说了什么。既然雷内尔知道警察会得知玛拉和奥斯瓦德的事情,以及奥斯瓦德当晚来过旧谷仓的情况,玛拉担心他可能会指证其他人有罪。于是,偷听他对布朗特说话的计划进一步升级成了把怀疑转移到莱诺身上的计划。玛拉这时有些过于急迫地坚称,他们俩都不相信罗伯特是罪魁祸首。但他们确实意识到他一定会受到极大怀疑,而且莱诺的想法是,如果他自己能暂时转移一下警方的注意力,他们就会停止对他父亲的纠缠,这样罗伯特就有时间心无旁骛地完成他的诗。

玛拉这时承认,这是一个天真的想法,也是一个幼稚的计划。但是,是莱诺怂恿她参与其中。当然她也并不需要太多的怂恿——他们之间刚刚萌发的爱意,使他们在一起做的所有事情都像一场疯狂的、天真的游戏。玛拉更愿意一直跟着莱诺直到最后,和他一起睡在沟渠或干草堆里,分享恋人亡命天涯的风险和乐趣。但莱诺认为他们应该分开,这样他会有更大的行动自由,从而为罗伯特赢得更多时间。所以他们的安排是,如果他们真的逃走了,他们会在狐狸洞树林里待一晚上,玛拉则在天亮之前步行到辛顿·莱西,请求保罗·威林厄姆把她藏起来。如果保罗拒绝,或者她很快被发现藏在农场里,莱诺还是在外逃亡,不会有大的伤害。

莱诺一直处于一种不负责任的兴奋状态,对玛拉和他自己以及保罗可能承受的后果都不以为意,但玛拉的头脑更冷静。她到了农场后,向保罗·威林厄姆编了一个故事，说当她告诉父亲她要嫁给莱诺时，父亲用暴力威胁她，扬言要把她关在旧谷仓里。她逃了出来，恳求保罗把她藏起来，直到莱诺带着特别许可回来。不管保罗是否真的相信这个浪漫的故事，如果警察发现玛拉藏在农场里，他至少有办法为自己辩护。事实上，当盖茨警官打电话到保罗那里询问玛拉的情况时，他正好出去了；而管家没有睡在他家里，甚至到现在也不知道玛拉的存在——备用房间白天是锁着的——所以她真诚地告诉盖茨，没有见过那个女孩。

听完玛拉的故事后，奈杰尔下楼了。布朗特正要出发，他叫奈杰尔和他一起开车回辛顿·莱西。鲍尔警佐留了下来，负责监视普拉什·梅朵之家的囚犯们。警长在开车时一直沉默不语，又在公共电话亭前停下来，说了几分钟话。最后，他们到了莱西旅馆的布朗特的房间里。

"嗯？"奈杰尔问。

"我已经叫盖茨尽快去接替鲍尔，而且他要告诉媒体，警方预计很快就会实施逮捕。"

"根据现有的证据，你不能逮捕罗伯特·西顿。证据根本不足。"

布朗特给了他的朋友一个沉思的眼神："到目前为止，他的动机是最强烈的，你不能否认这一点。"

"罗伯特有一个非常强烈的谋杀奥斯瓦德的动机，"奈杰尔慢慢地说，"但他有一个更强烈的不谋杀他的动机。"

"哎呀，我年纪大了，你的这些悖论唬不住我了。"布朗特停顿了一下，见奈杰尔不打算进一步阐述他的看法，便继续说道，"不,但我想,小西顿在明天的报纸上看到即将实施逮捕之后，会有所行动的。"

"他会立马赶回来，他会这么做的。"

"是的，嗨，就是这样。"

布朗特的某种语气让奈杰尔敏锐地看了他一眼："你开始说那些难听的土话的时候，我就知道你葫芦里埋了什么药了。说出来吧！"

"呃，也许我们可以把莱诺抓起来。这会很有用，不是吗？盖茨会在普拉什·梅朵之家周围布下一张巨大的网。"

"然后你以携带武器、恐吓证人、妨碍警察等罪名逮捕莱诺。但这一切都不能帮你找到杀害奥斯瓦德·西顿的凶手。"

"也许不能，也许能。这取决于莱诺是否真的会回来。如果他回来了，那将是为了帮助他的父亲；如果他不回来——"布朗特用力按摩他的光头，"如果他不回来，那么他就是凶手。"

"你到底是什么意思？"

"雷内尔·托伦斯终于坦白了。他刚刚告诉我，他看到莱诺·西顿，大约在那天晚上 2 点左右，鬼鬼祟祟地在奶厂旁边走动。"

"哎呀！"奈杰尔大吃一惊，"你相信他吗？"

"我不知道他为什么要编出这件事。或者说，如果他是编的，为什么要等到现在才说出来。"

布朗特接着简要叙述了对莱诺·西顿不利的证据。首先，他声称在凶杀案发生的当晚，他在雷暴中一直睡着觉，在随后的一个晚上，他却被奈杰尔的呼救声吵醒；而在奥斯瓦德被谋杀时，托伦斯看到他"鬼鬼祟祟地在奶厂旁走动"。因此，莱诺撒了谎。他撒谎是为了保护自己，还是为了保护其他人？在这一点上，有一个过于简单的假设（布朗特认为），即莱诺的所有行为都可以被解释为保护父亲而布的局。但假设事实恰恰相反呢？假设罗伯特看到莱诺——他很可能看到了，因为那天晚上他两次穿过院子——行迹可疑，也许正好看到他在处理尸体？难道罗伯特后来的所有行为，比如说把芬尼·布莱克藏起来、为他提供食物的行为，就不能解释为是为了隐瞒儿子的罪行？

奈杰尔认为可以。

第二，对莱诺在旧谷仓里的"胡作非为"最简单的解释是，他真的害怕雷内尔·托伦斯会泄露一些对他不利的罪证。因此，他用枪威胁了雷内尔，而且并非不成功，因为雷内尔确实一直保持了沉默，直到今天早上。这当然是有些孤注一掷的，但莱诺当时可能已经走投无路了；他也可能足够聪明，意识到这种公开上演的暴力行为反而会让人不再怀疑他，事实上也是如此——看起来会像是一个堂吉诃德式的年轻人在试图保护别人的行为。他后来的行为——例如在集镇上故意与警察擦肩而过——则使得这一假设更加可信。

第三，这也许是布朗特理论中最有力的一点——从生理角度看，莱诺是所有嫌疑人中最有可能的。他很年轻，接受过空军严酷的战斗技术训练。只有一个强壮、狡猾、严酷的人，才有可能做出在那晚对奥斯瓦德·西顿做的一切。很难想象矮胖的托伦斯或身材矮小的罗伯特，更不用说珍妮特，能割断一个显然有所警觉的人的喉咙，然后砍下他的头，再把尸体抬到河边，拖到下游。

第四，动机。这取决于莱诺是否知道十年前奥斯瓦德对玛拉所做的事情。玛拉本人和罗伯特都说过，莱诺对此一无所知，但他们这样做很可能是为了保护莱诺。另一方面，如果莱诺确实知道这件事，他有一个最强烈的动机——他爱玛拉，他体会过奥斯瓦德对她造成的可怕的心理伤害，更不用说如果奥斯瓦德再次出现在她的生活中，可能会对她造成进一步伤害。

第五，机会。这是布朗特的论据中最薄弱的地方，他也承认。假设那晚在罗伯特和奥斯瓦德碰面之前，莱诺就先遇到了奥斯瓦德，这会是一个相当惊人的巧合。

"不一定。"奈杰尔说。

"但是，如果罗伯特刚才的证词是可信的，莱诺不可能知道奥斯瓦德要来普拉什·梅朵之家，甚至不可能知道他还活着。"

"你忘了罗伯特的自来水笔，还有他用来给他哥哥写信的薄纸片。保罗·威林厄姆之前告诉过我，自来水笔会在你所写的那张纸后面留下明显的印迹。我后来自己也试了一下，确实是这样。莱诺很有可能在罗伯特写完信后不久去过他的书房，看到了这封信在簿子上留下的印迹。"

"原来你在查这个啊！那么，这起谋杀案可能是有预谋的。从某种程度上说，莱诺可能一直在等着奥斯瓦德，想把他拦截下来。但现在我们还有下一个难题。他怎么能拿到奥斯瓦德的剃须刀？那把该死的剃须刀又在哪里？我们已经把房子、奶厂、外围建筑和旧谷仓都翻了个底朝天，就是为了找它。凶手为什么要费这么大力气把它藏起来呢？他只需要把自己的指纹擦掉就可以了，而且那是奥斯瓦德的剃刀，并不能用来指证凶手。"

"别问我,我完全不知道。但是,回到预谋或者相反的——"奈杰尔奇怪地看着布朗特,"不,我们先不谈这个。让我们再往前追溯一下,回到罗伯特的诗歌。我确信,他的诗歌是本案的根源所在。现在,你提出,罗伯特知道或者极其怀疑他的儿子是凶手,支配他的行为的是他保护自己儿子的愿望。然而,自从谋杀案发生后,罗伯特写了一部伟大的组诗。诗人在创作途中可以很无情,几乎没有人性,但我没法想象罗伯特在知道他所爱的儿子是个杀人犯的情况下,还能愉快地写作。"

"嗯,也许不是。但是——"

"不,等一下。我要给你点一个雷了,仔细听,这是从你的理论演变出来的。假设是珍妮特,而不是莱诺,读了罗伯特的信的印迹——她更有可能这么做,因为罗伯特告诉过我们,除了珍妮特,通常不允许任何人进入他的书房——那么她就知道奥斯瓦德会在哪一天、大概什么时候出现在普拉什·梅朵之家。她也许只打算在奥斯瓦德和罗伯特会面时把关,如果她在这件事上有任何发言权,奥斯瓦德就拿不回财产。但是,在零点的时候,可恶的罗伯特不见了,出去散步了。珍妮特听到院子里的门开了,这是她自己承认的,但她并没有像她自称的那样喊了"罗伯特":她怀疑来者是奥斯瓦德,就沿着走廊走过去——发现果然是奥斯瓦德!她该怎么做呢?我认为,她的本能反应是把他赶出家——她的家。她找了某种借口,劝说他和她一起走到对面的奶厂。"

布朗特拍了拍自己的头：“好家伙！伙计，你是说他才是——”

"是的，玛拉看到和珍妮特一起穿过院子的那个人，可能是奥斯瓦德。我刚才问她，她也同意。她当时很自然地以为是罗伯特，但那人走在珍妮特的另一边，玛拉只在一次闪电中瞥见了他；而且，毕竟罗伯特和奥斯瓦德的身材差不多，特征也很像。这就可以解释为什么那位准爸爸会在大约一刻钟后，看到罗伯特沿着小路向普拉什·梅朵之家走去。好吧，那么——"

"上帝啊，斯特雷奇威，我相信你说对了！"布朗特叹道，"她把奥斯瓦德关进牛奶厂，或者叫他在那里等着，直到罗伯特来。然后，她想到像奥斯瓦德这样一个危险的家伙在这个地方出现，可能会觉得反感。她突然害怕起来，想要得到保护。但罗伯特在外面，正在散步，所以她自然而然地跑到莱诺的卧室，把他叫醒，告诉他发生了什么事。莱诺起床后一个人去了对面的奶厂。也许他知道奥斯瓦德和玛拉的事，也许不知道，但奥斯瓦德对这个小伙子拔出了剃刀，莱诺从他手中夺过剃刀，奥斯瓦德被割喉。是的，这一切都符合。这可以解释为什么罗伯特还能继续写诗。他不知道自己出去的时候在普拉什·梅朵之家发生了什么。是珍妮特一直在保护莱诺，是她劝说罗伯特把芬尼·布莱克藏起来——是的，这也可以解释她的所有行为；而且有可能罗伯特一直以为是珍妮特杀了奥斯瓦德——这就可以解释他的行为。但这不会影响他写诗，因为他不关心珍妮特——不像他关心莱诺和瓦妮莎那样。"

"啊，你也注意到了，是吗？"

"这都写在他的脸上,还有她的脸上。"

"那么,现在怎么办呢?"

"我们等着莱诺回来。如果他不回来,我们就出去抓他。"

"莱诺,对。多么特别的归家之旅啊!"奈杰尔带着一种奇特的情绪说,"当然,你没法指控他犯有谋杀罪。"

"还不行。凭我们得到的证据,确实不行,应该找到他带血迹的衣服。还有其他一些小麻烦,但是,等我们抓到他的时候,我会解决掉的。这是最有说服力的犯罪理论,斯特雷奇威。"

"哦,这是一个完美的理论,"奈杰尔疲惫地回答,"纸面上看。"

那天晚上普拉什·梅朵之家的晚餐尤为阴郁、不安,甚至芬尼·布莱克都似乎感受到了这种沉重的气氛,他像一只病狗一样拖着步子,拿着盘子进进出出。瓦妮莎显然很难吞下她的那份鸡肉。晚饭后,在客厅里,她突然走到父亲身边,她父亲坐在那里,用手遮住眼睛,她的手指轻轻地捋着他的头发——显露出一种成熟的、母性的姿态。

"我给你唱歌吧。"她说,"可怜的扫罗①,大卫会给他唱歌。真希望我也会弹竖琴。"

她走到钢琴前,以一种呆板的方式为自己伴奏,这种方式与她纯净、轻柔、摇摆不定的声调有一种奇特的相得益彰,她唱了《女王的玛丽亚》和《兰道尔勋爵,我的儿子》,然后她又唱了《你是否不再回来》。珍妮特·西顿的脸像石头一样,泪水从罗伯特的指间淌下。

---

① 以色列首任君主,死后他的良将大卫登基为王。

"太美了,我最亲爱的,"她唱完后,他说,"谢谢你。这首歌曾经是你母——是我最喜欢的歌曲之一。"

"我知道你要说什么。"她向他吻别道晚安的时候,在他耳边轻声说。

珍妮特·西顿僵硬地坐在那里,就像房间里的一个陌生人,克制着痛苦。她让瓦妮莎也在她的脸颊上亲了一下,然后,几秒钟后,珍妮特盲目地伸出了手,但门已经在女孩身后关上了。

"还要持续多久?"罗伯特这时问道。

奈杰尔说:"我想莱诺很快就会再次出现。"

"莱诺?但是——警察是在等他吗?"珍妮特的声音很低,很刺耳。

"嗯,是的。"

"我想他们一定会严肃对待他这些胡作非为的行为?"罗伯特说。

"是的,恐怕是这样。可能会非常严重,如果他被怀疑是事后的帮凶,或者——"

"或者什么?"珍妮特厉声问道。

"我必须告诉你,他有犯下谋杀的重大嫌疑。"

"哦,但这太荒谬了!"罗伯特的脸上露出揣摩着迎合的表情,好像一个聋子看到别人在笑他还没有完全听清的笑话。

珍妮特·西顿的呼吸变成了一声颤抖的叹息。她突然离开了房间,钥匙在她的黑色拎包里叮当作响。

"我不应该再待在这里了,"奈杰尔说,"这对你不公平。"

罗伯特·西顿凝视着他,纯粹而强烈的目光令奈杰尔觉得难以对视，仿佛诗人眼睛里的最后一层面纱也落下了。

"你知道谁杀了我哥哥吗？"他说。

"知道，我想我现在什么都知道了。"

"好吧，先别走。再待一会儿，看着我们——陪着我们熬过这一切。可以吗，我亲爱的朋友？"

事实上，奈杰尔并没有等很久。接下来等着他的，是他以前从未经历过的悬念迭起、高潮不断的一天一夜，而他后来再回想起这一天一夜时，只留下了痛苦和悲伤。

早餐时，报纸上写着警方即将就费里·莱西案实施逮捕。罗伯特悄悄地把他的《新闻纪事报》递给珍妮特，指了指其中一段。然后他瞥了一眼奈杰尔，后者立刻离开餐桌，给辛顿·莱西的旅馆打了个电话，房东派他的一个孩子叫来了保罗·威林厄姆。

"他们逮捕你了吗，保罗？"奈杰尔问。

"恰好还没，我想在小玛拉的事情上会有些麻烦。你的警司昨天臭骂了我一通，他说我在'窝藏她'，他是这么说的。但我坚持我的说法，或者说，她的说法——"

"别管这个了。你现在得窝藏另一位女士，我们会把瓦妮莎送到你那里住上几晚。"

"哦，是这样的，是吗？我很抱歉。这该死的麻烦！我会邀请我的小表妹普利西拉来陪她。"

半小时后，瓦妮莎闷闷不乐地坐在西顿家的车里，奈杰尔坐在她身边。她一开始显露出叛逆的样子，但她的父亲温和地劝说她必须去——他说，这一两天房子里都是警察，他们不希望她和他们搅和在一起。

"再见，亲爱的，"车即将开走的时候，他说道，"回头见。做个好女孩，不要把保罗的小马骑得太猛。"罗伯特的声音很欢快，不露情感。他亲吻了他的女儿，挥了挥手，稳步走回屋里。事后回想起来，奈杰尔觉得他从未见过如此英勇的动作。

"全都错了！"当汽车驶过大门时，瓦妮莎突然说，"这一切都错了！我知道有什么不对的地方！"他们到达保罗·威林厄姆的农场时，她这样说。

奈杰尔回来时，罗伯特·西顿来见他，递给他一份电报。

"今晚 11 点左右回来，等我回来。莱诺。"

"刚到的，"罗伯特说，"我想应该要把这件事告知你的警司？"

"我估计他已经知道了，他们一直在监视普拉什·梅朵之家的所有通信。"

"啊，好吧。我想瓦妮莎没有太难受吧？"

"她会没事的。"

"好，我相信她会的。如果你不介意的话，我得去写点东西了。"诗人又轻快地走到楼上……

奈杰尔感到极度的焦躁。他在精致的房间里转来转去，端详着那些闪闪发光、灿烂夺目的宝物，它们珍贵的色彩和对称仍然让人眼花缭乱，但在他看来，这些宝物已经被拍卖师敲定了。这是普拉什·梅朵之家令人着迷的所有幻想中的最后一个，也许也是最真实的一个——它现在给人的印象是，这幢房子的灵魂已经出走，只留下了自身的幻影，很快就会被摔成无数闪光的碎片。由于无法忍受屋里的气氛，奈杰尔走到了花园里。但那里也投下了神秘而明确无误的阴影，就像一个将死之人脸上的"变化"。一棵棵树，特别是那棵巨大的栗子树，像海市蜃楼一样矗立着——玫瑰花的时间已经不多了。

布朗特魁梧的身影从车道上走来，仿佛亡魂归来，仿佛他注定要永远因为迟来一步而错过那个可以解释一切的事件，错过真理的时刻。

"那个小伙子真有胆量，"这是他说的第一句话，"他居然发了一封电报，说他大约11点回来。"

"是的，他的父亲给我看了。"

"是吗，他给你看了？"布朗特摸了摸额头，"我简直无法理解这些人，斯特雷奇威。我不介意告诉你，这个地方让我太烦了。"

警司愤恨地瞪着普拉什·梅朵之家，仿佛它是某种吃人的兰花，朝他张开了血盆大口。

"我们会让他走进去的，"他说，"如果这是他的目的。但他走不出来了……"

莱诺·西顿是个守时的人。那天晚上11点钟声敲响时，奈杰尔听到了汽车开进车道的声音。他知道，大门口躲着一个警察；另一个在栗子树下；第三个在旧谷仓的影子里。盖茨警官驻扎在院子门附近的大厅里。布朗特在楼道和罗伯特·西顿的书房之间的楼梯顶上，书房的门下有一丝光亮。三个警察都有武器，因为据他们所知，莱诺还带着毛瑟枪。

接下来的一分钟几乎是反高潮的狂欢。莱诺欢快地吹着口哨，走上楼梯。

"父亲！"他喊道，"你在哪里？哦，你好，警司，是你！"

"莱诺·西顿，我以非法持有火器的罪名对你进行拘捕，还有——"

"哦，行了行了。枪就在这里。"

奈杰尔从他的房间门口看到这个年轻人礼貌地把毛瑟枪递给了布朗特。莱诺的胡子像狮子一样；他的衣服沾满灰尘，皱皱巴巴；他看起来非常健康，简直是露天生活的活广告。

"那么你已经找到了凶手，是吗？"他说，"还是说之前那次逮捕什么的只是你们苏格兰场的障眼法？"

"你要知道你已经被捕了，"布朗特严厉地说，"如果你想供述——"

"哦，对，我会承认我犯的罪，你会听到整件事情，但我想先和我父亲谈谈。你不会反对吧？"

布朗特迟疑了一会儿，回答说："可以，但得当着我的面。"

"听着，我亲爱的警司，"莱诺带着迷人的魅力说道，"我可以和他私下谈谈吗？你可以站在门外。你已经让警察把房子围起来了——或者你应该这么做——我还能有什么机会逃跑呢？如果你愿意，你可以搜我的身。我身上没有藏手枪、毒药、尖刀或其他什么东西。"

"你可以当着我的面和你父亲说话。"布朗特无动于衷地重复道。

"听着，你要指控我谋杀了我那个可恶的伯伯，是还是不是？"

"目前不是。"

"那么，"莱诺带着友好的耐心继续说，"如果我不是一个危险的杀人犯，为什么你对我和我老爹说几句悄悄话这么大惊小怪？"

"我的话只能说到这里。"

"哦，好吧，我想只能这样了。"莱诺沮丧的语气让人不禁想起他父亲。他双臂垂在身旁，一副垂头丧气的样子，然后晃了晃脚，蹭了蹭垫子。

"对于之前的事情，我很抱歉——"他慢慢地说着，然后又非常迅速地说，"还有对于这个！"他像挥鞭一样敏捷地挥出一拳，打在布朗特的下巴上，把他打飞了。

奈杰尔还没来得及行动，这个年轻人已经沿着走廊飞快地跑进了罗伯特的书房。奈杰尔大喊盖茨，盖茨冲上楼来。他们试了试书房的门，门锁了。警官正准备吹哨子请求增援，但奈杰尔阻止了他。

"不。让他们盯着书房的窗户，他可能又会打算跳下去，还要盯着他的那辆车。"

警官跑进一间俯瞰院子的卧室，奈杰尔听到他吹了哨子，下达了命令。奈杰尔转向布朗特，他正趴在地上，甩着头想让自己清醒过来。奈杰尔上前扶着布朗特站起来，这时，书房的门开了，奈杰尔正准备擒住莱诺·西顿，但出现的却是罗伯特。奈杰尔越过他跑进房间，房间里没有人，窗户开着。

"那个傻孩子跳下去了。"罗伯特在他身后带着笑意说。

两支手电筒的光束汇聚到莱诺身上，他一动不动地站在下面的草地上，仿佛陷入了茫然。下一秒，他就像箭一样飞了出去。喊声四起，一个未能截住他的警察咒骂了一声，然后这个年轻人跑过栗子树，跑出了奈杰尔的视线。

当奈杰尔到院子里时,追捕行动已经全面展开,手电筒的光束像焦躁的昆虫头上的触角一样疯狂地挥舞着,警察们已经拥过外围建筑向果园而去。莱诺显然没打算回到他的车上去。走到屋里,奈杰尔看到布朗特正对着电话发火,当地的交换台接听电话的速度是出了名的慢。

"我想他是要去狐狸洞森林,"奈杰尔说,"整个该死的乡村警队都追着他穿过了果园。"

"我一打完这个电话,就开车到森林另一头的路上把他截住,鲍尔在车里等我。你盯着这里的情况,好吗?交换台?把我接给雷德科特警察,姑娘,麻利点!"

奈杰尔一边沉思一边走到楼上,回到了罗伯特的书房。在那里,他发现珍妮特衣着整齐地坐在她丈夫的书桌前。

"这是给你的,但我打开了。"她平淡地说,向他递来几张纸。

奈杰尔读道:

"亲爱的奈杰尔·斯特雷奇威:

"请把这封信转交给警察。我不知道招供是否有什么规矩或法律形式,但毫无疑问,供状必须有详细的记录,所以我将尽量不遗漏。

"是我杀了奥斯瓦德·西顿——"

奈杰尔听到一辆车在夜色中驶离,布朗特出发得很快。他继续读道：

"——而且没有其他人参与谋杀，无论是事前还是事后。我的动机很简单。在我年轻的时候，我经历了多年磨人的贫穷和屈辱，这使我的妻子丧命，并严重阻碍了我的诗歌创作。当我收到奥斯瓦德的信时，我惊愕地意识到，他，我的财产的合法所有者，并不像我一直认为的那样，已经死亡，我陷入了绝望。我知道，以我的年龄，不可能再次面对贫困的煎熬。我一想到珍妮特、莱诺和瓦妮莎都要面对它，就无法忍受。最重要的是，恐怕（因为诗人是极度以自我为中心的动物）我无比痛恨地设想了回到如此不利于诗歌写作的条件之后可能发生的事——再次成为一个疲惫不堪的、劳累过度的写手，这让人无法忍受。所以，如果我被送上被告席，也许说到底，有一个帮凶应该站在我身边——我亲爱的、自私的缪斯。"

奈杰尔这时如此专注，以至于他只下意识地注意到下面另一辆汽车的引擎发出轰鸣，又渐渐消失的声音。

"你还记得我们去年6月聊过的'导火索'吗？我发现，我的导火索是延迟性的。当我给奥斯瓦德回信时，谋杀的想法只是在我脑海中一闪而过，就像一个幻象的拖尾一样，仅此而已。我的计划是把他找来，私下里谈一谈——与他达成某种妥协，作为毫无异议地向他归还财产并对玛拉事件保持沉默的回报，我应该从他那里得到一份体面的收入。我要求保密，(a)因为我认为有必要在一切既成事实后再告诉珍妮特，(b)因为在我的脑海深处中，有这样一个想法：如果奥斯瓦德不愿达成交易，就必须以其他方式对付他。

"在我等他来的那天晚上，我没能让珍妮特早点上床睡觉，所以我决定沿着大路走一段路去见他。正如我告诉你的那样，我完全没想到他会抄近道，甚至还到村外去等他（我告诉你当时我在躲避雷雨）。直到他应该经过那里的时间又过了一会儿后，我想他的火车可能没有准点到。

"当我真的回到房子时，大约是12点45分，珍妮特在楼下等着我，情绪非常激动。她告诉我，一刻钟之前奥斯瓦德出现了，她拒绝让他待在家里，但同意把他藏在奶厂里，直到我回来。她把他带到了奶厂——玛拉看到的和她一起穿过院子的人是他，而不是我。她点了防风灯笼，叫他拿着，因为奶厂的电灯如果亮了，托伦斯父女可能会出来察看。当他们走到奶厂时，她把他推了进去并锁上了门，因为她担心他可能会回到房子里。"

这时，奈杰尔抬起头，看到珍妮特·西顿已经不在房间里了。他再次低头读那封供状。

"珍妮特会证实这一切。当时我清楚地意识到，她因为我邀请奥斯瓦德前来而感到非常愤恨——这很正常，顺便说一下，他告诉她，他是在我的建议下前来的。珍妮特和我谈了十分钟左右，然后她突然意识到，她把芬尼的事忘得一干二净。她发现他不在自己的房间里，于是我们出去找他，但没找到。我让她回屋，问她拿了奶厂的钥匙，说我必须和奥斯瓦德谈一谈。

"当我进入奶厂时，我心中最主要的感觉是好奇。奥斯瓦德出了什么事？当我确信他已经死了的时候，他是怎么活下来的？这十年来他会变成什么样子？我并没有带着谋杀的念头进入奶厂。当然，这个可怜的家伙在那里被关了半个小时后，心态不太顺从。我试着和他讲道理，试图提出一个交易，甚至用玛拉的事情威胁他，但没有用。他只是蹲在角落里，在防风灯笼旁，嘲笑我。他知道他占着上风，而且他在经历了国外的那些事情之后，不打算'变成一个慈善组织'。

"我开始感到绝望。然后他说了一些关于我妻子的话，这些话我不会写下来。那是导火索。在我的生命中，我第一次感受到了纯粹的仇恨喷涌出的火焰。我冲向他，狠狠地揍了他的脸。他倒下时，有东西从他的雨衣口袋里滑出来，掉在了地上。他伸手去拿，但我先拿到了——一把剃须刀——他还没和我扭打在一起，我就砍了他的喉咙。在那一瞬间，我体会到了一种美味的欣喜，一种盲目的、一根筋的、糟糕透顶的快感。然后，这种感觉消失了，而我的兄弟死在我的脚下。

"此后，事情似乎像梦一样强行发生在我身上。我的行为就好像每一个细节都是我事先计划好的。很离奇。一个聪明、冷酷的人控制了我（我的反自我？），在我耳边说，如果奥斯瓦德的外表特征可以被抹去，就没有什么可以把死者与我和普拉什·梅朵之家联系起来。不过，我没有狠心把他的脸打烂。他那时已经死了，所以我把他的头整个割下来，把他所有的衣服都脱掉，把他的雨衣重新穿在尸体上，在脖子上扣好扣子。然后我找来了莱西墓穴的钥匙，还有一个用来装头的网袋——人在这种时候的悔恨显得非常奇怪——我想到要拎着头发来提着头就觉得恶心。

"然后（我的反自我此时协助了我，给了我超自然的力量），我把尸体拽起来，把它背到河边，带着它往下游游了一段，然后把它放了。那是一包变质的肉，不是我的哥哥。我在同一位置把剃须刀扔进了河里。我需要补充一下，做这一切时我脱光了衣服，以免我的衣服上沾到血，幸运的是，当我攻击他的时候，他脖子上喷出的血没有溅到我。在奶厂里我把他的衣服堆在我的衣服上面，这就是为什么芬尼看到只有一堆衣服的原因。好吧，当我回到奶厂时，他的头不见了。我出门时没能把门锁上，因为我害怕这样做会让尸体掉下来。我本来打算把头和奥斯瓦德的衣服一起埋在莱西墓穴里，或者埋在果园里的某个地方，因为我认为，对于后者来说，这么小的一个洞被挖开的痕迹不会引起注意。发现头不见了，这让我感到极度不安，但我觉得可能是芬尼·布莱克拿走了它——我无法想象还有谁会这么做——所以我继续执行剩下的计划：把奶厂的地面冲洗干净，穿上我的衣服，把奥斯瓦德的衣服带到了墓穴里。

"所有这些，从我刚刚进入奶厂与奥斯瓦德交谈的那一刻算起，花了一个多小时。回到屋里后，我发现珍妮特睡在床上，但还醒着。我告诉她，这段时间我一直在和奥斯瓦德讨论事情，最后把他打发走了，条件是我要每年付给他一笔钱，作为他不再打扰我们的回报。珍妮特似乎为此松了一口气。然后我们就去看芬尼是否回来了，一分钟后他果然出现了——刚过2点。

"我想说清楚，我那晚的行为没有牵涉到其他任何人。我有理由认为，莱诺在某个时候被惊醒并出来过，他可能看到我从教堂墓地回来。尸体被发现后，珍妮特怀疑过什么，我不知道。我不想把她牵扯进我的秘密里，尽管我后来确实利用了她，让她被迫成了我计划中的工具，以查清楚是不是芬尼拿走了那颗头——为此我请求她原谅。但她和莱诺都不能被视为事后的同谋。"

奈杰尔听到走廊里有脚步声。珍妮特走进书房，她的脸色灰暗而焦急。

"罗伯特来过这里吗？我到处都找不到他。"她说。

"让我看完这个。"奈杰尔说道，然后继续读下去：

"我写这份供状是出于我的自由意志，且我的头脑完全清醒。我早就应该这么做，看看我给每个人带来了什么麻烦，但我想先完成我的组诗。最具讽刺意味的是，奥斯瓦德的死带来的情绪动荡激起了澎湃的诗歌灵感。我想我已经很好地利用了它，但我听不到时间的裁决了。亲爱的奈杰尔，拜托你说服警方，莱诺的行为虽然愚蠢，但他是无辜的。他的母亲临终前叫他照看我。他知道我在写诗，他想为我争取时间，这个亲爱的孩子，他采取了一种极不明智的方式，我知道，但没有任何串通——我不能向他吐露秘密。但正如某位杰出的女士曾经说过的,每个人都太善良了,包括你自己。

"我不想接受审判。所以,如果莱诺今晚出现了,并且有机会的话,我会逃走。我想要死在我的心被埋葬的地方。小瓦妮莎非常喜欢你,也许你可以帮助她渡过难关——我不惮于提出这最后的请求。

"现在——你还记得多萝西①说的话吗?'时间到了……我得准备走了。燕子,我得离开它们了,那口井,花园,玫瑰,一切。亲爱的动物们!'好了,我必须走了。永别了。

"罗伯特·西顿。"

奈杰尔没花多少时间就读完了这封信。他把它揉进口袋,站了起来。瞬间的犹豫不决在他的脸上消失了。

"你说什么?他不在屋里?"

珍妮特摇了摇头。

"我们必须找到他,你难道没有意识到——"

"不,"珍妮特·西顿激动地喊道,"你就不能让他去吗?"她用极大的力气抓住奈杰尔的胳膊,但他设法甩开了她,匆匆下了楼。莱诺来时开的车还停在院子的门口。奈杰尔犹豫了一下,穿过院子跑向车库。车库的门开着,西顿夫妇自己的车已经不见了。

他回去时珍妮特在外面,脸上露出死气沉沉的梦游者的表情。

"你阻止不了他!"她呆呆地说道,"你阻止不了他的!"

---

① 《绿野仙踪》。

奈杰尔把手放在她的肩膀上，用力摇晃她。

"告诉我，他的第一任妻子被埋在哪里？你必须告诉我！"

"药品柜里的安眠药不见了，一整瓶。你说什么？"

"我说，他的第一任妻子被埋在哪里？"

极度的痛苦扭曲了她的脸，然后她又变得像石头一样顽固："我不会告诉你的。"

"那我就去问瓦妮莎。"奈杰尔说道，上了莱诺的车。

"不！不！我和你一起去。等我先拿上我的外套。"

奈杰尔觉得仿佛等了很久，她回来了，背着她的黑色挎包。

"那是雷德科特以外约五英里的一个村庄。"她说，"在那里的教堂墓地里。那是她出生的地方，大哈默斯利。"

他们在夜色中赶往辛顿·莱西，穿过两英里外的桥，沿着主路回到雷德科特。在雷德科特的另一边，在迷宫般的一条条小巷里，他们迷失了方向。

"我不记得了，"珍妮特颤抖着说，"已经过去这么久了——"

奈杰尔在下一个村庄停了下来，敲开了第一间村舍的住户。昏昏欲睡的人态度粗暴地给他指了路。

在这个村子外一英里处，发动机发出了异响，顿了一顿，奈杰尔又试了一下，接着熄火了。奈杰尔在侧兜里找到了一个手电筒和一张地图，汽油箱空了。

"谢天谢地！"珍妮特·西顿喃喃道。

"我只能走过去了。你留在车里等我找到人帮忙，行吗？"

"不，我要和你一起去。"

他们在催眠的月光下匆匆前行。这条小路似乎全是岔路，没有路标。还有四英里的路程。奈杰尔可以选择绕远路去一个小村庄，这个小村庄在大约两英里之外，而且可能没有电话，没有汽车，找不到一加仑汽油；他也可以选择继续向大哈默斯利前进。奈杰尔选择了后者。

珍妮特·西顿起初和他并排大步向前走，像个男人。后来，她心烦意乱地放慢了速度。奈杰尔停了一会儿研究地图，珍妮特喘着粗气对他说："我恳求你！你就不能让他平静地死去吗？"

这是她说的最后一句话，直到他们来到了大哈默斯利的郊区，看到那座低矮的教堂塔楼在缥缈的月光中沉睡着，泛着白光。

然后她说："他可能根本不在这里。你确定他是这个意思吗？"
"我们很快就会知道了。"
"我没有看到车。"
"他不会把它直接开进村子里的。"

他们已经在用很小的声音说话，仿佛在死亡面前一样。教堂墓地上长长的青草在夜空中散发着甜美的气息，当他们从中穿过时，在他们脚下沙沙作响，沿途落下的露水的光辉如同转瞬即逝的泪水。

我应该打电话给医生，让他在这里和我们见面，奈杰尔想着，我对这一切都处置得太不妥当了，但也许这样做是最好的。

他的手电筒很快就发现了罗伯特的身影。他脸朝下，整个身体躺在远处角落的一棵紫杉树下的坟冢上，他的双手伸向坟头上的石头，石头上写着，罗伯特·西顿挚爱的妻子黛西长眠于此。当奈杰尔把他翻过来的时候，诗人的脸上挂着淡淡的微笑，他的脸颊被露水浸得冰凉。奈杰尔触摸到的身体仍旧温暖，但他的心脏已经停止跳动了。

"他死了吗？"珍妮特从坟墓的另一边问道。

"我想是的，但我们必须马上去找医生。请你找一个电话，西顿夫人。"

几分钟后，她回来了，她跪在坟墓旁边，尴尬地摸着她丈夫的脸。

"我也爱他，我真的爱他。"她的声音里带着茫然，甚至是抱怨，然后她突然深吸了一口气，"我的手上沾了血！"

"只是紫杉浆果，一定是你在跪下的时候把它压扁了，"奈杰尔说，"但你的手上确实沾了血。"

"我的——你这是什么意思？你为什么这样看着我？"

"我把你丈夫的供述信销毁了，在你去拿外套的时候。你花了那么长的时间。"

珍妮特·西顿仍然跪在地上，抬头瞪着他。

"你把它销毁了？为什么，你一定是疯了！"她的声音里似乎有一股怒气在剧烈沸腾，"我不相信！"

"我把它销毁了，因为信里说的不是真的，"奈杰尔毫不留情地回答，"你知道那不是真的，因为是你自己杀了奥斯瓦德·西顿。"

第 15 章 摘自奈杰尔·斯特雷奇威的探案簿

……我当然没有销毁那封"供述信",我还是不知道该怎么处理它。把你的马车和犁从死者的尸骨上驶过是一回事,但把它们把起来公然诋毁是另一回事,更何况是如此尊贵的尸骨。然而……

罗伯特的供述信文笔十分精湛……他的最后一部想象作品,但绝不是最差的。它只是有点太有想象力了,而且有些段落完全不符合我所认识的罗伯特的性格——例如,关于他的缪斯的稍显矫揉造作的比喻(一个他从未如此称呼过的女孩);但主要是对他自己在实际的"谋杀"发生之前和期间的感觉的分析,这给我的印象是一个聪明的、高度敏感的人试图把自己代入一个杀人犯的角色——这些句子有一种虚构的质感,"美味的欣喜","我的兄弟死在我脚下",还有奥斯瓦德蹲在防风灯笼旁嘲笑罗伯特,我觉得这听起来一点都不真实。不,罗伯特在对真实性的追求上有点过了。

昨晚我在阅读这封信时并没有注意到这些问题,在当时的情况下,我很难感知得如此精细。但即使在那时，我也已经注意到，信中的某些内容与事实或概率不符。我不确定这些内容在布朗特那里能否蒙混过去。比如说：

（a）奥斯瓦德完全有理由对珍妮特心存疑虑，却在奶厂里静静地坐上半个小时，不发出任何叫声，不试图逃跑（窗户很小很高，但也能爬出去），这可能吗？他难道不会认为珍妮特是故意把他锁在里面，以便打电话给警察，把玛拉的事情抖出来？

（b）罗伯特，一个安静、平和的家伙，在心理上如此平衡的人，被激怒到攻击他的兄弟，这可能吗？他毕竟是个上了年纪的老男人，而对老男人来说，即使他们的妻子受到冒犯，他们也通常不会变成一只好斗的公鸡。此外，我确信在6月份的茶会上罗伯特说的关于他自己的话是实话，他说："我实在难以面对我的受害者，所以必须是那种远距离的谋杀。"

（c）奥斯瓦德脖子上喷出的血完全没有溅到罗伯特的衣服上，这可能吗？你必须站在离一个人很近的地方才能用剃刀攻击他，而血会马上喷射出来。

（d）在没有人帮助的情况下（除了他的"反自我"），罗伯特能把尸体背到河边，带着它游出去吗？

以上每一个问题的答案都是：不大可能，但并非无法想象；而所有这些条件加在一起，同时存在，就更不可能了。再加上（e）根据罗伯特的说法，他最早也要到1点半左右才能去奶厂冲洗地面，这时第二场雷雨已经结束，但没有人听到放水的声音。（f）奥斯瓦德的自卫措施——他去找过雷内尔·托伦斯，在与罗伯特长谈的过程中，他不可能不提及此事，而罗伯特明知有另一个证人证明他哥哥到过普拉什·梅朵之家，仍然谋杀了奥斯瓦德；但是，如果珍妮特直接把奥斯瓦德带到奶厂，并立即在那里攻击了他，他很可能没有时间提到他见过雷内尔。（g）奥斯瓦德的雨衣这一关键点——如果像罗伯特说的那样，奥斯瓦德被割喉时穿着雨衣，为什么雨衣的外面和他自己的衣服上都沾满了血迹？

那件雨衣和罗伯特的诗歌，始终是解开谜团的关键线索。

直到两天前与布朗特的最后一次谈话，罗伯特才决定认罪并"逃走"。在那之前的两天前，他已经完成了组诗，所以他说他在等待完成写作后再认罪的说法是站不住脚的。在那次问话中，是什么使他意识到，游戏已经结束？我问了雨衣的问题，我暗示整个案件都要被解决了，如果——他当时知道我已经发现了真相。

如果什么？如果是珍妮特遇到了奥斯瓦德，借了他的雨衣，穿过院子。

玛拉告诉我，她看到珍妮特的裙子从她穿的雨衣的下摆下露出来，所以我才想到这一点。之后，我看到珍妮特穿着一件长长的雨衣走在路上；在我们上一次对话时，她承认那是她拥有的唯一一件雨衣。因此，当她那天晚上穿过院子时，她没有穿她自己的雨衣。起初我以为她穿了罗伯特的，但是（a）她会允许自己的丈夫在她的陪伴下冒雨外出而不穿雨衣吗？（b）如果准爸爸直到一刻钟后才看到罗伯特在小路上走，他怎么可能出现在院子里呢？

合理的答案是，珍妮特先遇到了奥斯瓦德，并借了他的雨衣，带他去了奶厂。她是否读过罗伯特写给他的信，是否在等待罗伯特的到来，这些都无关紧要。在那件雨衣的口袋里有一把剃须刀。珍妮特是一个体格强壮的女人，而且她心中积怨已久、难以控制。很可能这起谋杀是没有预谋的，她从来没有想过要杀死奥斯瓦德，直到她摸到了雨衣口袋里的剃刀。

我确信，对她来说，这是一个导火索。我相信她跟着奥斯瓦德进了奶厂，然后立即割断了他的喉咙，也许就在他放下防风灯笼的时候。只有这个理论才能合理解释为什么雨衣外面有那么多血迹（她一动手，血马上喷到了她身上），奥斯瓦德的衣服上也有很多血迹，珍妮特和罗伯特的衣服上都没有发现血迹；这也解释了为什么没人听到奶厂里有叫喊声，因为被雷声淹没了。

那么，珍妮特既有手段又有机会。动机是什么？她的动机是所有嫌疑人中最强烈的，这一直以来都毫无疑问。她是一个占有欲极强的女人。去年6月的那个下午，玛拉准确而有预见性地说道："珍妮特最强烈的情感所在就是普拉什·梅朵之家和其中的一切。为了保护它，她会杀死任何一个人。"为了拿回莱西家族的房子，她曾打算与奥斯瓦德本人结婚，后来和罗伯特结了婚。她对普拉什·梅朵之家和其中物品的宠爱几乎到了狂热的地步；她痴迷于普拉什·梅朵之家和她的家族姓氏。我第一次拜访时就从她抚摸家中装饰品的样子里看到了这一点。但是，正如后来在萨默塞特的调查所证明的那样，奥斯瓦德对她来说是一种双重威胁。他不仅是房子的合法所有者，而且他知道他十年前"自杀"背后的阴谋真相——他是唯一知道真相的活人。因此，珍妮特不能凭借玛拉的事情把奥斯瓦德交给警察来保护她的房产，如果她这样做，奥斯瓦德就会立即告发她安排了"自杀"的阴谋，她将失去这栋房子，就像罗伯特会把财产归还给他哥哥一样肯定。

罗伯特的"供述"是一个勇敢的、极其巧妙的办法，他把所有指向珍妮特的罪证都引向了自己。他对第一个情节的处理尤其精妙：他意识到我已经知道，在12点30分和珍妮特一起穿过院子的人是奥斯瓦德，所以以一种无比自然的方式对此进行阐述，使之符合她的清白，排除了她共犯的可能。我认为他的供词完全有可能说服警察。它是令人信服的，主要是因为它很大程度上是真实的。

这使我想到一个问题，为什么罗伯特要替他不爱的妻子承担她所犯的罪行？他堂吉诃德式的性格肯定不至于发挥到如此程度吧？我相信有两个原因：第一，罗伯特与谋杀确有牵连，不过是事后从犯；既然如此，而且他很可能会被送上绞刑架，他决定尝试为他的妻子洗脱罪名。第二，我相信他做出这一决定正是因为他不爱她——他这样一个仁慈的人，觉得自己没有给她所要求的爱，因此产生了内疚和自责的情感。他的"供述"实际上也是一种补偿。

然而，它证实了我的看法，即罗伯特与谋杀确有牵连——特别是他有一句话写道，他找来了网袋是因为他想到要拎着头发来提着头走就觉得恶心。对我来说，这句话听起来极其真实。我怀疑最敏锐的想象力都想不出这个如此怪异、如此简单、如此自然的解释。当然，有可能是珍妮特自己处理了尸体和头颅，然后向罗伯特坦白了自己的罪行,然后罗伯特把所有的细节都用于他自己的"供述"。但这又提出了一个非常重要的难题,那就是一个人单枪匹马处理尸体。珍妮特是一个脾气暴躁的女人,但不是一个冷血的女人。她能在没有协助的情况下,经历谋杀后必须经历的所有恐怖的事情吗?我非常怀疑。而罗伯特,在崇高的利他主义情绪下,能够做得到。除此之外,在调查的各个阶段,珍妮特和罗伯特的说法相当一致,这表明他们之间存在着密切的勾结。

那么,我来再现一下犯罪过程[①]:珍妮特把奥斯瓦德带到奶厂,杀了他,脱下他那件沾满血迹的雨衣,把雨衣和剃刀留在奶厂里,锁上门离开。这起犯罪是没有预谋的,她很茫然,不知所措,急忙回到房子里去找罗伯特。当他散步回来时,她把一切都告诉了他——可能是说这其实都是他的错,是他把奥斯瓦德请到了家里。罗伯特说他会帮助她掩盖罪行。之后发生的一切都像他在供述中写的那样,只不过是他们两人一起做的。头颅被笨拙地割下,因为只有一盏防风灯笼照明。我能想象那些可怕的事情都是罗伯特做的,但把尸体抬到河边是他们俩一起做的,在他们做这件事的时候,芬尼把头偷走了。考虑到罗伯特与珍妮特的关系,他的供述中关于"反自我"的话在这里也许很有深意:这正是他可能赋予它的那种恶作剧般的情节——"我的反自我此时协助了我,给了我超自然的力量,我把尸体拽起来"等等。

莱诺后来的行为也是帮助证明罗伯特是同谋的证据。我们必须考

[①] 后来基本得到证实。——斯特雷奇威

虑到我住在普拉什·梅朵之家的第一天，他在草地上对我说的话，尤其是他说他必须"陪着瓦妮莎挺过去"，以及他当时试图探我的口风的方式。还有，如果他没有看到罗伯特在那天晚上的某个时候表现得很可疑，他为什么要花这么大力气把怀疑转移到自己身上？无论如何，他肯定不会为他的继母这么做。他也不可能仅仅为了让他父亲有时间写完诗而这么做，因为，如果莱诺没有理由认为他父亲与犯罪有牵连，那么他同样没有理由担心发现犯罪的真相会使他父亲没法继续写作。

再来说说珍妮特的罪状。昨晚在教堂墓地里，这一点终于被证明了，这让我感到很满意。还有，她试图拖延我们去那里的时间，她假装是为了罗伯特——这样就没有人能阻止他自杀，他也不会被逮捕，但实际上是为了确保他在被问及他的"供述"之前确实死亡。但同时，在调查过程中，她也不止一次地出卖了自己。（1）据玛拉说，在谋杀发生后的第二天，她"非常古怪和紧张"；（2）她阻止警察对房子进行搜查；（3）在她与我的第一次谈话中，她落入陷阱，承认谋杀发生在星期四到星期五的晚上，尽管她当时不应该知道奥斯瓦德是什么时候被杀的，不过她还是很好地掩盖了这一失误；（4）当我第一次向罗伯特和她本人询问，有没有哪个原先一直生活在这里的人，九十年前可能因为有犯罪嫌疑而离开了这个村子时，她极其惊惶；（5）当我问她穿过院子时是否借了罗伯特的雨衣穿时，她同样表现得非常不安——甚至说的话自相矛盾。当然，这里的每一点都可以有一个更无辜的解释——珍妮特知道奥斯瓦德回来了，怀疑罗伯特杀了他，更担心调查会暴露她在奥斯瓦德的"自杀"阴谋中扮演的角色。

但还有（6）黏土头像的事件。罗伯特在他的"供述"中不得不对此事轻描淡写，他说让珍妮特"被迫成了我计划中的工具，以查清楚是不是芬尼拿走了（奥斯瓦德的）那颗头。"然而，如果珍妮特不过是一个"被迫的工具"，如果她还不知道被谋杀者的身份，她为什么要挑动玛拉去做罗伯特的头像？她怎么会知道被害人与她丈夫的长相极其相似，因此她丈夫的黏土头像最有可能导致芬尼重复他的抢头表演？这个关键问题我当时决定不问她。但是，更能暴露她自己的是，（7）珍妮特意外地承认芬尼是她的私生子。首先，警察没有找到一丝证据来支持这个说法；其次，如果这是真的，以珍妮特的自尊心，除非是为了避免一些更糟糕的情况的无奈之举，否则很难想象她会承认这一点。事实上，她确实是在万不得已的情况下承认了这一事实，来佐证自己的那套说法，即整个黏土头像的计谋是为了保护芬尼·布莱克。但我根本不相信像珍妮特这样的女人会为了保护芬尼，甚至为了保护她的丈夫——为了保护除了她自己以外的任何人——而吐露如此令人惊骇的事情。此外，根据芬尼自己的证词，是珍妮特告诉他不要"回答"警察的问题。

这一切至少表明珍妮特是犯罪的同谋，但并不能证明是她犯下了谋杀的罪行。另一方面，我从道德角度敢肯定罗伯特不会杀人，因此，通过排除法，即使不去看沾有血迹的雨衣等证据，也一定是珍妮特杀的人。我确信，尽管罗伯特在他的"供述"中写明了强烈的谋杀动机，但他有一个绝妙的理由让奥斯瓦德活着。于是，我们来到了案件的根源——罗伯特的诗歌。

6月的那一天，当我第一次见到罗伯特·西顿时，主线就已经送到了我手里。那句关于母鸡看起来"很无精打采"的相当有启示性的话；拾起和放下爱好的迹象；无聊的印象；当珍妮特提到伟大战争的史诗时，他脸上的苦闷表情，这部诗他应该已经写了很多年，但在他的手稿中却没有任何痕迹……最重要的是，他对睡美人故事的解读："你有没有想过到底是什么把她困在了那里？不是荆棘，而是玫瑰花。"还有"王后拿走了所有的纺车"：一个完美的弗洛伊德式的口误——在真正的故事中，是国王拿走了纺车。罗伯特是在表达他潜意识里对珍妮特、对普拉什·梅朵之家以及他们所代表的一切的怨恨，因为他们剥夺了他写诗的能力。因此，"可怜的女孩（他的缪斯）无事可做，只能闲散度日，在玫瑰花丛中欣赏自己的倒影"。更重要的是，雷内尔·托伦斯那天突然爆发的时候说："总有一天会有人要求你解释你的才华去哪了，而你只能回答：'我把它埋起来了，大师——把它埋在一堆玫瑰花下。'"雷内尔很清楚地知道，罗伯特多年来一直没有写出东西。

然后罗伯特接着说，"我不相信那个王子，他不可能穿过这些荆棘。只有野兽才能做到，某只粗暴的野兽"。而那只野兽确实出现了，就是奥斯瓦德·西顿。罗伯特抓住了这个机会，这给了他一个离开普拉什·梅朵之家的机会（良心上完全可以接受，因为奥斯瓦德毕竟是房子的合法主人），他终于可以打破对他的缪斯的催眠，回到过去他创作诗歌的生活条件下，不管那些条件有多么的严峻。杀死奥斯瓦德将会毁掉他解放自己体内的创造者的最后一个机会。

然而我怎么能让布朗特相信这一点呢？他是一个极其能干、心胸宽广的人，但没有一个苏格兰场的警官，也许根本就没有一个外行，能够理解一个创作艺术家的原动力——他是如何被这种无法预知的动力所驱使，甘愿使自己和与自己有关的任何人遭受苦难、屈辱，忍受彻底的反复无常或非人的一成不变，只为了能够挤出几滴宝贵的不朽的精华。

有一段时间，我被罗伯特对犯罪的不以为然欺骗了，我以为他是无辜的——当然，他在实际的谋杀中确实是无辜的。也许，作为人，他从自己帮助珍妮特隐瞒罪行的利他主义行为中得到了某种刺激。但我注意到，与6月时的罗伯特·西顿相比，他发生了巨大的变化——我在他身上感受到的新的活泼感、生命感和透彻感，是因为他再次开始写诗了。正如他所说，这是奥斯瓦德之死的讽刺效果；对他来说，是其主要效果。事实上，他重新投入到了自然界赋予他的工作中，而且知道这是好事，这使他有一种非凡的超然——在与布朗特和我的谈话中，他似乎保持着一种智慧而冷静的旁观者的态度。与他正在写的诗相比，刑事调查是次要的——他现在有足够的余力参与到这场游戏中，他玩得放肆自在，几乎乐在其中。这在他大胆而又言辞精确的声明中达到了高潮："我愿意发誓，从十年前，奥斯瓦德失踪的那一天起，我从未见到过活着的奥斯瓦德。"

夸大其词是不对的，罗伯特的行为并非不负责任，只是在一段时间内，他的社会责任让位于一种更紧迫的责任——他必须写好他的诗。对于奥斯瓦德的死及其不可避免的后果，如果他看上去抱有些许淘气的不敬态度，那只是因为一个已被判处死刑的人觉得这个普通世界不真实，他的轻率之举可以被原谅。我相信罗伯特知道，对他来说，这件事只有一个结局。他有一颗金子般的心。他努力把事情安排周全，确保没有其他人会因这起犯罪而永远受苦。我忘不了当地报纸的编辑是如何评价罗伯特的第一任妻子的："是他的诗歌，追根究底来说，是他的诗歌把她害死了。"罗伯特对奥斯瓦德和珍妮特肯定也有同样的感觉：如果他没有抱着从肩上卸下普拉什·梅朵之家麻痹人心的重压的想法，邀请奥斯瓦德前来，珍妮特就不会有上绞架的危险。历史重演了，天才身上潜在的破坏性再次得到了证实。

天啊，他看到这些郑重其事的东西会笑得多开心啊！"我已经写了供状，所以看在上帝的分上，就这样过去吧，别让我们再看你那些自命不凡的分析和道德说教了！"我仿佛能听到他这样说。但是这份"供状"确实给我带来了一个道德难题。一方面，里面写的基本上是假的，很有可能无法说服警方，而将其公之于众将有损一个伟大的好人的名声，这很不公平；另一方面，如果警察真的接受了供词，那就意味着莱诺会被相对轻易地放过，珍妮特也不会被吊死或终身监禁（尽管她在奥斯瓦德"自杀"案中的同谋行为无疑会被追究），因此不会违背罗伯特的遗愿。

我怎么能让自己不去顾及他们呢？但是，我又怎么能受得了玷污他的名声呢？我有什么资格隐瞒真相或伪造正义？但哪种方法才更有利于真相和正义——销毁他的供词还是将其移交给警方？

我真希望有人能告诉我……

图书在版编目（CIP）数据

亡者归来 ／（英）尼古拉斯·布莱克著；陈斐译
. ―― 上海：上海文艺出版社，2023
（尼古拉斯·布莱克桂冠推理全集）
ISBN 978-7-5321-8719-5

Ⅰ. ①亡… Ⅱ. ①尼… ②陈… Ⅲ. ①推理小说－英国－现代 Ⅳ. ① I561.45

中国国家版本馆CIP数据核字（2023）第 040301 号

亡者归来

著　　者：[英] 尼古拉斯·布莱克
译　　者：陈　斐
责任编辑：田　芳　赵媛佳
装帧设计：周艳梅
版面制作：费红莲
责任督印：张　凯

出版：上海文艺出版社
出品：上海故事会文化传媒有限公司
　　　（201101上海市闵行区号景路159弄A座3楼www.storychina.cn）
发行：上海文艺出版社发行中心
　　　（上海市闵行区号景路159弄A座2楼206室）
印刷：上海中华印刷有限公司
开本：889毫米x1194毫米　1/32　印张9.125
版次：2023年7月第1版　2023年7月第1次印刷
ISBN：978-7-5321-8719-5/I.6869
定价：45.00元

版权所有·不准翻印

上海故事会文化传媒有限公司出品（01117）www.storychina.cn

想看更多精彩故事？
扫码下载故事会APP

上海故事会文化传媒有限公司所有图书可办理邮购，免收邮费（挂号除外）
汇款地址：上海市闵行区号景路159弄A座2楼206室（201101）
收款人：上海故事会文化传媒有限公司出版发行部
联系电话：021-53204159
如发现本书有质量问题，请与印刷厂质量科联系T:021-60829062